ULLSTEIN

Das Buch

U 769 läuft unter dem Kommando des derzeit erfolgreichsten deutschen U-Bootkommandanten Ritterkreuzträger Kapitänleutnant Hinterstecker zum Fronteinsatz vor Gibraltar aus. Schon bald macht die alliierte Überlegenheit zur See und in der Luft aus dem einst gefürchteten Jäger einen Gejagten. Hinterstecker gelingt es dennoch, zwei seiner Verfolger zu torpedieren, den dritten verschont er, weil der die Schiffbrüchigen auffischt. Begründung: »Wir sind Seeleute, keine Henker!«
Als *U 769* in das Seegebiet zwischen Rockall Island und den Hebriden umdirigiert wird, verläßt die Männer das Glück. *U 769* wird versenkt, die Besatzung jedoch von einem Zerstörer aufgefischt und im Durchgangslager Moilett's Grove in Nordirland interniert. Die Offiziere schmieden Fluchtpläne, doch ehe sie diese ausführen können, bringt man sie in ein Lager nach Kanada. Hier gelingt einem von ihnen mit weiblicher Hilfe die Flucht. Ein dramatisches Abenteuer beginnt ...

Der Autor

Erik Maasch wurde zur Marine eingezogen, absolvierte mit Erfolg die Marineschule Flensburg-Mürwik, nahm als U-Boot-Fahrer und Seeoffizier auf verschiedenen Kriegsschauplätzen am Zweiten Weltkrieg teil und ist als Kapitän auf großer Fahrt auf deutschen Kauffahrteischiffen zugelassen.

In unserem Hause sind von Erik Maasch bereits erschienen:

Duell mit dem nassen Tod
Im Fadenkreuz von U 112: English Harbour
Letzte Chance: U 112
Tauchklar im Atlantik
Die U-Boot-Falle
U 112 auf Feindfahrt mit geheimer Order
U 115: Jagd unter der Polarsonne
U 115: Operation Eisbär
U-Boote vor Tobruk

Erik Maasch

Auf Sehrohrtiefe vor Rockall Island

Roman

Ullstein

Besuchen Sie uns im Internet:
www.ullstein-taschenbuch.de

Umwelthinweis:
Dieses Buch wurde auf chlor- und säurefreiem Papier gedruckt.

Ullstein ist ein Verlag der Ullstein Buchverlage GmbH, Berlin.
Originalausgabe
2. Auflage 2004

Umschlaggestaltung: Hansbernd Lindemann
Titelabbildung: Silvia Christoph
Gesetzt aus der Sabon roman
Satz: hanseatenSatz-bremen, Bremen
Druck und Bindearbeiten: Ebner & Spiegel, Ulm
Printed in Germany
ISBN 3-548-24741-5

Der Lehrgang war zu Ende. Entspannt lehnte ich mich in meinen Sessel in der Offiziersmesse zurück. Was jetzt noch ausstand, war die dienstliche Beurteilung. Das »Gottesurteil«, das allerdings weniger über die weitere Offizierslaufbahn als über die Art des nächsten Kommandos entschied. Alles war drin, von den begehrten Bordkommandos bis hin zu den weit weniger attraktiven, aber dennoch nicht weniger beliebten Druckposten an Land.

Es ging zu wie beim Zahnarzt. Einer nach dem anderen wurde nach nebenan gerufen und kehrte nach verhältnismäßig kurzer Zeit hoch zufrieden jubilierend, erleichtert oder aber auch niedergeschlagen in die Messe zurück, neugierig bestürmt von den anderen.

Endlich kam ich an die Reihe. Vergeblich versuchte ich, aus meiner allgemeinen Beurteilung und der Abschlußnote herauszuhören, was mich erwartete. Der Kommandeur spannte mich auf die Folter. Erst als er mir die Hand schüttelte und zum erfolgreichen Abschluß des Lehrgangs gratulierte, ließ er die Katze aus dem Sack.

»Zweiter Wachoffizier auf *U 769*, Herr Vögele! Ein tolles Bordkommando, nach dem sich so mancher dort draußen die Finger leckt; denn Kapitänleutnant Hinterstecker ist einer unserer erfolgreichsten Kommandanten überhaupt.«

Der Adjutant schloß sich diesen Glückwünschen an und überreichte mir meine Papiere. »Ihr Boot liegt in Brest. Sie werden sich sputen müssen, wenn Sie den Zug nach Berlin noch erreichen wollen. Von dort haben Sie Anschluß nach Paris. Aber nix da mit dem berühmten Pariser Lotterleben und dem Herumgesumpfe in den Puffs mit strammen Weibern, mein Lieber! Ihr Boot soll in wenigen Tagen in See gehen. Hinterstecker reißt Ihnen den Arsch bis zum Stehkragen auf, wenn Sie sich vertrödeln, klar? Und nun ab! Mast- und Schotbruch!«

Damit war ich entlassen. Draußen empfing mich Leutnant Pegelow, mit dem ich mich während des Lehrgangs angefreundet hatte. Gespannt blickte er mir ins Gesicht.

»Na, was ist?« Ungeduldig ergriff er meinen Arm. »Nun rede schon, Knut! Was haben sie dir verpaßt? Ein Bordkommando?«

Ich nickte. »Zweiter Wachoffizier auf *U 769*. Der Pott liegt in Brest.«

»Frankreich? Gratuliere! Das muß gefeiert werden!« Etwas wie Enttäuschung schwang dennoch mit in seiner Stimme. Er hatte wohl gehofft, wir könnten zusammenbleiben. »Mensch, da machen wir heute abend noch ordentlich einen drauf!«

»Tut mir leid, Heinz, keine Chance! Ich muß den Zug nach Berlin kriegen. Der Kahn ist frontklar und soll in den nächsten Tagen in See gehen.«

Die Zeit reichte gerade noch zu einem Abschiedstrunk in der Messe, mehr nicht. Dabei schnappte ich die Gerüchte auf, die über meinen neuen Kommandanten im Umlauf waren, und die ergaben ein keineswegs erfreuliches Bild.

Der Schreibersmaat riß die Tür vor mir auf. Ich trat ein und salutierte. »Leutnant zur See Vögele, als II WO auf *U 769* kommandiert, Herr Kaleu!«

»Schau an, Sie sind also mein neuer II WO.« Kapitänleutnant Hinterstecker musterte mich eine ganze Weile wortlos. Er saß lässig zurückgelehnt hinter seinem Schreibtisch und spielte mit einem Brieföffner, ohne jedoch den Umschlag mit meinen Papieren zu öffnen, den ihm der Maat auf den Tisch gelegt hatte. Er versuchte ganz offensichtlich, mich einzuschätzen.

Das tat ich allerdings ebenfalls. Mochte der Teufel wissen, wer ihm das Gerücht angehängt hatte, er sei ein verkniffener, verbiesterter Vorgesetzter. So ein verknöcherter, humorloser Kommißhengst, eiskalt und kompromißlos, von seiner Besatzung gefürchtet, wenn nicht gar gehaßt. Allein sein bloßes Auftreten riefe schon eine tiefe Abneigung hervor.

Das Gegenteil war der Fall. Ich stand einem Ritterkreuzträger mit einem auf Anhieb sympathischen Äußeren gegenüber. Rank, schlank und blond, entsprach seine ganze Erscheinung genau dem gängigen Klischee des großdeutschen Seeoffiziers, dessen sich die Propaganda so gern bediente, weil sein Anblick angeblich jedes Frauen- oder Mädchenherz sofort zum Galoppieren brachte.

»Vögele – das klingt süddeutsch, so nach Schwaben.« Er sah mich lächelnd an. »Ein Name, der doch bestimmt schon manches lose Schandmaul zu anzüglichen Lästereien animiert hat, was? Oder irre ich mich?«

Wenn er dachte, ich würde das einfach so hinnehmen, so irrte er tatsächlich.

»Ach Gott, Herr Kaleu, ich kann damit leben. Der Name stellt wenigstens an die Phantasie gewisser Leute keine großen Ansprüche.« Ich lächelte ihm entwaffnend ins Gesicht. »Außerdem soll es ja noch schlimmere Namen geben, habe ich mir sagen lassen.«

Einen Augenblick starrte er mich verblüfft an, dann lachte er laut auf und schlug sich auf die Schenkel. »Damit meinen

Sie mich, was? Sie haben Mut, so etwas hat schon lange keiner mehr gewagt; das gefällt mir. Und Sie sind auch kein Schwabe, sondern dem flotten Mundwerk nach wohl eher ein Berliner! Andererseits enttäuschen Sie mich. Ich habe einen jungen Spund erwartet, so eine bibbernde *Napfsülze*, die vor Ehrfurcht vor mir erstarrt. Nach beidem sehen Sie nicht aus. Wir dürften derselbe Jahrgang sein, und doch sind Sie erst Leutnant. Warum? Aus dem Mannschaftsstand aufgestiegen?«

Ich schüttelte den Kopf. »Ich bin vor Kriegsausbruch lange Zeit im Ausland zur See gefahren und bin deshalb meiner Wehrpflicht nicht nachgekommen. Das hole ich jetzt nach. Darum bin ich noch Leutnant. Noch.«

»Aha!« Er stand auf und gab mir die Hand. »Herzlich willkommen auf *U 769*!« Mit einer einladenden Geste wies er auf den Sessel vor seinem Schreibtisch. »Legen Sie ab, und dann erzählen Sie mal, wo Sie bisher gefahren sind. Ihre Papiere kann ich auch später noch lesen.«

»Danke, Herr Kaleu!« Ich zog meinen Offiziersmantel aus und warf ihn achtlos auf einen der Stühle.

Beim Anblick der Kampfabzeichen auf meiner Uniformjakke pfiff er überrascht durch die Zähne. »Da gibt's ja wohl nicht mehr viel zu erzählen. Dickschiff und Minensuch, vermutlich als Fähnrich und Oberfähnrich, was? Aber wie paßt denn da das Blockadebrecher-Abzeichen hinein?«

»Wir sind mit *MS Bavaria* vor Brasilien vom Kriegsausbruch überrascht worden. Internieren lassen wollten wir uns jedoch nicht. Wir sind als *MS Norwegian Star* getarnt glücklich nach Deutschland durchgekommen, wenn's auch am Ende beinahe ins Auge gegangen wäre.«

»Wie das denn?«

»Vor Bergen stoppte uns ein britischer Zerstörer mit einem Schuß vor den Bug. Sein Pech, daß auf unseren Hilferuf prompt eine norwegische Fregatte auftauchte und ihm die

Tour vermasselte. Damals respektierten die Tommies die Drei-Meilen-Zone noch. Der Rest war dann ein Kinderspiel. Jetzt liegt die *MS Bavaria* als Wohnschiff in Gotenhafen.«

Das genügte ihm selbstverständlich nicht, er wollte mehr über meinen seemännischen und militärischen Werdegang wissen. Was er zu hören bekam, schien ihn zu befriedigen.

Es klopfte. Ein Oberleutnant zur See trat mit einem dicken Aktenstoß unter dem Arm ein. »Störe ich, Herr Kaleu?«

»Mitnichten, Herr Becker! Lernen Sie gleich unseren neuen II WO, Leutnant Vögele, kennen.« Er wandte sich mir zu. »Das ist Oberleutnant Becker, unser I WO. Ein ganz umgänglicher Mensch, der Sie unter seine Fittiche nehmen wird, damit Sie sich möglichst schnell in Ihren Dienstbereich hineinfinden. Wie ich ihn kenne, wird er es dabei jedoch nicht belassen. Er wird Sie auch durch alle Lokalitäten Brests schleifen, immer einen Schwarm willfähriger Marinehelferinnen im Schlepptau.«

Der I WO, ein sympathischer Mann, schüttelte mir lachend die Hand. »Glauben Sie ihm kein Wort, umgekehrt wird ein Schuh daraus! – Auf gute Zusammenarbeit!«

Es war ein guter Anfang. Mit dem I WO verstand ich mich vom ersten Augenblick an prächtig. Er nahm mich noch an diesem Abend bei einer Flasche Rotwein »unter seine Fittiche«.

Nachdem wir uns erst einmal gegenseitig eingehend berochen hatten, reichte er mir eine Aufstellung über den Tisch. »Unsere Aufgabenteilung. Im Augenblick hat das ja nur einen mehr oder weniger symbolischen Charakter. Nach vier Wochen auf See brauchte der Eimer 'ne gründliche Überholung, deshalb regieren auf ihm noch immer die Werftingenieure. Das wird uns draußen hoffentlich vor bösen Überraschungen bewahren.«

Er klopfte dreimal an Holz. Ich klopfte ebenfalls und überflog die Aufstellung. Sie bewegte sich genau in dem dienstlichen Rahmen, wie er für den II WO vorgegeben war. Becker hatte mir also keine Aufgaben zugeschoben, die ihm lästig waren. Das sprach für ihn.

»Danke, Herr Oberleutnant. Ich ...«

Er unterbrach mich. »Nix da mit dem Oberleutnant! Abgesehen vom *Alten*, reden wir Offiziere uns grundsätzlich mit dem Namen an, klar?«

Ich nickte. »Alles klar! – Wie ich sehe, ist meine Backbordwache zur Zeit noch auf Heimaturlaub. Wann kommt die zurück?«

»In vier Tagen. Dann ist auch der Ersatz für die Abkommandierten zu erwarten. Sie haben also noch genügend freie Zeit. Zur Zeit schiebt meine Steuerbordwache auch nur auf Sparflamme Dienst. Haben Sie noch Fragen?«

Die hatte ich, und so wurde es ein langer Abend. Es blieb auch nicht bei der einen Flasche Rotwein; denn irgendwann kreuzte der Leitende Ingenieur (LI), Oberleutnant ing. Ocke Ketelsen, an unserer Back auf.

»Ein ganz fideles Huhn, immer nur alle möglichen Flausen im Kopf.« So stellte ihn der I WO grienend vor, und das traf den Nagel genau auf den Kopf.

Ketelsen war ein unkomplizierter, fast kumpelhafter Typ, ein fröhlicher Spötter, der alles von der heiteren Seite nahm. Ein Norddeutscher von der Insel Föhr und so ganz anders, als man sich die wortkargen Friesen normalerweise vorstellte. Aber er konnte auch ganz anders, wie sich später zeigte. Wer schluderte oder frech versuchte, sich aus der Verantwortung zu stehlen, der konnte sein blaues Wunder erleben. Aber das war schließlich normal, sonst wäre der LI bei der Besatzung ganz schnell unten durch gewesen.

Er hatte eine Unmenge Witze auf Lager, darunter auch einige politische, die er nur hinter vorgehaltener Hand erzählte. Man konnte schließlich nie wissen, wer noch zuhörte.

Lange nach Mitternacht stieg ich mit einem gehörigen Zakken in der Krone und dem angenehmen Gefühl in die Koje, es mit meinem neuen Kommando und meinen Offizierskameraden nicht schlecht getroffen zu haben.

In der letzten Septemberwoche gaben die Werftingenieure das Boot für den Fronteinsatz frei. Die Mannschaft, inzwischen vollständig nach Brest zurückgekehrt, ging umgehend daran, das Boot seeklar zu machen.

Proviant für sechs Wochen stapelte sich auf dem Pier. Öl und Süßwasser wurden bis an die Halskrause gebunkert. Hinzu kamen Flak-Munition, ein paar akustische Treibminen und natürlich unsere Hauptwaffe, die Torpedos. Sechs davon waren neuartige akustische *Aale* (T 5), die sich rein äußerlich kaum von den »normalen« unterschieden. Sie hatten es jedoch in sich. Einmal auf den Weg gebracht, steuerten sie selbständig jedes Schraubengeräusch an und wurden so vor allem zu *Zerstörerkillern.*

Insgesamt war es eine erfahrene, disziplinierte Mannschaft, allerdings nur an Bord. An Land gingen die Männer keiner Meinungsverschiedenheit aus dem Weg, wenn sie sich die Nase begossen hatten und in der Gruppe auftraten. Selbst die gefürchteten Marinestreifen machten dann lieber einen Bogen um sie.

Mit allerlei Mätzchen probierten sie natürlich auch aus, wie weit sie bei mir gehen konnten. Das bekam ihnen ganz und gar nicht, und damit war alles geklärt.

Inzwischen kannte ich mich auf *U 769* aus. Als VII C-Boot 1942 gebaut, war es moderner als seine Vorgänger ausgerüstet worden. So hatte man unter anderem die jämmerliche 2cm-Einzellafette auf dem *Wintergarten* durch eine 2cm-Vierlingsflak ersetzt und ein hochempfindliches Gruppenhorchgerät (GHG) eingebaut, dessen 48 Mikrophone einen noch sechzig Seemeilen entfernten Geleitzug ausmachen konnten.

Daneben liefen die üblichen Übungen und wurden alle erdenklichen Manöver durchexerziert, um auch die Ersatzleute einzugliedern. Auf See konnten wir uns keine Pannen leisten, jeder Handgriff mußte sitzen. Viel Freizeit blieb mithin nicht. War es da ein Wunder, wenn die Männer abends an Land auf den Putz hauten?

So sah es auch der Alte. Stand wirklich einmal einer von ihnen anschließend zum Rapport, bekam er drei Tage Arrest aufgebrummt, abzusitzen auf See, und das kam praktisch einem Freispruch gleich.

Der Einsatzbefehl kam, als wir bereits zwei Tage seeklar im U-Bootbunker lagen. Er kam trotzdem überraschend; denn eigentlich hätten wir ein paar Tage später zusammen mit anderen Booten als *Wolfsrudel* in See gehen sollen.

»Gibt's für den plötzlichen Sinneswandel 'nen besonderen Anlaß, Herr Kaleu?« wollte der I WO wissen.

»Zwei, Herr Becker! Die Generalüberholung der anderen Boote verzögert sich wegen Materialmangels; das ist der eine. Der zweite ist der alliierte Druck im Mittelmeer. Wir sollen vor Gibraltar operieren und den Nachschub aus USA verhindern.«

»Gibraltar? Auch nicht schlecht«, mischte sich der LI ein. »Den Affenfelsen wollte ich schon immer mal sehen.«

Mit der Abendflut warfen wir die Leinen los und glitten lautlos in die stockdunkle Bucht von Brest hinaus. Es goß so fürchterlich, daß selbst das Ölzeug nur einen unvollkommenen Schutz gegen die Wassermassen bot. Für unseren *Badegast*, den Kriegsberichterstatter Leutnant David Otterbein, den wir in letzter Minute an Bord genommen hatten, stürzte angesichts dieses deprimierenden Abschieds von Land eine Welt zusammen.

Triefnaß stand er auf der Turmplattform und starrte trübsinnig in die Dunkelheit. »Wat denn, keen großer Bahnhof? Keene schmissige Marschmusik und ooch keene tränenfeucht winkenden Marinehelferinnen? – Mensch, is' det'n lahmer Verein hier! Und duster wie im Sack is' det denn ooch noch! Hätt' ick man lieber uff 'nem KdF-Dampfer anjeheuert!«

Der Alte lachte laut auf. »Du meine Fresse, 'ne Landratte aus Berlin, die 'ne Feindfahrt für 'ne Urlaubsreise hält! Keine Ahnung von der christlichen Seefahrt, aber davon viel, was?«

Ich war sicher, daß die Männer ringsum schadenfroh grinsten. Sie gönnten der *Landratte* diese Enttäuschung. Wir dagegen waren froh über die Dunkelheit und den prasselnden Regen, den der steife Südwest von See hereintrug. Es gab ja genug Franzosen in Brest, die jede Schiffsbewegung sofort per Funk nach England meldeten. Daran war uns verständlicherweise überhaupt nicht gelegen.

Obersteuermann Brauer richtete sich vom Kompaß auf. »Richtfeuer peilt null-vier-neun, Herr Leutnant! Zeit zum Kurswechsel. Neuer Kurs drei-vier-null!«

Vertrauen war gut, Kontrolle noch besser. Schließlich war das meine erste Seewache, mein Einstand als II WO sozusagen. Ich trat an den Peildiopter. Der dichte Regen ließ das abgeblendete Richtfeuer nur als schwaches Blinzeln erscheinen, aber die angegebene Peilung stimmte.

»Rudergänger, neuer Kurs drei-vier-null!«

Gehorsam schwenkte der Bug auf die enge Durchfahrt ein, deren Ufer man in der Dunkelheit nur ahnen konnte, und nahm Kurs auf die offene See. M-Boote hatten das Fahrwasser nach britischen Minen abgesucht, und auch gegen die Geschütze zu beiden Seiten der Einfahrt kam von See niemand an. Noch waren wir also in diesem Schlauch sicher. Die Gefahr lauerte erst weiter draußen auf uns.

»Haltet ja die Augen auf!« ermahnte ich die Männer des Ausgucks. »Lieber mal 'ne falsche Meldung als 'ne zu späte!«

Eine berechtigte Warnung. Dunkelheit und strömender Regen ließen erfahrungsgemäß immer das Gefühl von Sicherheit aufkommen. Man sah nichts, also sahen auch die anderen nichts. Ein gefährlicher Trugschluß. Das RADAR verschaffte den Tommies auch bei diesem Wetter Vorteile. Paßten wir nicht auf, konnten wir unser Testament machen.

Unruhig tigerte ich deshalb auf der Turmplattform von einer Seite zur anderen. Ich sah zwar die abgeblendeten Blinklichter der Bojen vorübergleiten, aber das verriet mir eigentlich nur, daß der richtige Kurs anlag, mehr nicht.

»Na, wie fühlt man sich denn so, Herr Vögele?« vertrat mir der Alte irgendwann den Weg. »Saust die Muffe?«

»Und wie, Herr Kaleu! Das wird erst aufhören, wenn wir genügend Wasser unter dem Kiel haben. Ich traue unserem Funkmeßbeobachtungsgerät (FuMB) nicht. Keine RADAR-Kontakte, das ist ja ungewöhnlich! Die Tommies schlafen doch nicht!«

»Unsere Marineartillerie an den Funkmeßortungsgeräten (FuMO) aber auch nicht.« Erwiderte er unbeeindruckt. »Was meinen Sie, wie die losballern, wenn die 'nen Tommy orten? Gefährlich wird's erst, wenn wir außer Reichweite ihrer Geschütze sind.«

Das sollte beruhigend klingen, tat's jedoch nicht. Meine innere Unruhe klang erst ab, als wir weiter draußen tauchten, um das Boot zu trimmen und anschließend noch einmal alle Alarm- und Gefechtssituationen unter Wasser durchzuspielen.

Die Nacht blieb unerwartet ruhig. Das FuMB fing keine RADAR-Strahlen auf, und auch in das Horchgerät verirrten sich keine Schraubengeräusche, wenn wir die Diesel stoppten.

Es hatte zu regnen aufgehört. Dennoch traten wir die Morgenwache auf der Turmplattform im Ölzeug an. Vom steifen Südwest getrieben, fegten jedesmal mächtige Gischtfahnen über den Turm hinweg, wenn der Bug tief in die lange Dünung schnitt und Brecher über das Vorschiff wuschen und um den torkelnden Turm schäumten. Es gehörte schon einiges Geschick dazu, immer rechtzeitig hinter dem Schanzkleid des Turmes wegzutauchen, so daß man nicht die volle Ladung abbekam. Die lief einem sonst bis in die Seestiefel. Vier Stunden Wache in Wind und Wetter naß bis auf die Haut, das war alles andere als ein Vergnügen. Bitter für so manchen, dem bei einem Landkommando die *Seebeine* abhanden gekommen waren. Der hatte dann vollauf auch noch mit seinem renitenten Magen zu kämpfen.

Ausgerechnet in dem Augenblick, als *U 769* besonders schwer überholte und gewaltige Wassermassen über die Turmplattform wuschen, kam wie üblich der Kommandant in der Morgendämmerung aus dem Turmluk gekrochen. Er wurde beinahe wieder in den Turm zurückgespült. Für die triefenden Männer der Flak und der Brückenwache war das natürlich ein gefundenes Fressen.

Fluchend kam der Alte auf die Beine, knallte das Luk zu und hakte eiligst seinen Sicherheitsgurt ein. Als er sich aufrichtete, blickte er in betont gleichgültige Gesichter. Nur ein Idiot hätte jetzt Schadenfreude erkennen lassen.

Ich schlug die Hacken zusammen und salutierte lässig. »Keine besonderen Vorkommnisse, Herr Kaleu! Kurs zwo-null-acht, beide Diesel machen Umdrehungen für zwölf Knoten!«

Er hob ebenso lässig die Hand an die Mütze und setzte zu einer Antwort an. Doch da sackte der Bug wieder weg. Blitzschnell tauchten wir hinter dem Schanzkleid unter. Seine Worte ertranken in der Gischtfahne, die über uns hinwegfegte. Pitschnaß tauchte sein Gesicht daraus hervor.

Er grinste mich an und kniff ein Auge zu. »Macht Spaß, was?«

Ich schwieg verblüfft, glaubte, mich verhört zu haben.

»Na, was ist los? Ist Ihnen etwa übel, II WO?« fuhr er spöttisch fort.

Also doch nicht verhört. Was für eine Überraschung, der Mann hatte ja Humor! Rums! Der Bug stieß erneut in die Tiefe. Wie auf Kommando klappten wir beide zu einer Verbeugung hinter dem schützenden Schanzkleid zusammen und entgingen so dem gröbsten Guß.

»Übel? Nicht im geringsten, Herr Kaleu! Ich komm' mir nur langsam wie ein Chinese vor.« Ich kreuzte die Arme über der Brust, verbeugte mich theatralisch und sagte mit Fistelstimme: »Immelzu eine Velbeugung nach del andelen. Macht ganz schwindlig, Tuan!«

Er schlug mir lachend auf die Schulter. »Mensch, II WO, Sie sind vielleicht 'ne lustige Nummer! Weht ganz schön, was?«

»Ich hätt's nur lieber ein bißchen trockner.« Ich deutete nach Westen. »Sieht aus, als behielten die Wetterfrösche recht. Es reißt auf. Dann flaut der Südwest im Laufe des Tages ab, und wir bekommen typisches Rückfrontwetter.«

»Hoffentlich! Ich kann mir ...«

»Luftortung aus eins-sieben-fünf!« schrie der BÜ. »Nur ganz kurz, Herr Kaleu! Entfernung etwa drei Seemeilen.«

Wir fuhren herum. Eingehüllt in eine Gischtfahne, suchten wir die niedrige Wolkendecke ab. Nichts!

»Ein Geisterecho? Trotzdem – man kann nie wissen. Geben Sie Fliegeralarm, II WO! Brückenwache auf Tauchstation! Klar zum Alarmtauchen!«

Während die Klingel durch das Boot gellte, ließen sich die

Männer blitzschnell in den Turm fallen. Froh, den Güssen zu entgehen. Wir ließen den Himmel nicht aus den Augen.

»Verdammt, noch immer nichts! Sitzen wir einem ...« Ein Schrei vom 2cm-Vierling riß mir das Wort vom Munde.

»Da ist er! In eins-sechs-null! Ziel aufgefaßt!«

Durch die Wolkendecke stieß ein Flugzeug mit Zusatztanks an den Flügeln herab und schwenkte über der Wasseroberfläche zum Angriff ein. Rasend schnell kam es näher. Zum Tauchen war es zu spät.

»Feuer frei! Haltet ihn uns vom Leibe!« schrie der Alte. »Auf die Tanks zielen!«

Aus dem 2cm-Vierling schlug der Maschine ein Geschoßhagel entgegen. Jetzt zahlten sich die Gefechtsübungen aus, denn trotz des ruppigen Seegangs lag er fast deckend. Damit hatten die Piloten nicht gerechnet. Sie zogen die Maschine steil hoch, um dem Beschuß zu entkommen. Vergeblich, sie boten dem Richtschützen dadurch nur ein noch größeres Ziel. Der Feuerstrahl des Vierlings faßte nach den Tragflächen und den Zusatztanks, hackte auf die Kanzel ein und strich über den Rumpf. Es war das reinste Scheibenschießen.

Das Ende kam schnell. Plötzlich explodierte einer der Tanks und setzte den linken Flügel in Brand. Schnell griff das Feuer auf den Rumpf über. Wie eine brennende Fackel schmierte die Maschine ab und trudelte als wabernde Lohe vom Himmel. Keine Chance für die Piloten, sich noch mit dem Fallschirm zu retten.

Unser Jubelgeschrei ging in dem gewaltigen Donnerschlag unter, mit dem das Flugzeug auf der Wasseroberfläche aufschlug und in die Luft flog, brennende Teile weithin nach allen Seiten schleudernd. Nichts blieb von ihm übrig, nicht einmal die fette Qualmwolke über der Absturzstelle. Die riß der steife Südwest auseinander.

»Bomben! Der Charly hatte Bomben an Bord. Gut, daß wir

nicht zu tauchen versucht haben, der hätte uns voll erwischt.« Der Alte atmete erleichtert auf. »Er war schon zu dicht dran. Wir sollten schleunigst verschwinden, der hat bestimmt gefunkt.«

Ich nickte. »Bereitschaftsmunition ergänzen! Geschützplattform aufklaren! Klar zum Alarmtauchen!«

In fieberhafter Eile kamen die Männer meinem Befehl nach. »Auf Tauchstation!«

Wir ließen uns in den Turm fallen und rutschten an den Leiterholmen in die Tiefe. Als letzter knallte der Alte das Turmluk zu und trieb die Vorreiber vor.

»Turmluk ist dicht! Fluuuten!«

Auf dreißig Meter pendelten wir ein und krochen auf unserem alten Kurs weiter. Vier Knoten mit E-Maschinen, mehr war nicht drin, wollten wir die Batterien nicht innerhalb kürzester Zeit ausnuckeln. Sie reichten man gerade für achtzig Seemeilen. Irgendwann mußten wir wieder auftauchen, um sie aufzuladen.

»Der Vierling! Das war eine gelungene Premiere, und ich war so skeptisch!« Hinterstecker nahm die Mütze ab und strich sich über seine Haare. »Wenn wir nun auch noch ’nen erweiterten Wintergarten mit ’ner Drei-sieben drauf hätten, wie die neuesten Boote, dann flutschte das noch besser, wenn’s wieder mal zum Tauchen nicht mehr langt.«

Das Wegtauchen der VII C-Boote vor schnellen Flugzeugen war tatsächlich ein ernstes Problem, es dauerte zu lange. Entdeckte man sie zu spät, war man vor ihren Bomben nicht mehr sicher.

»Nichtsdestotrotz – war schon ein tolles Ding, wie die den Charly runtergeholt haben«, lobte ich die Flakbedienung. »Und das bei dem Seegang! Der kam ja nicht mal dazu, seine Bordwaffen einzusetzen!«

»Stimmt, und das verdient Anerkennung!« Hinterstecker griff zum Mikrophon der Bordsprechanlage. »Maat Peters in die Zentrale! Ich wiederhole: Maat Peters in die Zentrale!«

Bootsmaat Peters, ein blonder Hamburger »Buttje«, war der Geschützführer des Vierlings. Seit er als Ersatz in Brest an Bord gekommen war, hatte er seine Leute beim Geschützdienst schwer gezwiebelt. Zugetraut hatte ihm das eigentlich keiner, denn er wirkte irgendwie lahmarschig, zumal er gemütliches Hamburger Missingsch sprach.

Er kam durch das Mannloch in die Zentrale gejumpt und baute sich vor dem Alten militärisch auf. »Bootsmaat Peters wie befohlen zur Stelle!«

»Nun brechen Sie sich man bloß keinen ab!« winkte Hinterstecker prompt ab. »Ausspreche Anerkennung, Peters! Sie haben Ihre Sache ganz prima gemacht. Aber sagen Sie, seit wann sind denn Geschützführer gleichzeitig Richtschützen?«

»War Zufall, Herr Kaleu. Ich hab' den lahmarschigen Krükken gerade vorgeführt, wie man blitzschnell Zielwechsel macht, als der Charly auftauchte. Da bin ich gleich sitzen geblieben.«

»Alle Achtung, das war eine reife Leistung, wie Sie den runtergeholt haben.«

»Ischa allens nur 'ne Frage der Übung, Herr Kaleu. Zwei Jahre auf 'nem Räumboot, da ist der Seegang dann 'n Klacks.«

»Aha!« Er wandte sich an mich. »Was meinen Sie, II WO, sollten wir für die Flakbedienung einen Lebenswecker spendieren?«

Der Lebenswecker war ein kleines Glas Rum aus der Marketenderlast, der eigentlich ›Besanschot an!‹ vorbehalten blieb. Aber in einem solchen Fall war das besser als jedes Lob.

Ich nickte. »Die werden sich ja am frühen Morgen nicht sinnlos besaufen wollen, Herr Kaleu. Zentralemaat, der

Smutje soll jedem der Flakbedienung einen Daumenbreit Rum ausschenken. Aber keinen Tropfen mehr, klar?«

»Jawohl, Herr Leutnant!« Simoneit, der Zentralemaat, verschwand mit dem freudig grinsenden Peters durch das Mannloch.

»Eigentlich schade, daß unser Badegast mit seiner Kamera nicht auf der Brücke gewesen ist«, bedauerte der Alte. »Wo steckt dieser Mensch überhaupt?«

»Der liegt malade in seiner Koje und sortiert sein Innenleben«, spottete der LI. »Würfelhusten, bis der kleine braune Ring kam. Den hat er zum Glück geistesgegenwärtig wieder runtergeschluckt, sonst wär's am Ende auch noch nach hinten losgegangen.«

Wer den Schaden hatte, brauchte eben für den Spott nicht zu sorgen.

Der Abschuß bildete das Gesprächsthema des ganzen Vormittags. Der Charly hatte gefunkt, dessen waren wir sicher. Vermutlich jedoch nur seine Sicht- und Standortmeldung, zu mehr hatte ihm unsere Flak keine Zeit gelassen. Folglich waren die Briten alarmiert und suchten nun garantiert die See nach uns ab. Wir blieben also weiter unter Wasser, denn bei unserem lahmen Tempo entfernten wir uns viel zu langsam von der Abschußstelle.

Es gab noch einen weiteren Grund. Charly hatte uns nur kurz geortet. So kurz, als habe er sich nur noch einmal vergewissern wollen, ob es uns unter der dichten Wolkendecke tatsächlich noch gab. Die Funkheinis schworen Stein und Bein, es sei der einzige Kontakt gewesen, und das gab uns Rätsel auf.

»Verflucht, woher haben die gewußt, wo wir stecken?« Hinterstecker sah den LI und mich fragend an, als seien wir Hellseher. »Eine Agentenmeldung aus Brest?«

Der LI schüttelte den Kopf. »Glaube ich nicht. Dann hätte der uns auf dem üblichen Weg nach Norden gesucht. Ich habe einen ganz anderen Verdacht.«

»Und der wäre, Herr Ketelsen? Daß unser FuMB nicht funktioniert?«

»Im Gegenteil, Herr Kaleu, daß es zu gut funktioniert und uns durch Eigenstrahlung verrät.«

»Eigenstrahlung?« fragte ich verwundert. »Das ist doch kein Sender, sondern ein Empfänger!«

»Richtig, Herr Vögele. Aber ich habe mich im Urlaub mit einem Radiofachmann unterhalten, als man zwei Häuser weiter eine Familie verhaftete. Der hat mir erklärt, daß von jedem Empfänger auch eine gewisse Eigenstrahlung ausgeht, durch die man seinen Standort orten kann. Mit einem entsprechend starken Peilgerät kann man beispielsweise Schwarzhörer aufstöbern oder Leute, die Feindsender hören.«

»Wollen Sie damit sagen, die Tommies könnten so ein Ding in ihrem Cockpit haben?« fragte der Alte zweifelnd. »Das wäre ja eine böse Überraschung, LI!«

»Erleben wir die nicht täglich aufs neue, Herr Kaleu? Die Wissenschaftler auf der anderen Seite schlafen eben auch nicht!«

Beim zweiten Mittagswachwechsel zogen wir Bilanz. Seit dem Abschuß hatten wir man gerade sechsunddreißig Seemeilen zurückgelegt. Das war für einen suchenden Aufklärer gar nichts. Trotzdem fühlten wir uns zunehmend sicherer; das GHG blieb nämlich still. Immer wieder hatte Hinterstecker auch das Luftzielsehrohr ausgefahren und den inzwischen fast wolkenlosen Himmel abgesucht.

»Gut«, sagte der Alte und ließ sich mit einer Muck Kaffee an der Back im Offizierslogis nieder. »Eine Stunde noch, dann tauchen wir auf.«

Er blickte unseren Badegast an, der an der Back saß und mit dem größten Appetit eine Portion Sülze mit Bratkartoffeln in sich hineinschaufelte. »Na, wieder auferstanden von den Toten? Sorgen Sie schon vor? Keine Angst, der Wind hat inzwischen abgenommen, die Schaukelei wird also nicht mehr so schlimm.«

Otterbein brummte nur und schaufelte weiter. Aber der Alte war mit ihm noch nicht fertig.

»Vielleicht können Sie mal ein paar Aufnahmen von uns machen, wenn Ihr Würfelhusten Sie nicht wieder übermannt, Herr Otterbein? Die tapfere deutsche Kriegsmarine auf dem Weg zum Endsieg und so?« Das war reiner Hohn, doch es kam noch schlimmer. »Otterbein – ein seltener Name. Finden Sie nicht?«

Otterbein schob den leeren Teller zurück und wischte sich mit dem Handrücken über den Mund. »Selten? Nöö, mein Vater, Großvater und Urgroßvater hießen schon so. Oder meinen Sie mit selten mosaisch, Herr Kaleu?«

»Mosaisch? Was hat denn Moses mit Ihrem Namen zu tun?« fragte ich verwundert.

»Oh, eine ganze Menge, Herr Vögele! Was meinen Sie, was ich für Scherereien gehabt habe, weil ein leseunkundiger Vorfahre nicht gemerkt hat, daß irgend so ein blöder Schreiberling seinen Namen Atterbeni zu Otterbein gemacht hat? Und dann heiße ich auch noch David! Ich war auf einmal nicht mehr arisch und damit absolut wehrunwürdig! Fehlte bloß noch der Judenstern.«

»Wollen Sie mich verarschen?« fuhr der Alte erbost hoch. »Das lassen Sie gefälligst, das kann ich alleine!«

Er kam mir damit zuvor, denn ich war der gleichen Meinung. Otterbein hob abwehrend die Hände.

»Nichts liegt mir ferner, Herr Kaleu! Mein Name hat mich tatsächlich in die größten Schwierigkeiten gebracht, weil er jüdisch klingt. Erst mein beglaubigter Ahnenpaß beförderte mich wieder vom Untermenschen zum Angehörigen der Herrenrasse.«

Teufel, war der denn von allen guten Geistern verlassen? Untermenschen und Herrenrasse gehörten zum gängigen Sprachschatz der politischen Journalisten, aus seinem Munde klangen sie jedoch wie Spott und Hohn. Bekam das Hinterstecker in den falschen Hals, dann gab es den allergrößten Stunk.

Doch der blieb aus. Der Alte lehnte sich auf der Backskiste zurück. »Interessant, Herr Otterbein. Erzählen Sie!«

Es war eine unglaubliche Geschichte. Als die NSDAP 1933 an die Macht kam, sei er als Reporter eines großen Berliner Verlages nur wegen seines jüdisch klingenden Namens sofort geflogen. Ich schüttelte verständnislos den Kopf.

»Haben Sie die ausgefallenen Namen vergessen, die man den Juden mal irgendwann aus purer Niedertracht verpaßt hat, Herr Vögele? Katzenellenbogen, Grünspan, Siebenhaar und so weiter? Da paßte doch David Otterbein wunderbar hinein!«

Als ich nickte, fuhr er fort. Er sei nirgendwo untergekommen, bis er seine Herkunft bis zu jenem österreichischen Ahnen zurückverfolgt habe, der noch Atterbeni geheißen habe.

»Und siehe da, auf einmal war ich wieder ein vollwertiger Arier! Arisch bis unter die Vorhaut, weil ich es mit Ahnenpaß und unbeschnittenem Pimmel nachweisen kann. Und jetzt bin ich sogar Leutnant der Propagandakompanie! Komisch, wa?« Plötzlich hielt er sich den Magen, und seine Augen blitzten spöttisch. »Verdammt, kommt mir etwa die schöne Schweinesülze hoch? Na klar, Schweinefleisch! Für Juden verboten!«

Das sollte lustig klingen, doch lachen konnte ich darüber gar nicht. Ich sah ihn betreten an. Mir dämmerte auf einmal, daß ich wohl zu lange im Ausland gewesen war, um die wahren Verhältnisse in Deutschland wirklich zu kennen.

Auch Hinterstecker kaute eine ganze Weile daran herum. »Na, da kann ich mich für meine blöde Pflaumerei eigentlich nur bei Ihnen entschuldigen.« Er stand auf und gab Otterbein die Hand. »Tut mir leid!«

»Keine Ursache, Herr Kaleu. Bin dran gewöhnt.« Auch er erhob sich und nahm seine Kamera. »Vielleicht bekomme ich tatsächlich ein paar dufte Bilder in den Kasten.«

Ich sah den beiden hinterher und fragte mich wieder einmal, welcher Idiot dem Hinterstecker die üble Nachrede angehängt hatte, er sei ein seelenloser Kommißknüppel.

Auf meinem Füllfederhalter herumkauend, brütete ich über meinem Bericht und verfluchte wieder einmal innerlich die Kommißbürokratie, die mich zwang, einen Vorgang bis ins I-Tüpfelchen breitzutreten, der sich eigentlich mit ein paar knappen Worten abhandeln ließe. Doch ich war ungerecht. Der wahre Schuldige war mein Gehirn, das sich nicht konzentrieren wollte. Kaum hatte ich einen halbwegs passabelen Satz zusammengeschustert, schweifte es prompt ab, und futsch war er wieder.

Der LI steckte den Kopf ins Offizierslogis, lächelnd eine Muck Kaffee in der Hand balancierend und die Bewegungen des aufgetauchten Bootes in den Knien ausgleichend.

»Sieh da, man schreibt! Doch nicht etwa einen Liebesbrief?« Er trank einen Schluck. »Ein bißchen verfrüht, Herr Vögele. Den nächsten Postkasten erreichen wir bestenfalls in vier Wochen, und dann sind Sie schneller zu Hause als Ihre glühenden Liebesschwüre!«

Ich lachte laut auf. »Liebesschwüre? Schön wär's ja! An diesem blöden Gefechtsbericht kaue ich herum. Aber das flutscht nicht, meine Gedanken sind dauernd woanders.«

Er kam herein und setzte sich zu mir an die Back. »Und wo sind die? Bei den nackten Miezen im Brester Puff? Oder ist das eine indiskrete Frage?«

»Ganz und gar nicht. Nach dem Gespräch mit unserem Badegast frage ich mich, ob ich die Verhältnisse in Deutschland bisher nicht durch eine falsche Brille gesehen habe.«

Der LI sah mich einen Augenblick irritiert an. »Wie meinen Sie denn das? Hat der Sie etwa mit politischen Phrasen berieselt?«

»Im Gegenteil!« Ich zögerte und suchte nach einer möglichst unverfänglichen Formulierung. Ich wußte ja trotz seiner ständigen politischen Frotzeleien nichts über seine tatsächliche Einstellung zum Regime. »Er hat dem Alten und mir eine Geschichte erzählt, die mich sehr nachdenklich gemacht und den Alten sogar zu einer Entschuldigung veranlaßt hat.«

»Was sagen Sie da? Der Alte hat sich entschuldigt? Warum das denn?«

Ich wiederholte Otterbeins Geschichte. Dabei wurde Ketelsens Gesicht immer länger. Als ich endete, schüttelte er ungläubig den Kopf.

»Nur des ausgefallenen Namens wegen? Mensch, da kann ich ja froh sein, daß mich mein friesischer Name vor solchen Konsequenzen bewahrt hat! Und ich hab' diese Ahnenforscherei immer als fixe Idee belächelt. Oder haben Sie vorher jemals auch nur einen Gedanken an Ihre Urahnen verwandt?«

»Natürlich nicht! Warum auch? Als ich's dann mußte, bin ich man gerade bis zu meinen Urgroßeltern bei Heilbronn gekommen, das genügte.«

Er sah mich nachdenklich an. »Verrückt, was?«

Der Abend bescherte uns einen Sonnenuntergang, wie er für die Rückfront eines Tiefdruckwirbels typisch war. Von der untergegangenen Sonne immer stärker rot angehaucht, segelten die Wolkenballen wie behäbige Koggen über einen hohen blauen Himmel, der sich über der Kimm mehr und mehr in ein leuchtendes Türkis verwandelte. Im Osten glitt das Blau langsam immer dunkler in das Schwarz der Dämmerung hinüber.

Es war ein so hinreißendes Naturschauspiel, daß ich nach Wachablösung nicht die geringste Lust verspürte, aus der herrlich frischen Seeluft wieder in das abgestandene Dunstgemisch aus Dieselöl, Kombüsenmief und menschlichen Ausdünstungen hinabzusteigen, gegen das selbst die heulenden Entlüfter vergeblich ankämpften.

Von dem Farbenspiel fasziniert, turnte Otterbein beängstigend selbstvergessen auf dem Boot umher, um den Himmel, das Meer und uns irgendwie gemeinsam auf den Film zu bannen.

»Das sehe ich gar nicht so gern«, brummte der I WO mißbilligend. »Diese Landratte hat ja nicht mal eine Schwimmweste um! Wie der Alte gesagt hat, keine Ahnung von der christlichen Seefahrt, aber davon viel!«

Ich nickte. Die Dämmerung morgens oder abends war die gefährlichste Zeit für uns. Vor der helleren Kimm hoben wir uns überdeutlich ab und boten für jedes angreifende Flugzeug oder jeden aus der Dunkelheit heranschleichenden Feind ein ideales Ziel. Höchste Wachsamkeit war also geboten, von der aber lenkte Otterbeins unbekümmertes Herumgeturne ab.

»Da gibt's nur eins«, sagte ich leise, »einen Fliegeralarm zur Übung. Der scheucht ihn unter Deck.«

»Mensch, das ist die Idee! Hoffentlich fällt der Knabe dabei nicht in den Bach.« Er kicherte verhalten und stieß den Ausguck neben sich an. »Weitergeben: Fliegeralarm zur Übung! Aber leise, damit unser Badegast nicht mißtrauisch wird, klar?«

Selbst im schwindenden Licht sah ich, daß der Mann grinste. Einen Offizier hineinzulegen, das war etwas. Ein Handzeichen meldete, daß der Befehl beim letzten Mann angekommen war.

»Fliegeralarm!« schrie der I WO. »Feuererlaubnis für die Flak! Klar zum Alarmtauchen!«

Der Alarmschrei riß Otterbein jäh aus seinen künstlerischen Träumen. Mit affenartiger Geschwindigkeit enterte er den Turm und stürzte sich auf das Turmluk. Er stutzte nicht einmal darüber, daß es diesmal dort nicht das sonst übliche Gedränge gab. Er ließ sich in den Turm fallen und sauste an den Leiterwangen in die Tiefe. Vermutlich hörte er nicht einmal das übermütige Gelächter, das ihm folgte.

»Ruhe im Puff!« bremste der I WO den Übermut. »Reißt lieber eure verplierten Augen auf, ihr alten Säcke.«

Wir kamen gut voran. Die See und der Himmel blieben leer, bis am nächsten Mittag die spanische Küste querab von Ferrol als dunkler Saum über die Kimm stieg. Dort wandelte sich das Bild. Innerhalb der spanischen Drei-Meilen-Zone herrschte ein reger Schiffsverkehr, wie uns das GHG verriet. Doch der tangierte uns wenig. Wir standen viel zu weit von Land ab, als daß man uns von dort hätte entdecken können.

Die Wachen wechselten. Hinterstecker kletterte zum Mittagessen nach unten, und der I WO löste mich ab.

»Keine britische U-Jagdgruppe, keine Flugzeuge vor der spanischen Küste. Das heißt dann, sie vermuten hier keine deutschen U-Boote«, stellte er nach einem Rundblick optimistisch fest. »Fast wolkenloser blauer Himmel, eine richtige Bäderreise. So kann's gern bleiben!«

»Ihr Wort in Gottes Ohr, Herr Becker.« Ich schnupperte, denn aus dem offenen Turmluk drang verlockender Duft zu uns herauf. »Mmmm, da läuft einem ja das Wasser im Munde zusammen.«

»Kasseler Rippenspeer mit Sauerkraut, ganz lecker! Nichts wie hinunter ...«

»Fliegeralarm!« unterbrach ihn ein Schrei. »Flugzeug im Anflug aus eins-vier-fünf! Typ nicht identi ...«

Weitere Schreie: »Flugzeug im Anflug aus eins-acht-null! Und noch eins in zwo-fünf-null!«

Unsere Köpfe flogen herum. Diesmal war es kein Jux, sondern tödlicher Ernst. Dort kamen sie, noch weit ab und klein wie Möwen, aber rasend schnell größer werdend. Die Alarmklingel schrillte durch das Boot.

»Auf Tauchstation! Klar zum Alarmtauchen!«

Blitzschnell leerte sich der Turm. Als letzter knallte der I WO das Luk zu. »Turmluk ist dicht! Fluuuten!«

Gurgelnd schoß das Wasser in die aufgerissenen Tauchzellen. Mit hart gelegten Tiefenrudern und auf vollen Touren laufenden E-Maschinen strebten wir in die Tiefe. Nicht schnell genug.

»Alle Mann voraus!« schrie der Alte, denn jetzt zählte jeder Meter. Die wilde Jagd tobte durch die Zentrale. Unter der Gewichtsverlagerung kippte der Bug regelrecht nach unten ab. »Ruder, Steuerbord zwanzig!«

Das Boot schor aus unserem alten Kurs.

Immer wieder ging mein Blick zum Tiefenmesser. Unerträglich langsam gewannen wir Tiefe, flohen wir von unserem Tauchpunkt weg. Reichte es, um den Bomben zu entgehen, die jeden Augenblick fallen mußten?

»Vierzig Meter gehen durch, Boot fällt schnell weiter!« verkündete der LI. »Fünfzig! Sechzig!«

»Ruder, komm auf! Alle Mann wieder auf Station! Boot auf neunzig Meter einpendeln.« Die ruhige Stimme des Alten hatte eine wohltuende Wirkung.

Weitere Kommandos brachten das Boot auf ebenen Kiel, ließen es auf neunzig Meter einpendeln. Alles ohne Hektik, als handle es sich bloß um eine der üblichen Übungen, während wir uns noch immer schnell weiter und weiter von unserem Tauchpunkt entfernten.

Der LI sah kritisch auf den Drehzahlmesser und runzelte die Stirn. Umdrehungen für sieben Knoten, die fraßen die Batterienladung schneller als eine zehnköpfige Raupe.

»Verdammt, wie haben die uns auf diese Entfernung gefunden?« brach der Kommandant das Schweigen. »Hat der Mann am FuMB gepennt?«

Statt einer Antwort fielen plötzlich hinter uns die Bomben. Sechs ohrenbetäubende Detonationen holten uns ein. Geistesgegenwärtig griff ich nach einem der Leiterholme, um auf den Beinen zu bleiben, wenn ihre Druckwellen das schwere Boot von achtern packten. Schon holten sie uns ein und drückten es aus dem Kurs, als sei es eine leichte Blechdose. Dann Ruhe.

»Tiefer runter, LI! Auf hundertzwanzig Meter einpendeln!« befahl der Alte. »Beide Maschinen Kleine Fahrt!«

Während das Boot in die Tiefe sackte, warteten wir auf die nächste Bombenserie. Langsam verstrich die Zeit. Doch es blieb still. Verblüfft sahen wir einander an.

»Drei Angreifer, aber nur einer wirft Bomben?« wunderte sich der I WO. »Eine neue Masche?«

Der Alte schüttelte den Kopf. »Keine neue Masche, die hoffen auf einen Ölfleck oder Luftblasen, um uns den Rest zu geben.«

»Da können sie lange warten. Die Dinger lagen doch viel zu weit ab und waren viel zu flach eingestellt.«

»Kann sich alles ändern!« Er klopfte an Holz. »Die zählen sich doch an fünf Fingern ab, daß wir den Kurs geändert haben. Die nächsten werden sie gestreut werfen, dann sieht die Sache anders aus.«

Und so kam es. Sie flogen offensichtlich einen Kreis und

warfen dabei in weiten Abständen ihre Bomben. Zwölf Stück waren es. Die schüttelten das Boot zwar durch und dröhnten in unseren Ohren, blieben uns jedoch ansonsten zum Glück weit genug vom Leibe.

»Das war's dann ja wohl«, brummte der zweite Obersteuermann Hollenberg zuversichtlich und trug unseren Kurs auf der Karte ab. »Ein bißchen dürftig, was?«

»Abwarten!« bremste ich seinen Optimismus. »Die funken, und dann kann's dicke werden.«

»Da sei Gott vor!« meinte der Alte, der an den Kartentisch trat und die Karte inspizierte. »War es Zufall, oder haben die uns durch ihr RADAR ausgemacht? Abu Horchlöffel in die Zentrale!«

Abu Horchlöffel, das war der Funkobermaat Brunner, verantwortlich auch für die Männer am GHG und am FuMB. Ein zuverlässiger, erfahrener Mann, der seinen Leuten keine Nachlässigkeiten durchgehen ließ. Es war ihm daher um so peinlicher, daß er in die Zentrale zitiert wurde; er ahnte den Grund.

»Na, Brunner, was sagen Sie dazu, daß uns die drei Tommies, von Ihrem FuMB unbemerkt, aufgestöbert haben? Zufall kann es doch wohl kaum gewesen sein. Haben Ihre Leute gepennt?«

Das traf Brunner an seiner empfindlichsten Stelle. »Nein, Herr Kaleu, die haben nicht gepennt. Es kann nur Zufall gewesen sein. Seeler, mein zuverlässigster Mann, sitzt am Gerät, und der hat Stein und Bein geschworen, daß er keinerlei Signale empfangen hat, obwohl das Gerät absolut intakt ist.«

»Sind Sie sicher?« Der Alte nagte nachdenklich an seiner Unterlippe. »Benutzen die jetzt eine andere Frequenz, oder verraten wir uns durch Eigenstrahlung?«

Brunner sah ihn überrascht an. »Eigenstrahlung? Das könnte

es sein, obwohl ich das nicht glaube. Das war bei den ersten Geräten der Fall. Wenn das jetzt wieder passiert, müssen die Tommies ihre Geräte erheblich verbessert haben, und dann sind wir angeschissen, Herr Kaleu.«

Ein wahres Wort, denn dann wurde das Gerät, das uns vor der RADAR-Ortung durch die Briten rechtzeitig warnen sollte, für uns zu einer tödlichen Gefahr.

»Und die andere Möglichkeit, eine andere Frequenz?«

»Dann hätte uns das kurze Signal des abgeschossenen Tommies nicht gewarnt, Herr Kaleu.«

»Danke, Brunner!« Hinterstecker wandte sich an uns. »Bleibt also nur der Zufall, meine Herren. Man muß kein Prophet sein, um vorauszusehen, was jetzt passiert.«

»Wir werden in Kürze 'ne U-Jagdgruppe auf dem Hals haben. Wenn wir Pech haben, eine mit Luftunterstützung«, meinte der I WO. »Keine schöne Aussicht.«

Ich schaute auf die Seekarte und prüfte die Wassertiefen vor der spanischen und portugiesischen Küste. »Sie werden uns im tiefen Wasser suchen, also weitab von Land. Was hindert uns daran, das Gegenteil zu tun?«

»Die Drei-Meilen-Zone, das internationale Recht, mein Lieber!« winkte der Alte ab. »Das werden Sie doch wohl nicht verletzen wollen?«

Ich grinste. »Selbstverständlich nicht, Herr Kaleu! Aber wo kein Kläger ist, da ist auch kein Richter. Die Spanier halten sich zwar aus diesem Krieg heraus, Franco hat jedoch die Hilfe der deutschen Legion Condor im spanischen Bürgerkrieg nicht vergessen. Die Spanier sollen jedenfalls in solchen Fällen deutschen Schiffen gegenüber nicht bloß ein Auge zudrücken, sondern beide, habe ich mir sagen lassen.«

Er schmunzelte. »Kein schlechter Gedanke. Gut, legen wir das Boot auf Ostkurs, Obersteuermann!«

Zwei Stunden später begann ich an meiner Prognose zu zweifeln. Das Horchgerät fing Schraubengeräusche auf, die schnell von Süden aufkamen. Anfangs nicht genau einzuordnen, gab es schon bald nicht mehr den geringsten Zweifel. Sie stammten von schnellen Kriegsschiffen, die in einem respektvollen Abstand die See entlang der spanischen Drei-Meilen-Zone in Dwarslinie abkämmten.

»Nun malt doch bloß nicht gleich wieder den Teufel an die Wand!« moserte der LI. »Warum müssen's denn ausgerechnet Tommies sein? Die Hidalgos haben schließlich auch 'ne Marine.«

»Sicher! Und die fährt natürlich nur deshalb Rabatzbojen, weil das heutzutage bei allen Marinen der Welt der letzte Schrei ist«, spottete der I WO..

Doch das war Unsinn. Wer neuerdings Rabatzbojen nachschleppte, der hatte Angst vor Geräuschminen oder -torpedos, weil die auf Schraubengeräusche ansprachen und unter dem Heck explodierten. Dazu hatten die Spanier jedoch keinen Grund.

»Wir werden sehen«, meinte der Alte und fuhr das Periskop aus. »Da sind sie, zwei Zerstörer und eine Fregatte. Kommen in null-zwo-vier auf, Abstand schwer zu schätzen.«

Ich verglich seine Schiffspeilung mit unserem Kompaßkurs. Noch sah alles gar nicht so schlecht aus, wenn wir auch nicht voraussehen konnten, wie sich die Jagdgruppe weiterhin verhielt. Behielt sie ihren Kurs bei, dann drohte uns keine Gefahr. Doch die internationale Drei-Meilen-Zone verlief keineswegs als gerade Linie, sondern folgte der spanischen Küste.

Der Kommandant fuhr den Spargel ein. »Rabatzbojen, da wär's schade um die neuen Aale. Also ab in die Tiefe! Auf sechzig Meter einpendeln! Schleichfahrt, LI!«

Lautlos glitt das Boot in die Tiefe. Hinterstecker warf einen kurzen Blick auf den Küstenverlauf in der Seekarte. Besorgt verzog er das Gesicht.

»Gebe Gott, daß deren Commander kein alter Hase ist! Wenn der jetzt 'nen Haken schlägt, sehen wir verdammt blaß aus. Frage Wassertiefe!«

»Zwohundert Meter, Herr Kaleu!« kam es wie aus der Pistole geschossen. »Tiefe schwankt zwischen einhundertsiebzig und zwohundert Meter.«

»Nicht schlecht! LI, ab in die Tiefe! Auf einhundertzwanzig Meter einpendeln!«

Noch waren die Briten weit genug von uns ab, aber Vorsicht war schließlich die Mutter der Porzellankiste. Je tiefer wir tauchten, desto größer wurde unsere Chance, ihren Ortungsgeräten zu entgehen, weil sich dadurch die Reichweite des gefürchteten ASDIC verkürzte oder es unterschiedlich dichte Salzwasserschichten mit Geisterechos narrten.

Gespannt verfolgten wir den Kurs der Jagdgruppe, wie er sich aus den Horchpeilungen ergab. Nichts deutete darauf hin, daß sie uns in ihrer Nähe vermuteten. Sie passierten uns an Steuerbord in einem geradezu idealen Schußwinkel und jagten weiter nach Norden.

»Also doch kein alter Hase!« meinte der I WO. In seine Erleichterung darüber mischte sich Bedauern. »Wenn der wüßte! Der sollte Gott auf Knien dafür danken, daß wir seinem Verein nicht ein paar Aale vor den Latz geknallt haben.«

Der Alte nickte. »In den Fingern gejuckt hat's mich schon. Die können von Glück sagen, daß sie Rabatzbojen gefahren haben. Aber wartet, vor Gibraltar geht's anders 'rum!«

Ein paar Stunden später kamen sie zurück. Wir entdeckten sie jedoch erst im letzten Augenblick. Das lag nicht an unserem Ausguck, unser FuMB ließ uns offenbar wieder in Stich. Und noch etwas: Wir fuhren aufgetaucht, prompt überlagerten unsere eigenen Diesel unser Horchgerät. Erst als wir sie zu der üblichen Horchrunde stoppten, hatten wir die Briten im GHG, und da war es fast schon zu spät.

Wir verschwanden Hals über Kopf unter Wasser. Die Angst im Nacken, verfolgten wir ihre Schraubengeräusche. Doch Kurs und Geschwindigkeit beibehaltend, furchten sie weiter durch die dunkle See.

Der Alte stieß erleichtert die Luft aus. »Puh, war das verdammt knapp! Das dämliche FuMB können wir doch glatt vergessen, das Aas funktioniert nicht!«

»Und wenn die ihr RADAR gar nicht benutzt haben, Herr Kaleu?« wandte ich ein.

»Nicht benutzt? Warum denn das nicht, Herr Vögele?«

»Vielleicht wissen die inzwischen, daß unser FuMB uns rechtzeitig vor ihnen warnt?«

Nachdenklich rieb er sich die Nase. »Auch 'ne Möglichkeit! Aber ihre Horchgeräte, warum haben die unsere Diesel nicht geortet?«

»Vielleicht haben die uns geortet, aber für fischende Spanier oder Portugiesen gehalten? Ist doch durchaus drin«, meinte der I WO.

»Kann natürlich sein, aber dann werden sie jetzt ...«

»Feindverband löst sich auf und steuert Suchkurse!« meldete der Mann vom Horchgerät. »Achtung, Zerstörer oder Fregatte kommt in null-zwo-vier auf!«

Aha, ihr RADAR hatte uns verloren, und das machte sie mißtrauisch. Für uns brachte es die Bestätigung: Unser FuMB funktionierte nicht oder hatte zumindest Aussetzer.

Die Schraubengeräusche schwollen bedrohlich an. Aus dem fernen Säuseln wurde schnell das helle Sirren hochtouriger Zerstörerschrauben. Ein unangenehmes Geräusch, gefährlich wirkend wie ein angreifender Hornissenschwarm.

»Keine Rabatzbojen diesmal? Die wollen's also wissen! Auf

Sehrohrtiefe anblasen! Rohre eins bis vier klar zum Unterwasserschuß! Rohr fünf klar zum Minenwurf!«

Wir sahen uns verblüfft an. Wollte er die Briten tatsächlich auf die Hörner nehmen?

Hinterstecker grinste, als er unsere verdutzten Mienen sah. »Reine Notwehr, meine Herren! Die werden wir ja sonst doch nicht los. Außerdem möchte ich mal ausprobieren, wie die neuen Aale funktionieren.«

»Na, ich weiß nicht«, setzte der I WO an, »einer gegen drei? Wenn das man nicht ins Auge ...«

»Versuch macht klug!« wischte Hinterstecker unwirsch den Einwand vom Tisch! »Sollen wir warten, bis die uns in die Mangel nehmen?«

Während das Boot auf Sehrohrtiefe stieg und er den Spargel ausfuhr, kamen die Klarmeldungen aus dem vorderen und achteren Torpedoraum. Die Rohre waren gewässert, die Mündungsklappen schußbereit geöffnet.

»Na bitte, ein Zerstörer, und das Licht reicht aus! Besser geht's doch gar nicht!« Er visierte den Briten an und bewegte den Spargel leicht hin und her. Seine Kommandos dirigierten das Boot in den richtigen Schußwinkel. »Rohr eins und zwo ... Achtung! Rohr eins ... los! Rohr zwo ... los!«

Ein T 5 und ein normaler Torpedo zischten aus den Rohren. Die Tiefenrudergänger fingen das Boot sofort ab, damit wir nicht mit dem Turm aus dem Wasser brachen. In diesem Augenblick packte uns ein Ortungsstrahl, glitt ab und kehrte sofort wieder zurück. Der Zerstörer?

»Wumm-wumm!« gingen die beiden Torpedos hoch. Ihr gemeinsamer Donnerschlag dröhnte so durch die Stille, daß uns schier der Schädel platzte. Die Schraubengeräusche verstummten. Jäh brach das ASDIC ab. Lauter Jubel brandete durch das Boot!

»Ruhe im Schiff!« fuhr der I WO dazwischen.

Schlagartig verstummte der Lärm. Ein seltsames Knacken und Brechen klang durch die Tiefe. Der Alte rieb sich die Hände und sah uns triumphierend an.

»Hab ich's nicht gesagt? Versuch macht klug! Zwei Treffer! Der neue Aal funktioniert wirklich! Brauchen wir ...« Ein dumpfer Knall trieb ihn ans Sehrohr zurück. »Teufel, er brennt! Eine riesige Flammensäule! Es muß einen Treibstofftank erwischt haben! Horchraum, was erzählen die Fische?«

»Die beiden anderen nehmen Kurs auf den torpedierten Tommy, Herr Kaleu! Der in null-null-fünf ist uns am nächsten!«

»Ist er das?« Kaltblütig schwenkte Hinterstecker das Sehrohr auf den anlaufenden Briten. »So ein leichtsinniger Hund! Läuft uns bei der Festbeleuchtung direkt vor die Flinte!«

Wieder packte uns ein Ortungsstrahl und hielt uns fest. Das Geräusch jagte mir eine Gänsehaut über den Rücken. Der Alte blieb jedoch unbeeindruckt. Seine Kommandos ließen den Bug herumschwenken.

»Du willst also auch bedient werden, mein Freund? Nur zu, keiner soll hungern und frieren!« überspielte er seine innere Anspannung. »Des Menschen Wille ist sein Himmelreich, und auf einem Bein kann ich schon gar nicht stehen! Rohr drei und vier ... Achtung!«

Über die Gesichter in der Zentrale glitt ein Grinsen. Solche flotten Sprüche in Situationen wie dieser kamen bei den Männern immer gut an. So wünschte sich jeder seinen Kommandanten.

»Gegner dreht auf uns ein, Herr Kaleu!«

Der Alte ließ sich nicht aus der Ruhe bringen. Er nickte nur. »Soll er, mein Junge! Diesmal brauchen wir nur einen Aal!« Das war Hinterstecker, wie man ihn mir beschrieben hatte. Kalt wie eine Hundeschnauze. »Auf denn! Rohr drei ... los!«

Der Torpedo, ein T 5, zischte aus dem Rohr und jagte auf

den Briten zu, der seinem brennenden Kameraden zu Hilfe eilte. Ich sah auf die Stoppuhr. Unendlich träge schlichen die Sekunden.

»Wumm!« Der Treffer ging in lautem Jubel unter.

Hinterstecker hing am Sehrohr. »Der T 5 hat ihm glatt den Arsch weggerissen. Horchraum, wo steckt der dritte Tommy?«

»Der hat seine Rabatzboje ausgebracht und kommt in zwo-sieben-null auf! Abstand etwa zwei Seemeilen!«

Hinterstecker schwenkte das Sehrohr in die angegebene Peilung. »Der will uns doch nicht etwa ans Leder?«

Ein gewaltiger Knall, gefolgt von einer ganzen Kette heftiger Explosionen, ließ ihn den Spargel zu unserem ersten Opfer zurückdrehen. In die knatternden Explosionen mischten sich immer wieder dumpfe Detonationen.

»Bei dem fackelt nicht nur Treibstoff ab, da geht die Munition achtern hoch!« Vergessen war der dritte Brite. Fasziniert starrte Hinterstecker in die Optik. »Der fliegt garantiert in die Luft, wenn die den Brand nicht schleunigst in den Griff bekommen!«

Bei seinen Worten stieg aus meinem Gedächtnis die Erinnerung an den torpedierten deutschen Zerstörer vor Bergen empor. Auch dort hatte es mit einem Brand angefangen. Rasend schnell war er auf die Munitionskammern übergesprungen, die nicht mehr rechtzeitig geflutet worden waren. Der Besatzung war nur noch der Sprung über Bord geblieben, ein Sprung in den Tod für viele. Das explodierende Schiff hatte sie mit in die Tiefe gerissen.

»Sie geben auf und springen in den Bach! Da brauchen wir den dritten Tommy nicht mehr zu fürchten!«

Otterbein stieß mich an und flüsterte: »Warum nicht, Herr Vögele?« Eine verständliche Frage, er war ja blutiger Laie.

»Ehe er sich auf uns stürzt, wird er alles versuchen, seine Kameraden aufzufischen. Außerdem ist da noch der andere, dem wir das Heck weggeschossen haben. Um den muß er sich auch noch kümmern.«

Doch der konnte warten. Auch wenn das Schiff ohne Heck ein Wrack war, das jeden Augenblick absaufen konnte, war die Rettung der Leute aus dem Wasser vordringlicher. Noch schwamm der ja, hielten seine Schotten dem Wasserdruck offenbar noch stand. Der dritte begnügte sich darum damit, uns mit seinem ASDIC festzuhalten, während er um den brennenden Pott herumkurvte und die Männer auffischte, bevor der Kahn in die Luft flog und sie mit in den Tod riß.

Während wir fieberhaft die Rohre nachluden, behielt Hinterstecker den Briten im Auge. »Er scheint darauf zu vertrauen, daß wir ihm nicht eins vor den Latz knallen. Hmmm, damit liegt er auch genau richtig, wir sind Seeleute und keine Henker!«

Er musterte uns der Reihe nach, als suche er in unseren Gesichtern nach Widerspruch. Aber so seltsam es in unserer Situation auch klingen mochte, wir waren einhellig seiner Meinung, und er nahm es schweigend zur Kenntnis.

»Hoffen wir, daß er sich daran erinnert, wenn's mal umgekehrt geht! Zeit, die Kurve zu kratzen, meine Herren! Legen wir die Ohren an, und machen wir uns mit Höchstfahrt nach Süden aus dem Staube.«

Höchstfahrt, das hörte sich gut an. Doch was waren schon siebeneinhalb Knoten unter Wasser gegen die zweiunddreißig oder mehr Knoten eines Zerstörers, wenn der uns im Nacken saß? Und dann war das ja auch noch eine Frage der Batterienkapazität und damit eine Frage begrenzter Zeit.

Irgendwann flog der brennende Brite hinter uns donnernd in die Luft. Er verschwand von der Wasseroberfläche in einer hochaufsteigenden Feuersäule, die die Nacht weithin taghell erleuchtete. In ihrem Schein hoben sich im Sehrohr für Sekunden dicht beieinander die Silhouetten der beiden anderen Tommies ab, ehe sie wieder ins Dunkel der Nacht tauchten.

Längst hatte uns das ASDIC des intakten Briten verloren, und auch seine Schraubengeräusche blieben weiter und weiter hinter uns zurück.

»Das will doch gar nichts besagen, der hat gefunkt«, unkte der I WO. »Zwei Kriegsschiffe ausgeschaltet – das ist eine Schlappe, die die Briten nicht hinnehmen können. Das allein geht schon gegen ihre Ehre.«

Ich nickte zustimmend. »Sie werden uns wutschnaubend jagen. Sie wissen, daß wir irgendwann auftauchen müssen, um die Batterien aufzuladen. Darauf werden sie setzen.«

»Na und? Wir haben zwei von ihnen erledigt, ohne einen Kratzer abzubekommen! Das allein zählt, meine Herren!« triumphierte Hinterstecker. »Mit den Kühnen sind die Götter! Darum Besanschot an, eine Flasche Beck's für alle Freiwächter! Und dann tauchen wir auf und laden die Batterien auf!«

Kaum hatten wir die Oberfläche durchbrochen, fingen wir einen Funkspruch des BdU an uns auf. Er war schon ein paar Tage alt und mehrfach wiederholt worden. Der Kommandant kam mit der Nachricht zu uns auf die Turmplattform.

»Gibraltar ist gestrichen. Wir sollen Kurs auf Rockall nehmen. Ein Fühlungshalter hat ein auslaufendes Großgeleit aus Halifax in Kanada gemeldet. Weitere Befehle folgen.«

»Auch nicht übel!« meinte der I WO erleichtert, der eigentlich wachfrei war. »Da werden uns die Briten vergeblich auf südlichem Kurs suchen.«

»Stimmt!« brummte der Alte. »Sobald es hell wird, werden sie garantiert Flugzeuge auf uns ansetzen, die mit einer neuen Jagdgruppe kooperieren. Dann kommt's dicke!«

»Was ist mit dem FuMB?« wollte ich wissen. »Hat der Brunner den Fehler gefunden?«

»Ich trau' dem FuMB nicht, obwohl Abu Horchlöffel es durchgeprüft hat und versichert, es sei voll funktionsfähig. Darum haltet mir ja die Augen offen! Lieber'n Fehlalarm als 'n nasses Grab – klar?«

Und ob das klar war!

Mit fünfzehn Knoten liefen wir auf Westkurs in den offenen Atlantik hinaus, immer das Gefühl im Hinterkopf, einen oder mehrere Verfolger am Hacken zu haben, die sich in der Dunkelheit heranschlichen, um in einem günstigen Augenblick über uns herzufallen. Entsprechend nervös reagierten die Ausgucks. Unzählige Male glaubten sie, die Bugwellen heranpreschender Zerstörer auszumachen. Dabei waren es Wellenkämme, die sich auf der Dünung schäumend brachen.

Um Mitternacht wechselten wir den Kurs. Wir drehten auf die noch etwa achthundertvierzig Seemeilen entfernte Nordwestspitze Irlands ein, um uns nördlich davon bei Rockall Island auf die Lauer zu legen. Es war das Seegebiet, das jedes Geleit passieren mußte, das die Häfen an der Westküste Englands erreichen wollte.

Der Alarm holte uns aus dem Tiefschlaf und jagte uns auf die Gefechtsstationen, während das Boot schnell Tiefe gewann. Ich blickte auf die Uhr.

»Drei Uhr? Was für eine unchristliche Zeit!« maulte ich und rieb mir den Schlaf aus den Augen. »Wen reitet denn da der Teufel?«

Der I WO lachte. »Was wollen Sie denn? Sie kennen doch sicher das schöne Lied ›Und die Morgenfrühe, das ist unsere Zeit, wenn die Winde um die Berge singen.‹ Oder etwa nicht?«

»Doch schon; aber trotzdem ist das nicht meine Zeit. Was liegt denn an?«

»Mehrere RADAR-Kontakte aus unterschiedlichen Richtungen und keine Schraubengeräusche.«

»Schon wieder so ein paar Mistbienen und gleich ein ganzer Schwarm? Was für ein Aufwand. Der Teufel soll die ganze Bagage holen!«

»Hoffentlich tut er das, bevor er sich in der Adresse irrt und uns holt«, meinte der Alte. »Mehrere RADAR-Kontakte aus verschiedenen Richtungen – das ergibt 'ne wunderschöne Kreuzpeilung auf unseren Tauchpunkt. Wollen wir hoffen ...«

Schreckerstarrt verstummte er. Detonationen hinter uns ließen das Meer beben. Wasserbomben! Eine ganze Bombenserie, weitflächig geworfen, die rasend schnell hinter uns her kam. Und wir hatten noch nicht genügend Tiefe!

Ehe wir reagieren konnten, detonierten Wasserbomben hinter, unter, über, neben und vor uns so ohrenbetäubend, daß alle Kommandos darin untergingen und mir fast der Schädel platzte. Der Stahlkörper dröhnte unter diesen Schlägen wie eine riesige Glocke und knackte und stöhnte beängstigend in allen Verbänden. Sofort fiel das Licht aus, und das machte den Tanz noch irrwitziger, in dem die Druckwellen das schwere Boot herumwirbelten und erbarmungslos durchschüttelten, als sei es ein ungehorsamer junger Hund. Mich schleuderten diese unkontrollierbaren Bewegungen gegen die Tiefenrudergänger, und das war mein Glück. Sie verhinderten, daß ich mit dem Schädel voran mit voller Wucht in die Meßinstrumente an der Stahlwand katapultiert wurde.

Betäubt richtete ich mich halbwegs auf, wurde jedoch sofort wieder zurückgeworfen. Angst kroch in mir hoch, überflutete mein ganzes Denken. War das unser Ende?

Jäh brach das Bombardement ab, trat Ruhe ein. Aber was hieß Ruhe? Sie war nur scheinbar. Schreckensmeldungen und Wehgeschrei drangen wie durch Watte in mein mälträtiertes Gehör. Handleuchten flammten auf, geisterten mit ihren Strahlen durch das Chaos in der Zentrale. Langsam kam das Boot zur Ruhe und richtete sich aus der Schlagseite auf.

Der Alte rappelte sich von den Flurplatten auf. »Ruhe im Boot! Wann kümmert sich endlich mal einer von euch Säcken um das verdammte Licht?«

Ein Lichtstrahl wanderte durch die Zentrale und blieb an einem Stoker hängen, der brubbelnd an einem Sicherungskasten herumhantierte. Flackernd ging die Beleuchtung an, verglimmte und leuchtete dann doch voll auf. Auch die Beleuchtung der Meßinstrumente funktionierte wieder.

Mein Blick fiel auf die Tiefenanzeige. »Boot fällt noch immer, siebzig Meter gehen durch, Herr Kaleu!«

»Tiefe stoppen! Auf siebzig Meter einpendeln! Wo bleiben die Schadensmeldungen?«

»Wir sammeln noch«, sagte der LI. »Wie es aber bis jetzt aussieht: keine gravierenden Schäden.«

Nicht? Nach einem solchen Wasserbombenregen keine gravierenden Schäden? Das klang so unglaublich, daß ich unwillkürlich den Kopf schüttelte.

»Sind Sie sicher, Herr Ketelsen?« fragte ich deshalb leise. »Ich meine, die lagen doch verdammt dicht.«

Der LI sah mich überrascht an. »Ihr erster richtiger Wasserbombenangriff, was? Na ja, da klingt noch jede Bombe wie ein Treffer. Alles 'ne Frage der Erfahrung. Ja, einige lagen dicht, aber – Gott sei Dank – nicht zu dicht.«

Ich Idiot! Diese Frage hätte ich mir sparen können, wenn ich vorher auch nur einmal in die unbeeindruckten Gesichter der alten Hasen gesehen hätte. Dicht oder nicht dicht, das wäre damit schnell geklärt gewesen.

Der LI wandte sich an den Zentralemaat, der eifrig schrieb. »Na, was ist, Zäumer?«

»Das übliche, Herr Oberleutnant. Wassereinbrüche durch undichte Stopfbuchsen, dann natürlich zersprungene Standgläser und Birnen, zertöppertes Geschirr, gebrochene Zuleitungen und Rohre, aber keine Lecks!«

»Na bitte! Wenn's weiter nichts ist, das kriegen wir in den Griff«, behauptete der LI optimistisch. »Hauptsache keine gesprungenen Schweißnähte.«

»Klingt nicht schlecht«, meinte der Alte. »Trotzdem – keine Vorschußlorbeeren, LI! Macht euch über den Schiet erst mal her, dann sehen wir weiter.«

Der nickte. »Sind schon dabei. Wir müssen allerdings höher rauf, sonst kriegen wir die Stopfbuchsen nicht dicht. Der Außendruck ist zu stark.«

Das war einleuchtend, doch der I WO erhob Einspruch. »Man sutje, Herr Ketelsen! Abwarten, das war vielleicht noch nicht alles. Das dicke Ende kommt möglicherweise noch.«

Der LI schüttelte den Kopf. »Nach so einem Bombenregen? Glaube ich nicht. Die haben alles abgeworfen, was sie hatten, und kurven jetzt dort oben nur noch rum, um zu sehen, ob sie Erfolg hatten.«

Da der Alte sich dazu nicht äußerte, blieb die Entscheidung am wachhabenden Offizier hängen, das war der I WO. »Kann sein, kann nicht sein. Die Lenzpumpen werden doch mit dem Wasser wohl noch fertig – oder? Na also! Dann schlage ich vor, daß Sie zuerst den anderen Kram auf Vordermann bringen lassen.«

»Von mir aus!« Murrend schob der LI ab.

»Das waren nicht bloß drei, vier Trägerflugzeuge oder Jagdbomber, das war eine landgestützte Bomberstaffel! Vollgestopft mit Bomben bis an die Halskrause.« Der I WO trat an den Kartentisch und beugte sich über die Großraumkarte, den Übersegler. »Möchte mal wissen, von wo die Brüder gestartet sind. Von Gibraltar oder Südengland?«

Warum zerbrach er sich darüber eigentlich den Kopf? Das war doch schließlich ganz egal. Ich zuckte deshalb die Schultern.

»Beides möglich. Auf jeden Fall hatten die einen langen Anflug, und der Rückflug ist auch nicht kürzer. Da bleibt nicht viel Zeit für die Erfolgskontrolle. Das ist unsere Chance, ihnen zu entwischen.«

»Wenn sie nicht 'ne Jagdgruppe alarmiert haben.«

Der Alte sagte nichts dazu. Er blickte dem Zentralemaat Zäumer über die Schulter, der noch immer in seinem Formular herumkritzelte.

»Na, Zäumer, sonst noch was?« wollte er wissen. »Verletzungen oder so?«

Der unterdrückte ein schadenfrohes Grinsen. »Herrn Leutnant Otterbein hat's erwischt, der hat eine satte Platzwunde am Kopf, und der Schädel dröhnt ihm. Aber sonst? Blaue Flecke, Stauchungen und Hautabschürfungen, aber keine größeren Verletzungen oder gar Brüche, wie beim letzten Mal, Herr Kaleu!«

Hinterstecker nickte befriedigt. »Erfreulich. Hoffentlich bleibt es weiterhin so, wir können es brauchen.«

Der LI und seine Stoker brauchten fünf Stunden, um die leckgeschlagenen Stopfbuchsen abzudichten und nach weiteren Lecks zu suchen; denn das Boot nahm Wasser. Nicht viel, aber es war immerhin beunruhigend genug.

Nun sammelt sich normalerweise in jedem Schiff in der Bilge Wasser, mit dem die Lenzpumpen im allgemeinen auch fertig werden. Für uns waren solche leckenden Stellen jedoch gefährlich, denn beim Tauchen preßte der Außendruck mit jedem Tiefenmeter immer mehr Wasser in das Boot. Schnell konnte sich daraus ein gefährlicher Schaden entwickeln. Außerdem verursachte jede Lenzpumpe Arbeitsgeräusche, mochte sie auch noch so gut lärmgedämmt und geschmiert sein. Geräusche, die uns verraten konnten, wenn man auf uns Jagd machte.

Kein Wunder, daß der LI alles daransetzte, den Schaden zu

beheben. Aber das brauchte eben seine Zeit, bis er und seine Leute endlich alles in den Griff bekamen. Fünf Stunden, in denen wir als lahme Ente nach Norden schlichen.

»Na endlich! Ganze zwanzig Meilen in fünf Stunden! Noch so 'ne Panne, und wir können den Geleitzug abschreiben!« knurrte der Alte mißmutig. »Auf Sehrohrtiefe anblasen! Will mal sehen, ob sich da oben nicht doch noch 'n Tommy rumtreibt.«

»Nach fünf Stunden?« sagte ich leise zum I WO. »Wohl kaum!«

Das Boot schwebte sanft nach oben. Hinterstecker fuhr griesgrämig das Luftzielsehrohr aus, um den Himmel abzusuchen. Aber irgendwie kam er mit dem Spargel nicht zurecht. Kopfschüttelnd holte er ein Taschentuch hervor, putzte damit das Okular und drehte an den Stellschrauben herum, als er wieder hineinsah.

»Verflucht, was ist mit dem Ding los? Nichts, gar nichts zu sehen!« Er sah den LI vorwurfsvoll an, als sei der schuld daran. »Als ob jemand 'ne Kappe drübergestülpt hätte!«

»'ne Kappe?« fragte der verständnislos. »Was hätte die denn für einen Sinn? Darf ich mal?«

Er trat an das Sehrohr, schaute hindurch und drehte ebenfalls an den Stellschrauben. »Keine Kappe, das Ding ist schlichtweg im Eimer, Herr Kaleu.«

»Machen Sie keine faulen Witze, Herr Ketelsen!«

»Das ist kein Witz. Der Spargel ist hin. Der hat bei dem Wasserbombenangriff vermutlich was abgekriegt. Hoffen wir, daß es nicht auch noch das Angriffssehrohr erwischt hat!«

Hinterstecker verschlug es einen Moment die Sprache. »Mensch, bloß das nicht! Dann können wir glatt einpacken!«

Er ließ den defekten Spargel in den Schacht gleiten und fuhr das Seezielperiskop aus. Nach einem Rundblick atmete er erleichtert auf. »Gott sei Dank, das ist in Ordnung! Kein Schiff und anscheinend auch kein Flugzeug. Auftauchen! Brückenwache und Flak in den Turm! Boot bleibt klar zum Alarmtauchen!«

Kaum kam das Turmluk frei, enterten wir auf. Die Flakbedienung voran, um keine Zeit zu verlieren, falls sich oben doch noch ein Flugzeug herumtrieb.

Unser Blick galt daher auch zuerst dem Himmel. Nichts. Klar und wolkenlos wölbte er sich über uns, und nichts beeinträchtigte die märchenhafte Fernsicht über die endlos weite See. Lediglich am Westhorizont ballte sich eine dunkle Wolkenmasse mit zerfaserten Rändern zusammen. Vorbote eines heraufziehenden Tiefdruckausläufers? Aber sonst kein Schiff weit und breit.

Der LI kam aus dem Luk gekrochen und besah sich den Kopf des Luftzielsehrohrs. »Na bitte, was ich gesagt habe, total im Eimer. Die Fassung demoliert, und die Optik vollkommen nach innen gedrückt. Da steht auch das Rohr voll Wasser. Mit Bordmitteln ist da nichts mehr zu machen.«

»Nicht?« sagte der Alte enttäuscht. »Ich hatte gehofft ...«

»Wir können froh sein, wenn's bloß das ist.« Der LI musterte kritisch den Turm und das Oberdeck. Seine Hand griff über die Turmbrüstung. »Da haben wir ja auch den Grund.«

Die Hand kam mit dem Ende eines Stahlseils mit dicken Isolatoren zum Vorschein, das noch am Turm hing. »Der Rest der Kurzwellenantenne. Eins von diesen schweren Porzellandingern ist gegen die Optik geschmettert worden, als das Kabel brach. Man sieht ja noch die Dellen.«

Der Alte warf nur einen kurzen Blick auf den demolierten Spargelkopf. »Was nicht zu ändern ist, ist nicht zu ändern. Abu Horchlöffel soll mit seinen Mixern schnellstens eine neue Antenne aufriggen! Und dann verduften wir. Marschgeschwindigkeit zwölf Knoten, Herr Vögele!«

Ungeduldig sah ich auf meine Armbanduhr. Nahm denn diese verdammte Hundewache überhaupt kein Ende? Den ganzen Tag und jetzt bis weit nach Mitternacht waren wir aufgetaucht gefahren, immer mit der Angst im Nacken, von irgendwem plötzlich auf die Hörner genommen zu werden. An Schlaf war daher nicht zu denken gewesen.

Jetzt war ich todmüde und fror, genau wie die Männer der Brückenwache und an der Flak. Nur einer war putzmunter, der als Casanova verschriene Signalmaat Knorr, ein Spaßvogel mit dem flinken Mundwerk eines Potsdamers. Er hatte wieder einmal, wie sollte es auch anders sein, das Marinethema Eins beim Wickel. Diesmal gab er eines seiner erotischen Abenteuer lauthals zum besten, und zwar aus dem *Le grand du monde*, dem als Varieté getarnten Puff Brests.

Den Wahrheitsgehalt seiner Erzählungen durfte man allerdings nicht immer auf die Goldwaage legen. Doch die Männer hörten begierig zu, und das hielt sie wach. Das war die Hauptsache.

»Mann, haben wir gesoffen!« hörte ich ihn schwadronieren. »Und dann behauptete die Janine in ihrem Suff doch allen Ernstes, sie könne von der Tischecke jedes Fünf-Mark-Stück ohne die Hände, Zehen oder den Mund aufheben.«

Er ließ seine Worte wirken und wartete auf die Reaktionen.

»Unfug, dat jeht doch ja nich', Mensch!« ging ihm der Kölner Lammers auf den Leim. »Sie hat 'ne Zange jenommen – oder?«

»Denkst du! Die Röcke hat sie hochgehoben und das Geldstück mit den Schamlippen aufgenommen, mein Lieber, und das war gekonnt!«

Nach einem Augenblick verblüfften Schweigens brach ein brüllendes Gelächter los. Wahr oder nicht wahr – ich mußte über diesen verrückten Einfall ebenfalls lachen.

»Du Spinner!« protestierte Lammers. »Bindest uns hier wieder einen deiner Bären auf!«

»Frag den Simoneit, der war dabei! Was meinste, wie oft die das an diesem Abend noch vorgeführt hat? Die hat damit vielleicht 'ne Menge Kies gemacht!« Er stockte. »Allerdings nur, bis der Simoneit ihr ein Fünf-Mark-Stück unterschob, das er vorher unbemerkt mit seinem Feuerzeug heiß gemacht hatte. Die ist vielleicht gesprungen, Leute!«

Knorr konnte mit dem Erfolg seiner Erzählung zufrieden sein. Die Männer brachen in ein Gelächter aus, das Tote aufwecken konnte. Es verstummte jedoch abrupt, als das Turmluk mit einem lauten Knall aufgeschlagen wurde.

Der Alte, dachte ich, denn das war die Zeit während der unbeliebten Hundewache, zu der er immer einen Inspektionsgang machte. Vermutlich hatte ihn das laute Gelächter zu uns nach oben getrieben.

Es war jedoch ein Irrtum. Im hellen Mondlicht zeichnete sich nicht die weiße Kommandantenmütze im Luk ab, sondern der turbanähnliche weiße Kopfverband Otterbeins. Der hatte unserem Badegast bei der Besatzung sofort den Spitznamen Hadschi Halef Omar eingetragen. Ich war gespannt, was der um diese nachtschlafende Zeit hier oben wollte.

Unbeholfen kroch er aus dem Luk und kam schwankend auf mich zu. Schwankend, obwohl das Boot verhältnismäßig sanft die lange Dünung abritt? Hatte der in seinem Gepäck 'ne Schnapsbuddel an Bord gebracht?

»Mein Gott, was ist bloß mit mir los?« murmelte er und suchte am Schanzkleid Halt. »Mir dröhnt der Schädel, und ich torkle wie ein Besoffener durch die Gegend. Außerdem sehe ich ab und zu alles doppelt, und übel ist mir auch dauernd. Vielleicht hilft die frische Luft hier oben etwas? Was meinen Sie?«

Ich war kein Arzt und auch kein Sanitäter. Schädelbrummen und Übelkeit, das war vielleicht noch normal. Doch Gleichgewichts- und Sehstörungen, das hörte sich selbst für meine Laienohren gar nicht gut an. Hätte der sich bei seinem Sturz am Ende mehr als nur die Platzwunde eingehandelt?

»Frische Luft tut immer gut, Herr Otterbein.« versicherte ich ihm trotzdem. »Wenn's aber nicht besser wird, sollten wir mal im ›Ärztlichen Ratgeber für den Bordgebrauch‹ nachsehen. So oder so ähnlich heißt das schlaue Buch, das wir für solche Fälle an Bord haben. Da finden wir bestimmt Hilfe.«

»Das wär' schön. Eigentlich bin ich ja nur wegen meiner übervollen Blase nach hier oben gekommen, weil ich dachte«, er zögerte, »ich könnte doch auch von hier oben. Mit der heimtückischen Klo-Mechanik komme ich nämlich noch immer nicht klar.«

Ich lachte. »Das ist uns allen so gegangen! Alles eine Frage der Übung! Natürlich, nur frei weg! Aber bitte nach Lee.«

»Wo, bitte, ist Lee?«

»Da, wo Sie den Wind von hinten kriegen. Sonst gibt's 'ne feuchte Hose.«

Bei Wachwechsel sprach ich den Kommandanten auf Otterbein an und schilderte ihm die nächtliche Begegnung. Er hörte mir wortlos zu.

»Hmmm, Schädelbrummen und Übelkeit sagen Sie?« meinte er nachdenklich, als ich endete. »Ich bin kein Arzt, aber das klingt für mich verdammt nach einer Gehirnerschütterung.«

»Für mich auch, und zwar nach 'ner schweren!« fügte der I WO kopfnickend hinzu. »Mehr noch, Herr Kaleu. Gleichgewichts- und Sehstörungen sind doch nicht die normalen Begleiterscheinungen. Da haben Teile des Gehirns deftig 'was abgekriegt, Prellungen oder gar Quetschungen. Vielleicht ist da sogar eine Ader geplatzt, und das Blut drückt auf ...«

»Genug, Herr Becker!« unterbrach ihn der Alte. »Das ist ja das reinste Schauerszenarium! Mir reicht schon eine Gehirnerschütterung. Ich werde mich um ihn kümmern.«

Und das tat er dann auch. Nachdem er sich den ›Ärztlichen Ratgeber‹ vorgenommen hatte, verbannte er Otterbein in seine Koje und untersagte ihm, bei Gefechtsalarm im Boot umherzugeistern. Er solle gefälligst seine Gehirnerschütterung ausliegen.

»Was bleibt uns sonst?« sagte Hinterstecker beim Mittagessen. »Vielleicht hilft's tatsächlich?«

Tage später stieg die nach Westen vorspringende Küste Irlands als dunkle Masse im Nordosten über die Kimm. Es grenzte schon fast an ein Wunder, daß wir bis hierher, von britischen Flugzeugen und Seestreitkräften völlig unbehelligt, gekommen waren; denn noch immer liefen wir aufgetaucht unserem Einsatzgebiet entgegen.

»Ich meine, mir ist das ja durchaus recht, aber normal ist das ganz und gar nicht«, brummte der Alte. »Bislang haben wir hier die Nase tagsüber nie rausstecken dürfen, dann hatten wir sie auch schon auf dem Pelz.«

»Die Bomber haben uns wahrscheinlich als versenkt gemeldet, das ist der Grund«, glaubte der LI. »Oder sie brauchen jetzt ihre Streitkräfte an anderer Stelle dringender. Vielleicht eine Landung in Norwegen?«

»Möglich, wir leben ja hier auf dem Mond. Was der Wehrmachtsbericht bringt, ist doch kalter Kaffee«, rutschte es mir heraus. »Immer nur der Osten. Abwehrschlachten, Frontbegradigungen, heldenhafter Widerstand und schwere Verluste des Gegners, seit Monaten wie gehabt. Und dann vielleicht noch eine bißchen Italien.«

Hinterstecker grinste. »Was hör' ich denn da? Kalter Kaffee? Was sind denn das für despektierliche Reden aus Offiziersmund? Ein Glück, daß Rumpelstilzchen Sie nicht hört! Der würde Ihnen glatt einen Strick daraus drehen.«

Ich biß mir auf die Lippen. Er hatte ja recht, ich konnte mit solchen Bemerkungen in Teufels Küche kommen. Nicht nur das Rumpelstilzchen, wie der Reichspropagandaminister Goebbels hämisch genannt wurde, verstand in dieser Hinsicht keinen Spaß.

Anders Hinterstecker; der verlor darüber kein Wort mehr. Er sah auf seine Uhr.

»Zeit zum Wachwechsel, was? Ich komme mit rauf, Herr Vögele, 'n bißchen frische Luft schnappen.«

Die irische Küste war inzwischen viel näher gerückt. Statt der kompakten Masse an der Kimm konnte man jetzt schon ihre Konturen erkennen. Mein Fernglas saugte sich daran fest. Zugleich stiegen Erinnerungen in mir auf.

»Na, etwas Besonderes, Herr Vögele?« Der Alte war neben mich getreten und richtete sein Glas ebenfalls auf die Küstenlinie.

»Clare Island, Achill Head und die Clew Bay, Herr Kaleu.«

»Hört sich an, als sei Ihnen das Gebiet nicht unbekannt.«

Einen Augenblick zögerte ich. Aber warum sollte ich darüber nicht reden?

»Ich hab' hier mal Urlaub gemacht, den schönsten meines Lebens, wie ich heute weiß. Was würde ich dafür geben, wenn ich die Zeit noch einmal zurückdrehen könnte.«

»Ein Mädchen?« Das war eigentlich keine Frage mehr, das war schon eher eine Feststellung.

Ich nickte, von der Erinnerung übermannt. »Karen O'Toyle, Stewardeß auf der *Bavaria*. Das heißt, eigentlich war sie Krankenschwester. Die *Bavaria* hatte kein richtiges Schiffshospital, da war sie Krankenschwester und Stewardeß in einem. Wir wollten in Deutschland heiraten. Hätten wir's man damals lieber in Irland getan.«

»Das klingt bitter. Warum?«

»Eine Gegenfrage, Herr Kaleu: Sind Sie verheiratet?« Er nickte. »Na, dann kennen Sie ja den Affenzeck mit den diversen Bescheinigungen: Ehetauglichkeitsbescheinigung, Eheunbedenklichkeitsbescheinigung, Ahnenpaß und, und, und. Das zog sich endlos hin. Inzwischen war Krieg, die *Bavaria* wurde Truppentransporter, da brauchte man keine Stewardessen mehr, dafür Krankenschwestern. Karen kam in einem Berliner Krankenhaus unter, und mich holte wenig später der Barras.«

»Und?« fragte er ungeduldig, weil ich schwieg.

»Bald begannen für Karen die Schwierigkeiten. Sie war Ausländerin, bekam die üblichen diskriminierenden Auflagen und wurde überwacht. Irgendwann wurde es ihr lästig. Sie beschaffte sich ein Visum für die Schweiz und siedelte über. Wir hofften ja, der Krieg sei bald vorbei. Inzwischen sind vier Jahre daraus geworden, und es ist kein Ende abzusehen.«

»Jeder hat auf das rasche Ende gehofft. Aber in der Schweiz ist sie wenigstens sicher.« Irgend etwas in meiner Miene ließ ihn stutzen. »Sie ist doch noch in der Schweiz?«

»Nein, in Kanada, in St. John bei Verwandten. Es gibt dort eine starke irische Kolonie.«

»In Kanada? Zu deutsch: Ihre Verlobung ging flöten?«

»Nein, das nicht, wir sind noch immer verlobt. Aber der Briefwechsel ist unter den gegenwärtigen Verhältnissen immer dürftiger geworden. Er läuft über Freunde in der Schweiz, die ihre oder meine Briefe weiterleiten. Aber auch davor macht die Zensur nicht halt. Die wenigsten kommen noch an.« Ich holte das Bild Karens aus meiner Brieftasche, das ich immer bei mir trug. »Hier, das ist sie.«

Hinterstecker pfiff anerkennend durch die Zähne. »Alle Achtung, die würde ich auch nicht aufgeben!«

Ich nickte. »Trotzdem hab' ich ganz schön Schiß vor dem Wiedersehen. Es sind doch verdammt viele Jahre vergangen. Aber irgendwann wird dieser Scheißkrieg ja wohl mal ein Ende haben.«

Hinterstecker nickte und kaute schweigend auf seiner Unterlippe herum. Was hätte er auch sagen sollen?

Querab vom irischen Malin Head wurde plötzlich alles anders. Es wimmelte nur so von Sunderland-Flugbooten und von Liberator-Bombern, die die See nach deutschen U-Booten abkämmten.

»Dicke Luft!« konstatierte Hinterstecker. »Scheint ein besonders wertvolles Geleit zu sein.«

Ich sah in die Funkkladde, in der die Meldungen der Fühlungshalter notiert waren. Kurze, nur aus wenigen Buchstaben bestehende Funksignale, für uns jedoch nach Entschlüsselung voll ausreichend. Das letzte war keine Stunde alt. Ich verglich die einzelnen Meldungen.

»Ein Schnellgeleit, Herr Kaleu, letzter Standort 58°N, 10°W, Generalkurs eins-fünf-null, Marschgeschwindigkeit zehn Knoten.« Ich hielt ihm die Kladde hin. »Die letzte Buchstabengruppe ist verstümmelt: T ... K ... AV ...«

Er warf nur einen kurzen Blick darauf. »Die sind gestört worden. Hmmm! Mut haben sie ja! Jeder von uns weiß doch, wie groß das Risiko ist, von den Tommies blitzschnell angepeilt zu werden.«

Er trat an den Kartentisch und nahm mit dem Stechzirkel die Entfernung zwischen unserem Kurs und dem des Geleits ab, wie er sich aus den einzelnen Funksignalen ergeben hatte.

»Die haben es eilig, kein Zick, kein Zack.« Er legte das

Kursdreieck an. »Rudergänger, neuer Kurs drei-zwo-null! Dann sollten sie uns eigentlich genau vor die Rohre laufen.«

»Neuer Kurs drei-zwo-null!« wiederholte der Rudergänger und legte Ruder. »Drei-zwo-null liegt an, Maschinen machen Umdrehungen für vier Knoten!«

»Danke! Damit werden wir bloß keinen Blumentopf gewinnen können. Sobald die Luft rein ist, tauchen wir auf, und dann voll voraus!« Er drehte sich zu mir um. »Wie geht es jetzt eigentlich dem Otterbein? Ich habe mich gar nicht mehr um ihn gekümmert.«

»Besser. Die Sehstörungen sind wohl abgeklungen. Jedenfalls liegt er in der Koje und schreibt.«

»Er schreibt? Was schreibt der denn? Etwa Briefe?«

Ich lachte. »Nee, ein Heldenepos über unsere bisherige Reise. Er hat mich ein Stück lesen lassen. Hat zwar 'ne fürchterliche Sauklaue, aber sonst – nicht schlecht. Wenn das unser geliebter Führer liest, steht der voller Ehrfurcht vor uns stramm.«

Geliebter Führer, das war Hintersteckers stehende Redensart. Er grinste dabei.

»Der übliche Propagandascheiß also, was? Tapfere germanische Ritter der Tiefe schneiden dem schnöden Albion in heldenhaftem Kampf den Lebensnerv ab und zwingen es in die Knie!« höhnte er und stimmte das Kampflied der Kriegsmarine an: »Denn wir fahren, denn wir fahren gegen Engeland! – Gräßlich!«

»Nicht ganz so. Er schildert das Leben in unserem Eisensarg aus der Sicht einer Landratte, die noch nie zur See gefahren ist. Da ist mir erst aufgegangen, unter welchen unmenschlichen Bedingungen wir uns hier draußen herumtreiben.«

»Na, hoffentlich macht er sich nicht in die Hose, wenn es hart auf hart kommt!« antwortete er sarkastisch. »Horchraum, was erzählen die Fische?«

»Keine Schraubengeräusche, Herr Kaleu! Absolut tote Hose!«

»Das ist doch schon etwas sehr Erfreuliches.«

Wir bezogen einen Aufklärungsstreifen zwischen Rockall und den Äußeren Hebriden, absolut sicher, daß wir den Geleitzug mit unserem GHG so früh ausmachen konnten, daß uns genügend Zeit blieb, in Schußposition zu laufen.

Unsere Geduld wurde jedoch auf eine harte Probe gestellt. Er ließ sich Zeit. Vermutlich hatte er seine Geschwindigkeit herabsetzen müssen. Der Tiefdruckwirbel, der sich bei Island entwickelt hatte, machte ihm wahrscheinlich zu schaffen. Der zog nämlich mit Regen und Windstärken von sieben bis acht rasch ostwärts und trieb die rauhe See vor sich her.

Frachterkapitäne waren Individualisten und hatten ihren eigenen Kopf, darum fiel es jedem Geleitführer schon unter normalen Umständen schwer genug, sie mit ihren Pötten in eine disziplinierte Formation zu bringen. In einem Tiefdruckwirbel jedoch bereiteten die rauhe See und die schlechte Sicht dem Commander des Geleits garantiert noch zusätzliche Schwierigkeiten, mit seinen Zerstörern und Fregatten den renitenten Hühnerhaufen in Formation zu halten. Uns konnte das nur recht sein.

Wir überbrückten die Zeit mit den täglichen Wartungs- und Kontrollarbeiten, dennoch breitete sich im Boot eine spannungsgeladene Erwartung aus. Der bevorstehende Angriff auf den herandampfenden Geleitzug bildete das Gesprächsthema des Tages. Der Alte wurde ganz kribbelig und saß den Horchern ständig im Nacken, in der Sorge, wir könnten das Geleit verpassen.

Selbst der in seiner Koje liegende Otterbein wurde davon erfaßt. »Fein! Dann komme ich ja endlich auch zu Fotos, mit denen ich meinen Bericht untermauern kann, wenn wir über

Wasser angreifen. Ein paar torpedierte Schiffe machen sich garantiert gut darin. Hoffentlich ist es dann noch hell genug.«

Er schwenkte die Beine aus der Koje und stand auf. Leicht schwankend, tappte er zu seinem Schapp hinüber, in dem er seine Sachen verwahrte, und holte seine Leica mit dem Teleobjektiv und einen Packen Filme heraus. An seinem offenen Schapp haltsuchend, drehte er sich zu uns herum.

»Verflucht, warum hören diese verdammten Gleichgewichtsstörungen denn nicht endlich auf? Das macht mich reineweg verrückt!«

Oberbootsmann König, der Smadding, der mit mir an der Back saß und die üblichen Routineberichte durchging, zog skeptisch die Augenbrauen hoch. »Fotos von torpedierten Frachtern? Machen Sie sich man da keine falschen Hoffnungen, Herr Leutnant. Bei Einzelfahrern war das mal möglich. Aber diese Zeiten sind längst vorbei. Wenn wir auf den Geleitzug über Wasser überhaupt zum Schuß kommen, bleibt uns anschließend nur die schnelle Flucht. Dann haben wir nämlich die ganze rachedurstige Meute auf dem Hals, und es geht nur noch ums nackte Überleben. Für solche propagandistischen Eskapaden bleibt da keine Zeit mehr, das werden Sie erleben.«

Otterbeins Optimismus geriet ins Stocken. Er ließ die Kamera sinken. »Propagandistische Eskapaden, Oberbootsmann? Ich will keinen hochgejubelten Kohl, sondern einen objektiven Bericht über diese Feindfahrt liefern!«

Der Smadding blieb gelassen. Er war ein alter Hase, der schon 1939 als junger Maat mit *U 47* unter dem legendären Kommandanten Prien in den stark gesicherten britischen Flottenstützpunkt Scapa Flow eingedrungen war. Ein spektakuläres Husarenstück, dem das Schlachtschiff *Royal Oak* zum Opfer gefallen war. Er war mithin das Urgestein an Bord, das inzwischen immerhin sechs Feindfahrten auf verschiedenen

Booten glücklich überlebt hatte. Zwei waren allerdings darunter, bei denen die Boote noch kurz vor dem rettenden Hafen versenkt worden waren. Er hatte noch gut in Erinnerung, was die Propaganda im nachhinein aus diesen verlustreichen Einsätzen gemacht hatte.

»Das ist höchst lobenswert von Ihnen, Herr Leutnant. Ich kann Ihnen nur wünschen, daß Sie nicht nachher darüber baß erstaunt sind, was im Druck daraus geworden ist.«

»Na ja, man erlebt in der Propagandakompanie mitunter schon sein blaues Wunder. Das nennt man dann kriegsnotwendigen politischen Journalismus.«

»Abgesehen davon«, mischte ich mich ein, »mit Ihren Gleichgewichtsstörungen sollten Sie sich ohnehin nicht auf die Brücke wagen. Ein Sturz reicht doch, oder?«

»Womit Sie sicher recht haben«, brummte Otterbein enttäuscht und legte seine Utensilien wieder in das Schapp zurück.

Sechzehn-Uhr-Wachwechsel. Die Diesel stoppten, wir legten die obligatorische Horchrunde ein. Ich kletterte in Ölzeug auf die Turmplattform, um den I WO abzulösen. Der hatte es eilig, ins Trockne zu gelangen, und mit ihm die Freiwache.

»Viel Spaß bei diesem herrlichen Herbstwetter, Herr Vögele!« wünschte er mir grinsend mit einer weit ausholenden Armbewegung. »Ist das nicht ein bezaubernder Anblick?«

»Fast wie Urlaub in der Südsee!« Ich wischte mir das Wasser aus den Augen, das mir die Böen ins Gesicht schleuderten. »Ich bin ganz hingerissen.«

Er verschwand laut auflachend im Turmluk, denn es war alles andere als ein schöner Anblick. Aus der geschlossenen Wolkendecke, die fast bis auf die See herabhing, fiel ein kräftiger Dauerregen. Der in Böen stürmische Wind peitschte ihn in Flagen vor sich her und hüllte den Turm jedesmal in lange

Gischtfahnen, wenn der Bug in die hohe Dünung schnitt und Brecher über das Vorschiff wuschen. Rissen die Flagen einmal auseinander, besserte sich zwar die Sicht, sie reichte aber dennoch maximal nur etwa vier Seemeilen. Um die Lichtverhältnisse war es nicht besser bestellt. Kurzum, es war ein fürchterliches Sauwetter, aber genau das Wetter, um nicht gesehen zu werden. Wir sahen allerdings genausowenig.

Irgendwann kroch der Alte aus dem Turmluk und trat zu mir an das Schanzkleid. Er nahm sein Glas an die Augen, ließ es aber schon nach wenigen Augenblicken wieder sinken.

»Eine saumäßige Sicht, was? Es geht los, Herr Vögele! Wir haben sie schon 'ne Weile im Horchgerät.« Er rieb sich in Vorfreude die Hände. »Die haben ganz schön zu tun, das GHG hat Wasserbombendetonationen ausgemacht. Wir sind also nicht allein am Geleit.«

Er warf einen Blick auf den Kompaß. »Auf E-Maschinen umkuppeln, damit das GHG einwandfrei orten kann! Gehen Sie mit Kleiner Fahrt auf Gegenkurs! Wir drehen eine Ehrenrunde, dann bekommen wir sie genau vor die Rohre! Zielgerät auf den Turm!«

Ich gab die notwendigen Befehle. Gehorsam schwenkte der Bug herum. »Sie wollen aufgetaucht angreifen, Herr Kaleu?«

»Warum nicht? Haben Sie etwa Bedenken?« Seine Frage hatte einen tadelnden Unterton. »Ich nicht! Wir werden vorgeflutet angreifen, da bekommt das feindliche RADAR durch die rauhe See so viele Geisterechos, daß unsere schmale Silhouette darin glatt untergeht. Und Luftangriffe bei der Wolkendecke, deren Obergrenze bis dreitausend Meter hoch reicht?« Er schüttelte wortlos den Kopf.

Die laufenden Meldungen aus dem Bootsinnern schienen seinen Optimismus zu bestätigen. In das FuMB-Gerät verirrten sich nur bruchstückhafte RADAR-Kontakte, und auch das GHG fing keine Kursänderungen des Geleits oder gar

Schraubengeräusche aus dem Sicherungskordon ausbrechender Zerstörer oder Fregatten auf. Also kein Grund zur Sorge.

Das Zielgerät wurde mir aus dem Turmluk gereicht. Ich setzte es in die Halterung und kontrollierte die Funktion, während das Boot seine Schleife zog.

»Sieht aus, als könnten Sie damit umgehen, ja?« Er sah mich mißtrauisch von der Seite an.

»Im Lehrgang hat es jedenfalls zur vollsten Zufriedenheit der Ausbilder geklappt!« gab ich gelassen, aber auch mit leicht gekränktem Unterton zurück. »Wenn Sie mir die richtigen Werte geben, kann eigentlich nichts schiefgehen.«

Doch das überhörte er. »Also noch keine praktische Fronterfahrung! Dann überlassen Sie das man lieber mir, sonst kriegen wir uns nachher noch in die Wolle, wer was falsch gemacht hat.« Sein Lächeln sollte wohl seinem Affront die Schärfe nehmen.

»Wie Sie meinen. Suum cuique!«

Das brachte ihn aus dem Konzept. »Sie sind doch nicht etwa beleidigt? Es ist nur ...«

»Konstanter FuMB-Kontakt aus eins-acht-null, Herr Kaleu!« unterbrach ihn der BÜ. »Schnell näher kommend!«

Unsere Köpfe fuhren herum. Mit den Gläsern suchten wir die See ab. Nichts!

»Ein Luftkontakt?« Ungläubig schüttelte Hinterstecker den Kopf. »Doch nicht bei diesen Sichtverhältnissen – oder?«

Wir lauschten nach achtern, denn der BÜ wiederholte immer wieder die Meldungen des FuMB. Dann gab es plötzlich keinen Zweifel mehr. Von achtern schwoll das Brummen von Flugzeugmotoren bedrohlich an. Jeden Augenblick konnte die Maschine aus den niedrigen Wolken herabstoßen. Der Flak-Vierling schwenkte feuerbereit herum.

Ein Schatten huschte durch die herabhängenden Wolkenfahnen, verschwand im Regendunst und stieß endlich, viel weiter entfernt als erwartet, daraus hervor.

»Feuer frei, sobald Sie ihn aufgefaßt haben, Peters! Drauf, was Ihre Feuerspritze hergi ...!«

Meine Worte gingen im Dauerfeuer des Vierlings unter. Die Maschine flog unbeeindruckt in den Hagel von Leuchtspurgeschossen hinein, die auf der Kanzel wie harmlose Knallfrösche zerplatzten. Gepanzert! Sofort wechselte der Richtschütze das Ziel. Der Feuerstrahl fraß sich am linken Motor fest und hämmerte auf ihn ein, bis irgendwelche Teile davonflogen. Rauch schlug aus dem Motor.

Ehe sie mit einem Rauchschweif aus dem Abwehrfeuer in die schützende Wolkendecke hochzog und unseren Augen entschwand, lösten sich zwei ungewöhnlich große Bomben von der Unterseite der Maschine. Weitab von uns klatschten die Bomben ins Wasser. Notwurf, dachte ich, die tun uns nichts!

Doch dann stutzte ich. Seltsam, die Bomben sprangen aus dem Wasser, segelten durch die Luft und tauchten wieder ein. Kaum waren sie verschwunden, durchbrachen sie erneut die Oberfläche, flogen bis zum nächsten Wellenberg und verschwanden darin. Es sah aus wie eine schwäbische Hüpfprozession. Immer wieder sprangen sie und kamen uns mit jedem Sprung näher, während sich das Brummen der Maschine in der Ferne verlor.

In meinem Kopf klingelten die Alarmglocken. Mensch, das waren ja gar keine Bomben! Dafür waren die viel zu lang! Das waren Torpedos! Oberflächenläufer, abgeworfen aus viel zu großer Höhe! Darum sprangen sie, weil sie sich nicht auf die richtige Tiefe einzusteuern vermochten!

Der Alte starrte wie gelähmt auf die Oberflächenläufer. Sie kamen von achtern herangejagt und sprangen wie Delphine von Wellenberg zu Wellenberg. Das sah absolut harmlos aus, war es jedoch ganz und gar nicht, denn sie hielten genau auf uns zu.

»Lufttorpedos! Kurs halten!« schrie ich. Es war die einzige Möglichkeit, mit der wir uns ein Ausweichmanöver offenhielten.

Hinterstecker schüttelte ungläubig den Kopf. »Mit Torpedos auf U-Boote? Das ist neu, Herr Vögele! Das macht doch gar keinen Sinn!«

»Neu oder nicht neu – Hauptsache, sie behalten ihren Kurs bei, Herr Kaleu! Dann geht der Kelch an uns vorüber!«

»Verflucht, das sind ...« schrie er plötzlich auf. »Beide Maschinen stopp!«

Ich begriff nicht gleich, was er damit bezweckte. Er nahm ja damit dem Steuer jede Wirkung für Ausweichbewegungen. Doch dann fiel bei mir der Groschen: Akustische Torpedos! Er hielt sie für akustische Torpedos, fixiert auf unsere Schraubengeräusche! Na klar, anders machte der Angriff ja tatsächlich keinen Sinn. Mit einem flauen Gefühl im Magen sah ich die Teufelsdinger auf uns zu rasen. Nichts konnten wir dagegen tun, nur hoffen, daß sie vorbeiliefen.

Endlos dehnte sich die Zeit. Doch dann wurde die vage Hoffnung zur Gewißheit. Sie passierten uns beide an Steuerbord, allerdings so dicht, daß wir erst erleichtert aufzuatmen wagten, als dieses seltsame Phänomen im Regendunst voraus verschwand. Wir starrten ihm wie einer Geistererscheinung hinterher.

Das Boot hatte die restliche Fahrt verloren und lief aus dem Ruder. Es schlingerte und stampfte in der Dünung, daß der Turm gefährlich krängte. Das riß uns aus unserer Starre.

»Beide E-Maschinen Kleine Fahrt voraus!« befahl der Alte. »Das ist ja 'n Ding! Die Tommies haben ebenfalls akustische Torpedos, und keine Sau wußte das bisher!«

Mir ging erst bei seinen Worten auf, was für eine tödliche

Überraschung das auch für unsere anderen Boote sein mußte. Wer jetzt ahnungslos mit Äußerster Kraft vor einem solchen Luftangriff wegtauchte, war verloren. Wir mußten sie warnen. Aber wie?

Hinterstecker schien meine Gedanken lesen zu können. »Der hat gefunkt, das ist sicher. Also weiß die Geleitsicherung, wo wir stecken. Da wird sie ein kurzes Funksignal nicht mehr sonderlich überraschen. Übernehmen Sie wieder, Herr Vögele! Haltet inzwischen ja die Augen offen! Ich werde ...«

Den Rest verschluckte er, als er sich in das Turmluk fallen ließ und an den Leiterholmen in die Tiefe sauste.

So kam ich gar nicht mehr dazu, ihn zu warnen – denn ich war anderer Meinung. Die Tommies hatten inzwischen ein so präzises Peilsystem entwickelt, daß sie damit den Standort des Senders in Sekundenschnelle bis auf die Bogenminute feststellen konnten. Hinterstecker wußte das. Wenn er trotzdem funken wollte, dann war jedes Wort in den Wind gesprochen.

Ich wandte mich der Flak-Bedienung zu. »Prima, Peters, fast ein Abschuß! Wenn der Tommy noch nach Hause kommt, kann er froh sein! Geschützplattform aufklaren, Bereitschaftsmunition ergänzen!«

Der Geleitzug war auch auf der Brücke nicht mehr zu überhören. Vergeblich versuchten wir, ihn mit unseren starken Gläsern auszumachen. Verborgen im prasselnden Regen, näherte sich sein dumpfes Grummeln wie ein in der Ferne aufziehendes Gewitter, übertönt von bullernden Donnerschlägen und wellenweise nachhallendem Grollen.

»Wasserbomben«, flüsterte mir Obersteuermann Brauer ins Ohr. »Sie wehren sich mit Wasserbomben ihrer Haut.«

Alle auf der Turmplattform flüsterten nur noch, als hätten sie Sorge, die Tommies könnten uns hören. Selbst der BÜ gab seine Meldungen nur noch gedämpft weiter.

»Schraubengeräusche in drei-null-zehn aufkommend! Zerstörer und Korvetten, Herr Kaleu.«

»Die Geleitsicherung vor der Malhalla, die Feger. Die tun uns nichts!« meinte der Alte zuversichtlich und ließ sein Glas sinken. »Scheiße, daß man nichts sehen kann! Trotzdem – Rohre eins bis vier klar zum Überwasserschuß!«

Nervös trommelten seine Finger auf dem nassen Schanzkleid. Ungeduldig wartete er auf die Klarmeldung. Wie ein zündender Funke sprang seine Unruhe auf uns über. Meine Kopfhaut begann unter dem Südwester zu kribbeln, ich bekam einen ganz trocknen Mund.

»Rohr eins bis vier sind klar!« meldete der BÜ. »Achtung, Anlauf aus drei-eins-fünf! Schnell näher kommend! Konstanter Kontakt aus ...«

»Flak und Ausguck unter Deck! Klar zum Alarmtauchen!« unterbrach ihn Hinterstecker. »Vorfluten!«

Blitzschnell leerte sich der Turm. Unter uns sackte das Boot tiefer. Eine Gischtfahne fegte über uns hinweg und nahm uns sekundenlang die Sicht.

»Ein Zerstörer und eine Korvette im Anlauf aus ...« Der BÜ stockte und wies erschrocken auf die Regenflage, in der sich zwei Schatten schemenhaft abzeichneten.

Donnernd blitzte Mündungsfeuer auf. Die Luft war plötzlich vom Jaulen der Granaten erfüllt, die über uns hinwegorgelten und unweit von uns explodierend auf der Wasseroberfläche aufschlugen. Mit schäumenden Bugwellen lösten sich zwei Kriegsschiffe aus dem Dunst und jagten feuernd auf uns zu. Beängstigend nahe stiegen um uns Wassersäulen in die Höhe.

Dieser verfluchte Funkspruch! Sie hatten uns eingepeilt und veranstalteten jetzt ein regelrechtes Scheibenschießen auf uns.

»Alarmtauchen!«

Wir sprangen in das Turmluk, der Alte zuletzt. »Fluuuten!«

Wasser ergoß sich bereits in breitem Schwall über ihn, als er das Luk zuknallte.

»Beide Maschinen dreimal AK voraus! Tiefenruder voll unten! Tauchzellen voll auf!« Die Stimme Hintersteckers überschlug sich. »Alle Mann voraus!«

Ich riß mir das hinderliche Ölzeug vom Leibe und starrte auf die Tiefenanzeige. Wie ein Stein sackte das Boot in die Tiefe, gewann Meter um Meter. Waren wir schnell genug, um den Tommies zu entkommen?

Vierzig Meter gingen durch. Drohend schwollen die Schraubengeräusche an, kamen näher und näher, dröhnten in unseren Ohren. Das ASDIC packte uns und hielt uns fest. Ein so nervenaufreibendes Geräusch, daß alles in mir erstarrte. Ich hatte auf einmal nur noch Angst vor dem, was jetzt kommen mußte.

Donnernd ging die erste Wasserbombenlage hinter uns hoch. Noch ehe uns ihre Druckwellen packten, detonierte schon die nächste. Prompt fiel wieder das Licht aus. Ein teuflisches Bombardement setzte ein. Fürchterliche Donnerschläge trafen das Boot, hieben von allen Seiten auf uns ein. Unmöglich, die Zahl der Detonationen zu zählen.

Jede Orientierung ging verloren. Vergeblich tastete ich in dem irren Tanz nach einem Halt. Ich flog durch die Zentrale und landete irgendwo in einem Winkel. Die Wasserbomben fielen so dicht, daß die Stahlwand in meinem Rücken wie ein Wackelpudding bebte. Der Boden fuhr mit mir in die Höhe. Das Boot stand regelrecht kopf, wurde aber von weiteren Detonationen sofort wieder in die Tiefe gedrückt. Trotz des Höllenlärms hörte ich die Spanten bedrohlich knacken und stöhnen.

Schon fiel die nächste Lage. Das Boot krängte in eine so extreme Schlagseite, daß es zu kentern drohte. Ich wurde aus meinem Winkel geworfen. Eine scharfe Kante rammte sich mir in den Brustkorb, daß mir vor Schmerz die Luft wegblieb. Mein Gott, das war ja die Hölle! Nahm das denn überhaupt kein Ende?

Wieder gingen Bomben hoch, diesmal jedoch entfernter. Mir dröhnte trotzdem der Schädel, meine Ohren schmerzten. Plötzlich war es vorbei. Wüstes Geschrei drang an mein Ohr.

»Wassereinbruch im Vorschiff!« – »E-Maschinen ausgefallen!« – »Kein Druck mehr auf dem Ruder!« – »Achterer Torpedoraum überflutet!«

»Schnauze!« fuhr Hinterstecker dazwischen. »Schadensmeldungen an Zentrale! Licht! Wo bleiben die Handleuchten?«

Ordnung kam in das Chaos. Lichtstrahlen geisterten durch die Zentrale, blieben an der Tiefenanzeige hängen. Siebzig Meter zeigte sie an, langsam weiter sinkend.

»Stopp Tiefe! LI, was ist mit den E-Maschinen?«

»Total ausgefallen! Vermutlich Kurzschluß, das Achterschiff steht unter Wasser, und es steigt!«

Durch das Mannloch zum Achterschiff drang das Gluckern von Wasser, Schritte patschten hindurch. Beißender Chlorgeruch wehte aus dem Achterschiff in die Zentrale.

»Die Batterien gasen!« meldete hustend der Leitende Maschinist. »Die Bilge ist vollgelaufen. Das Wasser steigt weiter!«

»Achterschiff räumen! Mit Tauchrettern in die Zentrale!« befahl der Alte. »Was ist mit dem Vorschiff?«

Ich griff mir eine Handleuchte und jumpte durch das Mannloch. Wasser stand auf den Flurplatten und schwappte mir um die Füße. Auch hier hing Chlorgeruch in der Luft: Salzwasser und Batteriesäure, eine tödliche Mischung. In meinen Ohren knackte es. Nahm der Druck im Boot zu, weil das Wasser eindrang?

Der Smadding kam mir mit angelegtem Tauchretter entgegen. »Wie sieht's im Vorschiff aus, Oberbootsmann?«

»An mehreren Stellen sind die Schweißnähte leckgesprungen. Die Lenzpumpen schaffen's nicht.« Er schnupperte. »Riechen Sie es? Die Batterien gasen. Vom Alarmtauchen ist die halbe Besatzung noch vorn im Bugraum. Wir müssen hier so schnell wie möglich raus, Herr Leutnant!«

Ich bedurfte keiner langen Überlegung. »Vorschiff räumen! Alle Mann mit Schwimmwesten oder Tauchretter in die Zentrale! Sorgen Sie dafür, daß keiner zurückbleibt! Ich informiere den Alten.«

Während ich dem Alten berichtete, jumpten hinter mir die Männer durch das Mannloch in die Zentrale, als letzter der Smadding. Es war auf einmal eng wie in einer Ölsardinenbüchse.

Der Alte nickte zustimmend. »Gut, II WO! Kugelschott dicht! Bringen Sie uns schleunigst hoch, Herr Ketelsen! Wenn die Tommies einen neuen Anlauf fahren, beißen wir alle ins Gras!«

Ich zuckte zusammen. Mein Gott, in der allgemeinen Aufregung hatte ich das ja glatt vergessen! Noch lagen sie mit gestoppten Maschinen, aber ihr ASDIC erinnerte uns unüberhörbar, daß es jeden Augenblick wieder losgehen konnte.

»Wir tun, was wir können, Herr Kaleu!« Ketelsen ließ Druckluft auf die Tauchtanks geben. Zögernd reagierte das Boot und stieg langsam nach oben. »Wir haben viel Wasser genommen. Hoffentlich reicht da die Luft!«

Unsere Augen saugten sich an der Tiefenanzeige fest. Sie wurde zum zentralen Punkt unseres Denkens. Unendlich langsam bewegte sich die Anzeige. Was, wenn die Luft nicht reichte?

»Herhören, Männer!« verschaffte sich Hinterstecker Gehör. »Wenn der Turm freikommt, sofort raus und in den Bach! Weg vom Boot, aber alle bleiben zusammen! Sie entern als erster auf, Herr Becker, damit es keine Wooling gibt. Ich hoffe, die Tommies nehmen uns nicht unter Feuer. Wenn doch, in Feuerlee in den Bach, klar?«

»Und die Schwimmwesten erst aufblasen, wenn ihr draußen seid!« setzte der I WO hinzu. »Und keine Panik!«

Ich drehte mich zu Otterbein herum, der in dem geisterhaften Licht der Handleuchten an den Bändseln seiner Schwimmweste herumfummelte. Offenbar kam er damit nicht klar.

»So wird das gemacht, Herr Otterbein!« Ich half ihm in die Weste und schlang ihm die Bändsel um den Körper. »Hier, die Druckluftflasche drehen Sie erst auf, wenn Sie in den Bach springen. Falls die Druckluft nicht funktioniert, können Sie mit diesem Mundstück die Weste selbst aufblasen. Alles klar?«

»Achtung – Turmluk kommt gleich frei!« rief der LI. »Rauf in den Turm mit euch! Und dann Beeilung! Ich weiß nicht, wie lange ich den Kahn oben halten kann!«

Der Turm kam frei. Der I WO kurbelte das Luk auf und kroch auf die Turmplattform. Im gleichen Augenblick drang das Hämmern von Maschinenwaffen und Geschützfeuer zu uns in die Zentrale. Verdammt, wollten die uns jetzt wie die Tontauben abknallen?

»An Steuerbord in den Bach springen, Leute! Beeilung! Der Kahn säuft ab!« schrie der I WO und verschwand vom Luk.

Eiligst enterten die Männer auf. Schwerfällig rollte das Boot in der Dünung. Jäh verstummte oben der Gefechtslärm. Im Nu leerte sich die Zentrale. Wasser schwappte in das Turmluk, als ich an die Reihe kam, gefolgt vom Kommandanten und dem LI, der noch schnell die Vorreiber an den Mannlöchern des Kugelschotts gelöst hatte. Brausend entwich die Luft durch das offene Luk und brachte ätzenden Chlorgestank aus dem Vor- und Achterschiff mit. *U 769* soff uns glatt unter dem Hintern ab.

Ehe ich mich versah, schlug das Wasser über mir zusammen. Meine Kleidung sog sich voll und zog mich in die Tiefe, bis die Schwimmweste prall wurde und mich nach oben trug. Gierig sog ich die Luft ein und sah mich um. Keine Seemeile entfernt dümpelten ein Zerstörer und eine Korvette mit schußbereiten Geschützen in der Dünung.

Von *U 769* keine Spur mehr. Neben mir trieben der Alte und der LI, und unweit von uns tanzten Köpfe in den Wellen. Nervöses Gelächter tönte zu uns herüber, und auch mich erfaßte ein unbändiges Glücksgefühl. Ich lebte! Auch wenn mir jetzt die Kriegsgefangenschaft bevorstand – ich lebte und hatte alles heil überstanden! Was wollte ich mehr?

»Rüber zu den Leuten, Herr Vögele!« rief mir der Alte zu. »Dann geht keiner verloren, wenn uns die Briten auffischen!«

Mit ausgebrachten Enternetzen und Jakobsleitern schor der Zerstörer vorsichtig an unseren Pulk heran. Von der anderen Seite näherte sich in ähnlicher Weise die Korvette. Auf ihren Decks drängten sich die Männer an der Reling und schauten neugierig zu uns herunter.

Auf der Brücke des Zerstörers hob einer der Offiziere ein Megaphon an den Mund. »Hello, bewahren ruhig und makken *no panic*! Wir fischen all of you! Danke!«

Das klang gar nicht kriegerisch, sondern eher nach einem freundlichen Empfang. Es hörte sich zudem so drollig an, daß ich unwillkürlich lächeln mußte.

»Na los, Leute, ran an die Enternetze! Erobern wir für unseren geliebten Führer Großbritannien!« frotzelte der Alte. »Dafür sind wir letztendlich in den Krieg gezogen!«

Er schwamm auf den Zerstörer zu. Wie eine Fahrwasserboje tanzte seine weiße Kommandantenmütze vor uns her. Der Pulk löste sich auf. Ein Teil der Besatzung folgte dem Alten, der andere schwamm zur Korvette. Dafür gab es einen ganz plausiblen Grund. Jeder trachtete danach, so schnell wie möglich ins Trockene zu kommen. Die See war doch verdammt kalt. Außerdem saß uns allen die Angst im Nacken, die Tommies könnten die Rettungsaktion vorzeitig abbrechen, weil sie einen U-Bootangriff befürchteten.

Daher griff ich erleichtert in die Enternetzmaschen und kletterte nach oben. Hilfreiche Hände hievten mich an Deck des Zerstörers. Wasser lief mir aus meiner Mütze in die Augen. Ich streifte den Kinnriemen ab, schüttelte sie aus und zurrte den Riemen wieder über dem Mützenschirm fest.

»Hello, welcome to the bloody dogs!« sagte eine aggressive Stimme zu mir. Als ich aufblickte, türmte sich ein Zwei-Zentner-Mann in Uniform vor mir auf, so ein richtiger Muskelberg mit herabhängenden affenartigen Armen und der fliehenden Stirn und den dicken Augenwülsten eines Neandertalers unter der Tellermütze. Die kleinen Augen funkelten mich gehässig an. »Come on, damn'd fuckin' Nazi!«

Sein dicker Daumen deutete auf das Achterschiff, und es klang auch gar nicht mehr freundlich. Mochte der Teufel wissen, was der gegen mich hatte.

»Sorry, I don't under ...« Ich sah den Schlag kommen und drehte gerade noch rechtzeitig den Kopf weg. Seine Faust traf mich mit der Wucht einer Dampframme an der Schulter, wirbelte mich herum und schleuderte mich gegen zwei britische Seeleute, die zusammen mit mir in das Speigatt flogen.

Wutentbrannt rappelten sich die beiden auf und gingen auf ihn los. Das war mein Glück; denn schon war der Neandertaler heran und hob das Bein, um mir einen Tritt zu verpassen. Die beiden droschen fluchend auf ihn ein und stießen ihn von mir zurück. Andere Seeleute mischten sich ein, versuchten, die Kampfhähne zu trennen. Einer von denen half mir auf die Beine.

Ich rieb mir die schmerzende Schulter. »Thank you very much!«

Er blickte auf den verzierten Schirm meiner Offiziersmütze und salutierte. »Sorry, Sir! He is crazy! Please, follow me!«

Das klang schon ganz anders. Aber wir kamen nicht weit. Ein Offizier tauchte zwischen den Seeleuten auf und vertrat uns den Weg nach achtern. Er wollte wissen, was es gegeben habe.

»Crazy Joe attack'd him without any reason, Sir. He name'd him a Nazy.«

Der Offizier, er trug die Ärmelstreifen eines Oberleutnants, brummte mißbilligend und wandte sich an mich: »Er hat Sie geschlagen, ja? Das ist unverzeihlich. Er wird dafür bestraft werden. Ich kann mich dafür nur entschuldigen. Bitte, folgen Sie dem Seemann auf das Achterschiff.« Er legte die Hand grüßend an den Mützenschirm und schmunzelte über mein überraschtes Gesicht. »Sie wundern sich, daß ich deutsch spreche? Nun, ich habe in Deutschland studiert. Das erweist sich jetzt als ganz nützlich. Wir sehen uns später.«

»Haben Sie noch ein paar solcher Überraschungen parat?« fragte ich lächelnd.

»Wait and see!«

Ich sah ihn erst am späten Abend wieder.

Einunddreißig Mann kamen auf dem Achterdeck zusammen, als der Zerstörer Fahrt aufnahm. Die übrigen hatte die Korvette aufgefischt, wie wir erfuhren. Anschließend trennte man uns von den Unteroffizieren und der Mannschaft. Das geschah so reibungslos, als habe man darin schon einige Erfahrung.

Hinterstecker wurde auf die Brücke gebracht und blieb von da an verschwunden. Ich landete mit dem I WO und dem LI in der Offiziersmesse. Von den anwesenden Offizieren fiel kein böses Wort. Vielmehr betrachtete man uns mit distanzierter Neugier und verhielt sich absolut korrekt. Während man unsere nassen Sachen durchsuchte, duschten wir und bekamen trockenes Zeug gereicht.

»And now, Gentlemen«, sagte einer der Offiziere und winkte eine Ordonnanz herbei, die gefüllte Gläser herumreichte, »let's have a drink! It's lousy wet outside! Cheers!«

»Your welcome!« antwortete ich, hob mein fast bis zum Rand gefülltes Glas und trank einen Schluck. Es war hervorragender Rum. »Oha, that's a very fine stuff! I like to stay on!«

Lautes Gelächter war die Antwort. Damit war das Eis gebrochen. Von allen Seiten redete man plötzlich auf uns ein. Was machte es da schon, daß wir kein korrektes Kingsenglish sprachen? Wir waren Seeleute unter Seeleuten, der Krieg trat dabei zurück.

»Hätten Sie das erwartet?« fragte mich der I WO leise, als man uns das Abendessen servierte. Es war das gleiche, was auch die britischen Offiziere an unserer Back bekamen.

»Ich habe davon gehört, hab's mir jedoch nicht so recht vorstellen können. Man lernt eben immer noch was dazu.«

Nach dem Abendessen holte man uns nacheinander einzeln in eine Art Schreibstube, in der jener Oberleutnant zusammen mit ein paar Schreibersgasten saß.

Er stand auf und gab mir die Hand. »Wir kennen einander ja schon. Mein Name ist John Washburn, Junior-Lieutenant. Bei Ihnen heißt das Oberleutnant, nicht wahr? Bitte, nehmen Sie Platz.«

»Danke! Knud Vögele, Leutnant zur See«, stellte ich mich vor und setzte mich. »Ich muß Sie bewundern. Sie sprechen ein so akzentfreies Deutsch, wie ich es bisher noch nie von jemand aus dem englischen Sprachraum gehört habe. Erstaunlich, erstaunlich! Ich wollte, mein Englisch wäre so perfekt.«

Er lachte auf. »Danke für das Kompliment, aber so erstaunlich ist das gar nicht. Mein Vater gehörte zehn Jahre zur britischen Botschaft in Berlin, da habe ich das gelernt. Dazu kamen dann ein paar Semester an der Uni. Aber nun zu Ihnen. Bitte, füllen Sie das hier aus. Es dient Ihrer Registrierung als britischer Kriegsgefangener und als Dokument für das Rote Kreuz.«

Das war schnell erledigt; es war tatsächlich nur ein Fragebogen über die persönlichen Daten. Ich reichte ihm das ausgefüllte Formular über den Tisch.

Er ging das Blatt durch. »Aha, auch aus Berlin. Sie sind Berufsoffizier?«

»Nein, Reserveoffizier. Um genau zu sein, ich bin Handelsschiffsoffizier und bin erst spät zur Kriegsmarine eingezogen worden.«

»Mal eine andere Frage: Ihr Boot hat vor der spanischen Küste eine Fregatte und einen Zerstörer torpediert. Warum haben Sie den zweiten Zerstörer ungeschoren gelassen?«

»Weil er Ihre Kameraden aus dem Bach gefischt hat. Wir sind Seeleute und keine Henker!«

»Das hat Ihr Kommandant auch behauptet. Wenn es stimmt, eine sehr honorige, sehr humane Geste.«

Ich fuhr hoch. »Wenn es stimmt? Was soll denn das heißen?«

Er sah mich irgendwie lauernd von der Seite an. Jede Verbindlichkeit war aus seinem Gesicht gewichen. »Nun, das sagen Sie jetzt. In Wirklichkeit dachten Sie vielleicht bloß noch an Flucht. Sie hatten Angst, der Zerstörer könnte Sie angreifen und vernichten, so wie wir Sie vernichtet haben.«

»Unsinn! Das wäre sein Untergang gewesen, wie es auch Ihr Ende gewesen wäre, wenn ...« Ich stockte. Mir ging plötzlich auf, warum er mich provozierte. Die Briten rätselten, was unsere Torpedos so tödlich treffsicher machte, daß ihnen ihre schnellen Zerstörer nicht entgehen konnten. Aber warum fuhren sie dann Rabatzbojen? Nicht der Torpedos, sondern möglicher Minen wegen?

»Warum schweigen Sie? Was wäre, wenn?« drängte er.

Ich grinste ihm in das gespannte Gesicht. »Sie haben Glück gehabt, Herr Washburn. Ihr Artillerieüberfall hat uns in einem so ungünstigen Winkel überrascht, daß wir nicht mehr zum Schuß gekommen sind. Wir konnten nur noch wegtauchen, das hat Sie gerettet. Wir hätten sonst Ihr Schiff und die Korvette glatt weggeputzt. Kein schöner Gedanke, was?«

»Sie sagen es! Wie es jetzt ist, ist es mir bedeutend lieber!« rang er sich ein Lächeln ab. »Einer Ihrer Leute hat ausgesagt, Sie hätten jetzt einen neuen Torpedo, bei dem der Winkel keine große Rolle mehr spiele. Macht Sie das so sicher?«

Aha, jetzt ließ er die Katze aus dem Sack. Ich winkte lächelnd ab. »Wenn das wirklich einer von uns gesagt haben sollte, dann hat er Sie auf den Arm genommen. Warum stellen Sie auch solche Fragen? Die fordern solchen Jux geradezu heraus, und Sie nehmen den dann auch noch für bare Münze!«

Er schüttelte überlegen den Kopf. »Nein, Herr Vögele, nach einem Jux klang das aber ganz und gar nicht! Er brüstete sich regelrecht damit und bestätigte so, was der Kommandant des dritten Zerstörers gemeldet hat. Ihr Deutschen habt einen ferngesteuerten Torpedo entwickelt, über dessen Technik wir noch herumrätseln. Aber wir kommen schon dahinter, das sage ich Ihnen.«

Ich lachte laut auf. »Na prima, dann wissen Sie ja, was Sie künftig zu erwarten haben! Dann brauchen Sie mich doch eigentlich auch nicht mehr auszuhorchen.«

Humor hatte Washburn, das mußte ich ihm lassen. Er lachte laut mit. »Na, ich weiß nicht!«

»Jetzt mal eine Frage meinerseits, Herr Washburn. Ihre Zerstörer schleppen Rabatzbojen hinter sich her. Warum eigentlich?«

»Rabatzbojen?« Er sah mich einen Augenblick verständnislos an. Dann lachte er auf. »Sie meinen damit unseren *Noisy Jack*, was? Nun spielen Sie bloß nicht den Unwissenden! Ihre Schiffe fahren diese Dinger doch ebenfalls, seitdem wir uns gegenseitig mit akustischen Minen malträtieren. Ich wette, Sie hatten auch so ein paar Teufelseier an Bord – oder?«

»Da liegen Sie genau richtig! Wir hätten Ihnen auch liebend gern so ein paar Dinger vor den Bug gelegt, wenn wir noch die Zeit dazu gehabt hätten.«

In der Nacht holte uns der Alarm aus dem Tiefschlaf. Ich fuhr von meiner Matratze hoch und brauchte eine Weile, bis mir aufging, daß ich mich nicht mehr an Bord von *U 769*, sondern als Gefangener in einer Art Messe unter Deck des britischen Zerstörers befand. Bis auf Stühle und Tische war sie leer. An dem verrammelten Schott saß nur noch ein Wachposten und grinste dem I WO, dem LI und mir in die verschwiemelten Gesichter.

»... auf Gefechtsstation! Alle Schotten dicht! Verschlußzustand herstellen!« quäkte es verzerrt auf englisch aus den Lautsprechern.

Die Maschinen heulten auf. Unter uns begann das Deck zu vibrieren. Der Zerstörer holte schwer nach Backbord über, als er mit Höchstfahrt aus seinem ursprünglichen Kurs schor.

»What happen'd?« fragte ich reichlich blöd den Posten, denn die Wasserbombenexplosionen waren eigentlich eindeutig. Aber noch immer wurde mein Denkvermögen von den Schwaden des ungewohnten Whiskys umnebelt, mit dem die britischen Offiziere mit uns im besten Einvernehmen am Abend auf ein baldiges Ende des Krieges angestoßen hatten. Die jeweiligen Vorstellungen über dieses Ende klafften allerdings recht weit auseinander. Aber was machte das schon in einer solch außergewöhnlichen Runde?

»Germans!« antwortete der Posten lakonisch. »Submarins are attackin' our con ...«

Eine gewaltige Detonation riß ihm die Worte vom Mund. Der Zerstörer machte einen regelrechten Sprung voraus, als die Druckwelle das Achterschiff packte.

»Nicht schlecht, Herr Specht! Aber ich wollte eigentlich nicht schon wieder ein Bad im Atlantik nehmen!« überspielte Ocke Ketelsen sein Erschrecken. »Ich dachte, der Krieg sei für uns vorbei?«

»Man soll den Teufel nicht an die Wand malen, LI!« warnte der I WO. »Der hört es am Ende!«

Eine Kette dumpfer Abschüsse ließ das Deck über uns erbeben. Artilleriefeuer? Nein, das hörte sich anders an. Ich sah den I WO fragend an.

»Das sind ihre Salvengeschütze. Funktionieren so ähnlich wie Stalinorgeln, hat mir einer der britischen Offiziere mit einem gewissen Stolz erklärt. Die neueste Masche, Wasserbomben abzufeuern! Hedgehogs hat er diese Geschütze genannt.«

Detonationen röhrten durch die Tiefe. Es waren ganze Wagenladungen an Wasserbomben, die die Briten dort ins Wasser warfen.

»Hat er Sie auch über den T 5 auszuhorchen versucht?« fragte ich. »Sie glauben, er werde ferngesteuert.«

»Und ob er das versucht hat! Zum Schluß war es eher umgekehrt, und er ist darauf eingegangen! Erstaunlich, daß die Briten so freimütig aus der Schule plaudern.«

Das Nebelhorn des Zerstörers heulte über uns auf. Irgendwen jagte der damit aus seinem Weg. Schritte eilten über Deck, begleitet von einem Poltern und Rollen. Gleich darauf explodierte eine Wasserbombenlage, eine zweite, dritte und vierte folgten in kurzen Abständen. Wieder rollte und polterte es an Deck. Dann Ruhe.

Die Maschinen rumpelten. Der ganze Schiffskörper vibrierte, als breche er jeden Augenblick auseinander. Der LI spitzte die Ohren.

»Der backst! Dreht auf dem Teller für den nächsten Anlauf! Die armen Säue dort unten!«

Die Maschinen stoppten. Vermutlich trieb der Zerstörer jetzt auf das getauchte U-Boot zu und suchte mit Scheinwerfern die Wasseroberfläche nach Wrackteilen, aufsteigendem Öl und Luftblasen ab. Jedenfalls hatten wir das bei der U-Bootjagd immer so gemacht, um Wasserbomben zu sparen.

Wieder fielen Wasserbomben, diesmal aber weit entfernt. Es klang wie ein fernes Donnergrollen. Ein Zeichen dafür, daß es noch ein U-Boot am Konvoi gab, das die Sicherung in helle Aufregung versetzte. Unser Zerstörer dagegen belauerte noch immer sein potentielles Opfer, ohne sich zu rühren. Hatte sein ASDIC das Boot am Ende verloren?

»Möchte mal wissen, was das vorhin für 'ne Detonation gewesen ist, die fast wie ein Treffer klang«, zerbrach sich der LI den Kopf. »Dachte schon, es hätte uns erwischt.«

Der I WO grinste. »Viel hat auch nicht gefehlt. Glück für uns, daß es nur die Rabatzboje erwischt hat, sonst hätten wir jetzt Flügel und sängen im gemischten Chor der himmlischen Heerscharen fröhlich Halleluja!«

»Na, darauf kann ich gern noch 'ne Weile verzichten!« sagte ich trocken. »Warum machen diese Scheißer auf der Brücke nicht endlich Schluß und kümmern sich wieder um das Geleit?«

Die dachten jedoch gar nicht daran. Unendlich langsam verstrich die Zeit. Aus Sekunden wurden Minuten, die sich bald zu Kolonnen summierten. Das Gewummer des Geleites wanderte an uns vorbei, die aber spielten mit dem U-Boot noch weiter Katz und Maus.

»Ich möchte ja nicht sagen, was ich den Briten wünsche«, erregte sich der I WO. »Aber ...«

Er verschluckte den Rest; denn in diesem Augenblick sprangen die Zerstörerschrauben an und zogen das Heck wie bei einem Rennboot nach unten, während der Bug sich aus dem Wasser hob.

»Höchstfahrt! Dreimal AK!« stellte der LI fachmännisch fest. »Gnade uns Gott, wenn der den Anlauf jetzt ohne Rabatzboje fährt!«

Er stand auf und griff sich eine der Schwimmwesten, die in dem Regal neben dem verrammelten Schott lagen. Wortlos streifte er sie über und zog die Bändsel fest. Auch mir lief bei dem Gedanken eine Gänsehaut über den Rücken. Ich langte ebenfalls in das Regal und stülpte mir die Weste über.

Zögernd folgte der I WO unserem Beispiel. »Lieber Himmel, so blöd wird er doch nicht sein?«

Verständnislos verfolgte der Posten unsere Handlungen. Doch dann ging ihm wohl ein Licht auf. Er hob die Maschinenpistole. »Stop! What are you doin'? You can't leave this ...«

Der ohrenbetäubende Donnerschlag, unter dem sich der Schiffskörper wie ein durchgehendes Pferd aufbäumte, übertönte seine Worte. Schlagartig verstummten die Maschinen, das Licht fiel aus. Alles geriet in Bewegung. Das Deck unter uns wurde nach oben geprellt und stauchte mich so stark in den Knien zusammen, daß ich vor Schmerz laut aufschrie. Aber schon sackte es wieder nach achtern weg und krängte in eine gefährliche Schlagseite nach Steuerbord, aus der es nicht wieder zurückkehrte. Wir segelten quer durch die Messe, prallten gegen die an Deck verankerten Tische und rissen unzählige Stühle mit, bis wir gegen die Pantry-Durchreiche knallten und zu Boden gingen. Geschirr und Flaschen fielen aus den aufgesprungenen Regalen auf uns herab und zerschellten scheppernd und klirrend an Deck. Es stank plötzlich wie in einer üblen Hafenkaschemme penetrant nach verschüttetem Schnaps.

Benommen richtete ich mich auf und lauschte. Über die Decks tobte eine wilde Jagd. Lecksicherungstrupps rannten vermutlich nach achtern und stürmten die Niedergänge herab, um die Querschotten abzustützen, bevor sie unter dem Wasserdruck brachen. Mir war auf einmal gar nicht mehr wohl in meiner Haut. Angst schnürte mir fast die Luft ab. Ich hatte nur noch einen Gedanken.

»Mensch, hoffentlich vergessen die uns hier unten nicht! Wir müssen hier raus, bevor uns der Kahn unter dem Arsch absäuft!« krächzte ich. Fluchend zog ich mich an der Durchreiche hoch und tastete mich die Wand entlang. »Scheißladen! Nicht mal 'ne Notbeleuchtung haben diese Ärsche hier!«

»Der Torpedo hat ihnen das Heck zerschmettert, da geht halt nichts mehr«, antwortete neben mir der LI überflüssigerweise.

»Das war kein Torpedo, Herr Ketelsen!« widersprach der I WO und tastete sich zu uns heran. »Die haben eine der Treibminen ausgestoßen und sind getürmt. Darauf sind die Briten reingefallen, und nun haben wir den Salat. – Was macht eigentlich unser Wachposten? Dem muß doch jetzt auch die Muffe sausen.«

»Hee, buddy!« rief ich in die lastende Finsternis hinein. »Your ship is sinkin'! Hurry up! We have no time to lose to save our life!«

»Here I am! Please, help me!« kam es jämmerlich zurück. »May bee I've broken my left leg! Look, here I am! Close by the closed bulkhead!«

Der Strahl einer Taschenlampe geisterte durch die stockdunkle Messe und wies uns den Weg. Alles andere war ein Kinderspiel. Während der LI und ich den Posten aufhoben, kurbelte der I WO im Schein der Lampe die Vorreiber auf. Das Schott schwang zurück, aufgedrückt von dem Wasser, das fast knietief in dem leeren Gang stand. Einen Augenblick starrte er entsetzt auf das Wasser, das beim Rollen des Schiffes im breiten Schwall über den Süllrand in die Messe schwappte.

»Mann, nichts wie raus hier und nach oben an Deck! Das kriegen die nicht mehr in den Griff! Der Pott säuft langsam, aber sicher ab!«

Er half uns mit dem Wachposten über den Süllrand und watete vor uns mit der Taschenlampe bis zum nächsten Niedergang voran. Eilig schlug er die Vorreiber der Luke zurück. Gemeinsam schoben und zogen wir den hilflosen Tommy den Niedergang empor und schlossen oben einen Moment geblendet die Augen. Gleißendes Scheinwerferlicht überflutete das Oberdeck. Es stammte von einer Korvette an Steuerbord und einem Frachter an Backbord, dessen Aufbauten den sinkenden Zerstörer haushoch überragten.

»Junge, Junge, die haben ja Nerven!« murmelte der LI. »Machen 'ne Festbeleuchtung, als gäb's die deutschen U-Boote überhaupt nicht mehr.«

Es gab sie aber doch noch, wie die Detonationen in der Ferne verrieten. Sie jagten nur eine lohnendere Beute, deshalb fühlten sich die Korvette und dieser Frachter wohl auch sicher.

Enternetze überzogen die Bordwände beider Schiffe. Offensichtlich war »Alle Mann von Bord!« befohlen worden, denn die Männer sprangen in die Netzmaschen hinüber, sobald die beinahe Bord an Bord mit uns kamen. Bei der kabbeligen See ein gefährliches Unterfangen! Wer den richtigen Augenblick verpaßte, nicht fest zugriff oder nicht schnell genug aufenterte, lief Gefahr, zwischen die überholenden Bordwände zu geraten und zerquetscht zu werden.

Wir sahen uns nach einem Tommy um, dem wir seinen verletzten Kameraden übergeben konnten. Dabei entdeckte uns

Hinterstecker, der mit Washburn an der Reling stand und die letzten unserer Leute zur Eile antrieb.

»Menschenskind, Sie noch hier? Ich glaubte Sie alle drei längst an Bord der Korvette! Was ist mit dem Seemann los, den Sie da stützen?«

»Man hat uns unter Deck glatt vergessen, Herr Kaleu!« antwortete der I WO und sah dabei Washburn vorwurfsvoll an. »Das ist oder war unser Bewacher. Er hat sich wahrscheinlich das Bein gebrochen, als das Schiff getroffen wurde. Er läge jetzt noch dort unten, wenn wir ihn nicht mitgenommen hätten.«

»Habe ich richtig gehört, man hat Sie unter Deck vergessen?« fragte Washburn fassungslos. »Der Midshipman hatte doch Befehl ... Ich werde ...«

Er lief hinüber auf die Backbordseite und kehrte kurz darauf mit zwei Seeleuten zurück. Die hatten offenbar schon ihre Instruktionen; denn sie nahmen uns ihren Kameraden ab und trugen ihn hinüber auf die andere Seite. Erst jetzt fiel mir auf, daß es auf unserer Seite nur einen Briten gab, das war Washburn.

»Vielen Dank, meine Herren!« sagte er. »An Bord des Rescue-Ships wird er ärztliche Hilfe bekommen. Der Midshipman wird ...«

Er verschluckte, was er mit dem ungehorsamen britischen Fähnrich anstellen werde. Unter unseren Füßen krachte es nämlich, begleitet von einem seltsamen Bullern und Blubbern. Das Deck bebte und glitt achtern merklich tiefer. Aus dem offenen Niedergang hinter uns entwich fauchend die Luft. Dafür gab es nur eine Erklärung: Das Querschott war gebrochen, das Schiff lief voll. Uns blieb keine Zeit mehr, auch Washburn nicht.

Wie auf Kommando sprang er mit uns hinüber in das Enternetz der Korvette, die sofort Ruder legte und von dem sinkenden Zerstörer abschor. Spritzwasser fegte über uns hinweg, als wir nach oben turnten. Zahlreiche Hände halfen uns an Deck.

Das Ende des Zerstörers kam schnell. Während sich an der Ostkimm schon ein rötlicher Streifen zeigte, glitt er fauchend und blubbernd in die Tiefe. Die ›Three Cheers‹ der Zerstörerbesatzung verwehten über ihrem versinkenden Schiff im Winde. Was blieb, war nur noch ein riesiger Ölfleck, der größer und größer wurde.

Die Korvette und das Rescue-Ship nahmen Fahrt auf und eilten dem Geleit hinterher.

An Bord der Korvette verlief alles anders. Hatten die Briten auf dem Zerstörer unsere »Gefangennahme« noch mit einer gewissen Nonchalance gehandhabt, so brachte Washburn unserem Alten mit leicht amüsierter Miene bei, daß hier der Kommandant, Lieutenant-Commander James O'Brian, auf ein militärisches Zeremoniell bestehe.

»Was will er? Ein militärisches Zeremoniell?« fragte Hinterstecker verständnislos. »Wie stellt er sich das vor?«

»Indem Ihre Besatzung in militärischer Ordnung auf dem Achterdeck antritt und Sie ihm dann Ihre Offiziere, Deckoffiziere, Maate und die Mannschaft als an Bord gekommen melden. Hier, damit Sie salutieren können.« Er überreichte ihm lächelnd eine Kappe mit goldverbrämtem Schirm und dem Schriftzug *Captain*. »Ihre Kommandantenmütze haben Sie ja nicht mehr, und der übliche Nazi-Gruß wird hier nicht so gern gesehen.«

»Verbindlichsten Dank!« Hinterstecker setzte sich die Mütze auf. »Na schön, wenn es ihn glücklich macht! Jedem Tierchen sein Pläsierchen! Dann man los, meine Herren! Erfüllen wir unserem Gastgeber den Wunsch!«

Beabsichtigte der britische Kommandant, uns damit wegen

des Zerstörerunterganges vor seiner Mannschaft zu demütigen, so ging das gründlich daneben. Zum einen konnten wir endlich feststellen, daß alle Besatzungsmitglieder den zweimaligen Schiffbruch unbeschadet überstanden hatten, zum anderen machten wir eine Mordsgaudi daraus. Der Smadding ließ die Besatzung wie auf dem Kasernenhof mit so lautem Gebrüll antreten und abzählen, daß er damit die Aufmerksamkeit der Tommies an den Geschützen und auf den Aufbauten voll auf dieses Affentheater lenkte.

Peinlich genau kontrollierte er die Ausrichtung der Reihen anhand der Decksnähte, ehe er aufgebläht wie ein balzender Gockel auf den I WO zustelzte und seine Meldung so übertrieben zackig anbrachte, daß wir uns nur mühsam das Lachen verkniffen.

»Danke, Oberbootsmann!« Der I WO bewahrte eine ernste Miene und wartete, bis sich der Smadding bei den Deckoffizieren eingereiht hatte. »Zur Meldung an den Kommandanten ... die Augen rechts!«

Der britische Korvettenkapitän, ein schlanker, rotblonder Hüne mit einem fröhlichen Gesicht, verfolgte dieses Schauspiel interessiert und nahm anschließend die Meldung Hintersteckers entgegen. Beide salutierten und schüttelten sich die Hand. Sie begannen ein Gespräch, das Washburn dolmetschte. Von Demütigung keine Spur.

Wir konnten nicht verstehen, was Washburn übersetzte. Aber irgendwann ging es wohl auch um uns Offiziere, denn Washburn löste sich von ihnen und kam zu uns herüber. Indessen verließen die beiden Kommandanten den Schauplatz dieses seltsamen Zeremoniells.

»Eine Empfehlung von Lieutenant-Commander O'Brian«, wandte er sich an den I WO. »Wenn es Ihre Zeit erlaubt, würde er Sie und die anderen Herren Offiziere gern auf der Brücke begrüßen.«

Einen Augenblick starrten wir ihn verblüfft an. In unseren Ohren klangen seine Formulierungen seltsam gestelzt und nahezu antiquiert. Doch das waren sie gar nicht. Es waren vielmehr Redewendungen, wie sie den Offizieren der modernen Navy aus der Tradition ihrer glorreichen Segelschiffzeit überkommen waren.

»Unsere Empfehlung an den Herrn Korvettenkapitän«, griff der I WO diese traditionelle Formulierung sofort auf. »Wir werden seiner freundlichen Einladung selbstverständlich gern Folge leisten.«

Und das war keineswegs eine leere Floskel. Wir waren alle gespannt, wie es auf einer britischen Brücke aussah. Wann bekam man denn schon einmal Gelegenheit, hinter die Kulissen des Gegners zu schauen?

Die Brücke war eine Enttäuschung für mich. Bis auf ein mir unbekanntes Sichtgerät auf der einen Seite der Brücke unterschied sie sich nur unwesentlich von der vergleichbarer deutscher Überwassereinheiten, wie ich sie von meinen bisherigen Kommandos her kannte. Zugleich aber ließ der Drehstuhl für den Kommandanten auf der Brücke vermuten, daß die Korvette in den USA oder zumindest nach amerikanischem Vorbild gebaut und ausgerüstet worden war, denn dort war der üblich. Auch ihre Bewaffnung sprach dafür.

Der I WO stieß mich an und flüsterte mir zu: »Wofür halten Sie dieses Sichtgerät dort in der Ecke, Herr Vögele?«

»Für RADAR. ASDIC- und Horchgerät befinden sich offensichtlich in den hinteren Räumen der Brücke. Ansonsten ...«

»I am very glad to introduce my First Officer, Mister Bekker, my Second Officer, Mister Vögele, and my First Engineer, Mister Ketelsen, Sir!« unterbrach mich der Alte radebrechend und setzte mit deutlichem Zögern hinzu:. »And this one is

Mister Otterbein, Lieutenant special branch, guest aboard of my boat. But I think, you know him.«

»I am very pleased, Gentlemen!« O'Brian gab jedem von uns die Hand. Nur bei Otterbein stockte er einen Augenblick. »What means special branch? A political inspector?«

Der Alte sah Washburn hilfesuchend an. »Bitte, Herr Washburn, wie heißen bei Ihnen die Kriegsberichterstatter? Mir fehlt der englische Begriff dafür.«

Washburn grinste und setzte dem Commander auseinander, daß es sich keineswegs um einen Polit-Offizier ähnlich dem russischen Politruk handele, sondern um einen Reporter, der über die Fahrt von *U 769* hätte berichten sollen.

O'Brian lachte laut auf und redete auf Washburn ein.

»Na, dazu hat er ja jetzt genügend Gelegenheit, meint der Commander!« dolmetschte Washburn schmunzelnd. »Dann soll er sich man draußen ansehen, was *U 769* alles durch die Lappen gegangen ist!«

Er deutete hinaus auf das Geleit, an das die Korvette inzwischen Anschluß gefunden hatte. Langsam passierte sie den Konvoi und steuerte wieder ihre Position an seiner Spitze an. Es war hell geworden. Der Regen hatte längst aufgehört, gebessert hatte sich die Sicht jedoch noch immer nicht, wenn auch der Wind versuchte, die zähe flache Dunstschicht über dem Wasser auseinanderzureißen. Dennoch bot sich uns ein beeindruckendes Bild.

Gesichert von unzähligen Zerstörern, Fregatten und Korvetten, umkreist von zahlreichen Flugzeugen, tauchten die Aufbauten von Frachtern, Tankern und Truppentransportern in geordneten Sechserreihen aus dem Dunst auf und versanken wieder nach achtern darin. Mir verschlug es vor Staunen die Sprache. So eine Demonstration wirtschaftlicher Macht und militärischer Stärke war mir bisher noch nicht begegnet. Demgegenüber nahm sich *U 769* wie ein Staubkorn in der

Wüste aus. Hatte der britische Commander diesen niederschmetternden Eindruck beabsichtigt, dann war es ihm gelungen.

»Mensch, das ist ja unglaublich, was uns da durch die Lappen gegangen ist!« flüsterte mir der LI zu und versuchte, die Pötte zu zählen, die wir passierten. »Das ist ja auch ohne die vielleicht heraustorpedierten Kähne noch immer eine gewaltige Armada!«

Ich fand meine Sprache wieder. »Kein Wunder, daß sich die Tommies so siegessicher geben! David gegen Goliath!«

»Und wir Idioten glauben noch immer, daß wir gegen die halbe Welt den Krieg gewinnen können!« fügte der I WO bitter hinzu.

»Ich nicht!« widersprach ihm zu unserer Überraschung Hinterstecker. »Mir hängt das verlogene Gefasel vom Endsieg schon lange zum Hals heraus!«

»Und warum haben Sie dann nicht schon längst das Handtuch geworfen?« fragte Washburn, der unbemerkt zu uns getreten war.

»Das fragen ausgerechnet Sie mich?« fuhr der Alte zu ihm herum. »Haben Sie keinen Fahneneid geleistet?«

»Selbstverständlich, aber ...«

»Na also! Haben Sie noch nie gezweifelt? Ich bin Berufsoffizier und fühle mich an meinen Eid trotz aller Zweifel gebunden! Deshalb habe ich das Handtuch noch nicht geworfen!«

Einen Tag später war die Nacht für uns um drei Uhr früh vorbei. Diesmal war es kein Alarm, der uns aufscheuchte. Den Geräuschen an Deck und dem Lärm des Maschinentelegrafen nach lief die Korvette in einen Hafen ein und fuhr ein Anlegemanöver. Laut jaulte ihr Nebelhorn auf.

»Könnte Glasgow sein«, meinte der I WO und grinste

schief. »Dann hat sich der Konvoi aufgelöst, und die Gefahr ist vorbei, von den eigenen Leuten nochmals torpediert zu werden.«

Er sprach mir aus der Seele. Auch mich hatte diese Sorge den ganzen Tag über gequält, denn noch vor der Einfahrt in den Nordkanal waren erneut deutsche U-Boote über das Geleit hergefallen. An deren Verfolgung hatte auch unsere Korvette mit Wasserbomben teilgenommen, ob mit oder ohne Erfolg, war uns jedoch verborgen geblieben. Eingesperrt unter Deck, hatten wir das Bombardement nur akustisch miterlebt, und die Männer, die uns das Abendessen brachten, schwiegen auf unsere Fragen.

Ein dumpfer Aufprall erschütterte die Korvette und ließ uns taumeln. Der Maschinentelegraf klingelte, die Maschinen verstummten. Wir hatten festgemacht. Schritte näherten sich auf dem Gang.

»Nun bin ich ja gespannt, wie es weitergeht. Bisher hat sich die Gefangenschaft ganz gut angelassen.«

»Wie es weitergeht, Herr Ketelsen? *Vae victis* haben schon die alten Römer gesagt«, erwiderte der I WO skeptisch. »Glaube nicht, daß sie uns an Land so fair wie hier an Bord behandeln werden.«

Das Schott flog auf. Zwei bewaffnete Posten bauten sich neben der Öffnung auf. Ein Maat erschien darin und salutierte.

»Please, come on!« Das war die knappste Form der Höflichkeit. Der Mann unterstrich seine Aufforderung noch mit einer Handbewegung.

Der I WO setzte sich in Marsch. »Na, hab' ich's nicht gesagt? Wehe den Besiegten! Von jetzt an geht es anders herum!«

Sie brachten uns auf das stockdunkle Achterdeck. Dabei sah ich kaum die Hand vor den Augen, die schier endlos brauchten, bis sie sich an die Dunkelheit angepaßt hatten. Nebelschwaden umwallten das Hafengelände, so daß ich kaum Einzelheiten erkennen konnte. So viel aber doch, daß es nicht der Hafen Glasgows sein konnte, denn es fehlte alles, was einen so großen Hafen mit seinen Werften und Schiffen in den zahlreichen Hafenbecken auch nachts nicht zur Ruhe kommen ließ.

Es schien eher ein kleiner Hafen zu sein, so ein Fähr- oder Fischereihafen, wie er für die Küsten Schottlands und Nordirlands typisch war, und in denen sich der quirlige Betrieb allein auf die Ankunft und Abfahrt der Fährschiffe oder Fischkutter beschränkte. Selbst die Pier, auf die vom Achterdeck eine bewachte Gangway hinunterführte, wirkte in der Dunkelheit erbärmlich.

Allerdings herrschte dort Betrieb, militärischer Betrieb, den Kommandos und dem Stiefelklappern nach zu urteilen. Außerdem hielten am Anfang der Pier zwei größere Fahrzeuge mit abgeblendeten Scheinwerfern, Busse möglicherweise, die das Militär gebracht hatten.

»Haben Sie 'ne Ahnung, wo wir hier gelandet sind?« fragte mich Otterbein leise. Er schien seine Gleichgewichtsstörungen überwunden zu haben. »Glasgow ist das doch bestimmt nicht.«

»Nee, ganz sicher nicht! Aber das werden wir ja wohl bald erfahren. Dort auf der Pier erwartet uns schon ein Empfangskomitee.«

Von bewaffneten Posten zusammengeholt, sammelte sich hinter uns auf dem Achterdeck unsere Besatzung und erging sich ebenfalls in lautstarken Vermutungen über den dunklen Hafen. An der Gangway entstand Bewegung. Bootsmannsmaatenpfeifen schrillten, sie pfiffen ›Seite‹. Eine Ehrenbezeigung, wie sie auch bei uns jedem Offizier zustand, der an Bord kam oder von Bord ging.

Scheinwerfer leuchteten plötzlich auf und tauchten die Szenerie in ein gleißendes Licht. Ein britischer Armeeoffizier mit einem Bambusstöckchen unter dem angewinkelten Arm kam gravitätisch die Gangway emporgestelzt. Überrascht verstummten ringsum die Gespräche.

»Ich werd' verrückt, ein waschechter Kolonial-Sahib!« trompetete Ketelsen lauthals los. »Du lieber Himmel, wie hat sich denn der hierher verlaufen?«

Er erntete lautes Gelächter, ich lachte mit. Dem fehlte nämlich tatsächlich nur noch der Tropenhelm, dann ging er glatt als Prototyp des bornierten Sahibs durch, wie er zu Dutzenden in Offiziersuniform im britischen Kolonialreich umherlief. Ich blickte zu Washburn und unserem Alten hinüber, die neben dem Bootsmaat der Wache an der Gangway standen. Selbst Washburn grinste still in sich hinein, ihm schien dieser Spottname zu gefallen.

Offensichtlich galt der Besuch des Offiziers ihm. Kaum hatte Washburn ihn militärisch begrüßt und ihm unseren Alten vorgestellt, überreichte er ihm eine Liste und eine Art Kuriertasche mit irgendwelchen Papieren.

»Mich laust der Affe! Ihr Kolonial-Sahib ist unsertwegen hier, Herr Ketelsen!« deutete der I WO diesen Vorgang durchaus richtig.

Mit einmal ging alles ganz schnell. Ein Wink zu uns herüber, und schon drängten die Posten uns und unsere Männer zur Gangway.

»Oberst Patterson ist von nun an für Sie zuständig, meine Herren. Er hat Sie und Ihre Besatzung soeben von mir als Kriegsgefangene übernommen«, sagte Washburn. »Wünschen wir uns ein baldiges Kriegsende, damit die Gefangenschaft für Sie alle möglichst schnell vorübergeht. Alles Gute für Sie. Farewell!«

Er salutierte und trat zur Seite. Das war der Augenblick, in dem Hinterstecker über sich hinauswuchs. Er legte die Hand salutierend an die Captain-Mütze.

»Ich möchte mich im Namen meiner Männer bei Ihnen und bei den Männern der Royal Navy für die überaus faire Behandlung bedanken, die uns als Gefangene widerfahren ist. Sie haben uns als Seeleute unter Seeleuten und nicht als Gegner behandelt, und das werden wir Ihnen nie vergessen. Wir hoffen und wünschen Ihnen und Ihren Männern allzeit gute Fahrt und Gottes Schutz und Segen! Leben Sie wohl und auf ein Wiedersehen, wenn dieser unsinnige Krieg endlich ein Ende hat!«

Sie schüttelten einander die Hände. Wieder einmal fragte ich mich, welcher Idiot bloß diese unsinnigen Gerüchte über Hinterstecker aufgebracht hatte.

Oberst Patterson war nicht nur ein Kolonial-Sahib par excellence, wie er von Stund' an bei uns hieß, er war auch ein bürokratischer Pedant, der alles ganz genau nahm. Jeder andere hätte sich damit begnügt, uns abzuzählen, während wir die Korvette verließen. Der nicht. Er stand kerzengerade an der Gangway und rief unsere Namen anhand seiner Liste auf. Das heißt, er versuchte es. Er sprach die deutschen Namen so verdreht aus, daß die wenigsten sie auf sich bezogen. Damit artete die ganze Prozedur zu einem Jux mit viel Gelächter, aber geringstem Erfolg aus.

Washburn hätte ihn aus diesem Dilemma erlösen können, doch der stand abseits gegen das Schanzkleid gelehnt und amüsierte sich ebenfalls köstlich über das phonetische Kauderwelsch.

Irgendwann wurde es dem Alten zuviel. Er nahm dem Sahib kurzerhand die Liste aus der Hand. »Schluß jetzt mit dem Affentheater, Leute, sonst stehen wir hier noch mittags fröstelnd an Deck herum.« Ein Machtwort. Danach leerte sich das Deck im Nu.

Doch schon gab es auf der Pier das nächste Problem. Die Korporäle der »Ehrengarde« nahmen es nämlich nicht minder genau. Sie bemühten sich aus unerfindlichen Gründen, in unseren unmilitärischen Haufen nach irgendwelchen Kriterien Ordnung zu bringen. In dem Tumult verstand sie nur niemand. Auch die Kommentare ihrer kriegerisch aufgezäumten Garde, die mit Tornister, umgehängtem Gasmaskenbeutel, imponierendem Patronengürtel, aufgepflanztem Bajonett und mit dem flachen britischen Stahlhelm auf dem Kopf im Abstand von exakt vier Schritten jeweils zu beiden Seiten die Pier bis zu den Bussen säumten, waren alles andere als hilfreich.

Sie verrieten mir lediglich, daß es sich um eine irische Truppe handelte; der Slang war unverkennbar. Das machte mich stutzig. Hatte man uns in Irland an Land gesetzt? Mann, dann war das ja die Gelegenheit, die Kurve zu ...

»Was meinen die denn bloß mit ›order of precedence‹ und ›rank of duty‹?« schreckte mich der LI aus meinen Gedanken auf. »Mir fehlt einfach der Draht dazu.«

»Rangordnung und Dienstgrad.« Bei mir dämmerte es plötzlich. »Die wollen die Mannschaft wieder von uns trennen!«

Und so kam es. Die Mannschaft landete in dem einen Bus, alle Dienstgrade in dem anderen. Nachdem dann auch noch der Sahib und jeweils ein Teil seiner Soldaten zugestiegen waren, setzten sich die Busse endlich in Bewegung.

Wir fuhren eine einsame Küstenstraße entlang. Das zumindest konnten wir durch die verschmutzten Seitenscheiben erkennen; denn nach all dem zeitraubenden Palaver hatte inzwischen die Morgendämmerung eingesetzt, und ein leichter Wind trieb den Nebel über der See in Schwaden auseinander.

Ein Wegweiser huschte vorbei, zu schnell, um mehr als *BALLYGA* ... zu entziffern. Hieß das am Ende *Ballygalley*? Dann kannte ich die Straße, war sie mit Karen vor Urzeiten von Larne nach Bushmills gefahren, weil sie mir unbedingt den Giant's Causeway hatte zeigen wollen. Jenen beeindrukkenden Basaltsockel, der von Nordirland unter der See bis nach Schottland reichte.

Noch ehe ich mir sicher werden konnte, stotterte plötzlich der Motor, setzte aus und startete dann wieder hustend und fürchterlich ruckelnd durch. Fehlzündungen donnernd, bog unser Bus in den primitiven Parkplatz eines Ortes ein, dessen niedrige Häuser sich eng an die Felswände schmiegten. Der Geruch nach Torffeuer und nach »poteen«, dem selbstgebrannten irischen Whiskey, drang durch die Lüftung zu uns in den Bus.

Ich beugte mich zum I WO hinüber. »Ich glaube, ich kenne die Gegend hier. Wir sind in Nordirland, Herr Becker, wenn ...«

»Ehrlich? Mensch, das wäre ja ein Geschenk des Himmels!« unterbrach er mich flüsternd. »Sagten Sie nicht, Sie hätten hier Freunde?«

»Nicht hier, im Freistaat Irland. Der ist ja nur einen Katzensprung von hier weg! Ich muß raus und mir Gewißheit verschaffen!«

Ich stand auf, tippte einem unserer Wächter auf die Schulter und machte ihm klar, daß mich die Blase drückte. Dabei ließ ich ein paar typisch irische Idioms einfließen.

Er grinste verständnisvoll und begleitete mich nach einem kurzen Wortwechsel mit seinem Korporal nach draußen. Ich sah mich nach einem geeigneten Ort um. Doch das war schwierig. Auf der einen Seite die Häuser, auf der anderen die gegen das Steilufer brandende See. In einiger Entfernung führten allerdings Stufen zu einem Anleger hinunter, das war der ideale Ort. Aber nicht nur deshalb. Dort stand ein windschiefer Wegweiser, denn genau gegenüber bog eine Nebenstraße von der Küste ab.

»I think I'ill over there ...« Den Rest drückten meine Gesten unmißverständlich aus.

Grinsend trottete er neben mir her, lehnte sein Gewehr an die Felswand und gab sich dem gleichen Geschäft wie ich hin. Dabei hatte ich genügend Zeit, mich umzusehen.

Ich hatte mich nicht geirrt, tatsächlich Irland! In Fahrtrichtung zeigten die Wegweiser nach GLENNARM und CARNLOUGH, wo ich damals mit Karen übernachtet hatte, zur anderen Seite zurück nach BALLYGALLEY und LARNE, und der Abzweig führte nach BALLYMENA.

Mein Herz machte einen Sprung. Wenn es mir hier gelang, eine Nachricht an Karens Eltern rauszuschmuggeln, konnte ich ihrer Hilfe bei einer Flucht aus dem Lager sicher sein.

»You are speakin' like an Irish«, stellte mein Wächter lächelnd fest und knöpfte seine Hose zu.

»You too!« tat ich es ihm nach.

Doch damit gab er sich nicht zufrieden. Auf dem Weg zum Bus horchte er mich aus und ich ihn. Er sei kein Nordire, sondern käme aus Foxford in Mayo, wo die Arbeitslosigkeit groß sei. Nur deshalb habe er sich freiwillig bei der Royal Army verdingt, für die er ansonsten nicht viel übrig habe. Er sei außerdem nicht der einzige in seiner Kompanie. Auf diese Feststellung legte er den größten Wert, und die glaubte ich ihm; denn ich kannte die Verhältnisse dort durch Karen. Für meine Absichten kamen mir seine Beteuerungen gerade recht.

Der Fahrer des Busses murkste noch immer an seinem Motor herum, unterstützt von ein paar unserer Stoker aus dem anderen Bus, der hinter uns hielt. Man hatte die anderen ebenfalls aussteigen lassen.

»Na, was rausgefunden?« empfing mich der I WO, der mit dem Alten und dem LI zusammenstand.

»Wir sind tatsächlich in Nordirland.« Ich erzählte ihnen, was ich herausgefunden hatte. »Wo sie uns hinbringen werden, weiß ich noch nicht. Aber wenn wir die Augen offenhalten, werden wir das schon herausfinden.«

»Und Sie glauben, daß die Familie Ihrer Verlobten uns helfen wird, wenn wir uns aus dem Staub zu machen versuchen?«

Ich sah den Alten verblüfft an, weil der so selbstverständlich von einer gemeinsamen Flucht sprach. »Davon bin ich überzeugt, Herr Kaleu, und nicht nur Karens Familie. Gerade hier in Nordirland sind die Spannungen zwischen den alteingesessenen katholischen Iren und den eingewanderten protestantischen Briten so groß, daß man uns helfen wird. Zumindest wird man uns nicht verraten.«

»Bleibt immer noch das Problem der Benachrichtigung«, fand der LI das Haar in der Suppe. »Das kostet Geld, und das haben wir nicht.«

»Noch nicht!« meinte Hinterstecker. »Wenn ich mich nicht irre, haben wir laut Haager Konvention Anspruch auf einen gewissen Sold für persönliche Bedürfnisse. Für Porto dürfte das wohl allemal reichen.«

»Und wenn nicht, werde ich auch einen Weg finden.« Das klang gut, aber ganz so sicher war ich mir auf einmal nicht mehr.

Der Bus brachte uns in eine Gegend, die ich nicht kannte. Er war in Carnlough nach Ballymena abgebogen, hatte aber dann von dort seine Fahrt über zahlreiche kleine und kleinste Straßen fortgesetzt. »Keltische Trampelpfade« hatte Karen solche schmalen und seltsam gewundenen Schotterstraßen seinerzeit lachend genannt. Eine einsame Gegend. Aus den wenigen Dörfern waren längst weit verstreute Einzelgehöfte geworden, niedrige Behausungen armer Leute, gemauert aus groben Feldsteinen und mit Stroh gedeckt.

Ich hatte völlig die Orientierung verloren. Die verwitterten

Wegweiser, wenn es sie überhaupt gab, erwiesen sich für mich als ein Buch mit sieben Siegeln, und nicht nur für mich.

»Du meine Güte, was ist denn das für eine komische Schrift?« fragte mich der I WO verwundert. »Landen wir jetzt etwa bei den Botokuden?«

Ich lachte auf. »Botokuden? Kenne ich nicht. Das ist Gälisch, der stille Protest katholischer Iren, die sich auf diese Art noch immer weigern, die Schreibweise der protestantischen britischen Eroberer und Unterdrücker zu übernehmen.«

»Und die Tommies nehmen das hin?«

»Was sollen sie machen? Die Iren sind stur. Die englischen Wegweiser verschwinden jedesmal auf geheimnisvolle Weise, und an ihrer Stelle stehen dann diese Dinger da, bis es die Briten aufgeben. Wie es aussieht, haben sie es hier schon 'ne ganze Weile aufgegeben.«

Der »keltische Trampelpfad« mündete in eine asphaltierte Straße ein, zugleich wandelte sich die Landschaft. Baumgruppen tauchten auf, wurden zu einem Wald. Der Bus verminderte die Fahrt, bog rumpelnd in den Wald ab und stoppte endlich vor einem bewachten und mit Stacheldraht verstärkten Eisentor. Wir waren offenbar angekommen.

Posten öffneten das Tor und ließen den Bus passieren. Schon nach wenigen hundert Metern lichtete sich der Wald, gab den Blick auf ein Gutshaus und auf Baracken in Tarnfarben frei.

Einer der Korporäle erhob sich, als der Bus vor dem Gutshaus anhielt. »Welcome to Moilett's Grove! Come on, Boys!«

Der Anblick Moilett's Groves war desillusionierend. Das lag nicht an dem Gutshaus in diesem herrlichen alten Mischwald aus Eichen und Buchen, das sich bei näherem Hinsehen schon eher als ein anglikanischer Herrensitz entpuppte, auch nicht an den wenig einladend wirkenden Baracken, die den parkähnlichen Vorplatz verschandelten. Es waren die beiden hohen, stabilen Zäune, die das ganze Gelände umschlossen.

An ihnen mußte jeder Fluchtversuch scheitern. Zwischen einem beleuchteten Innen- und einem ebensolchen Außenzaun türmten sich ineinander unentwirrbar verflochtene Stacheldrahtrollen. Damit jedoch nicht genug; außen herum patrouillierten auch noch Doppelposten mit Maschinenpistolen.

Hinterstecker trat neben mich. »Nun machen Sie nicht so ein furchtbar enttäuschtes Gesicht! Die Tommies sichern sich ab, das war doch zu erwarten. Flügel haben wir nicht, also werden wir uns was anderes einfallen lassen, um hier rauszukommen. Rom ist auch nicht an einem Tag erobert worden. Kommt Zeit, kommt Rat!«

»Wenn sie uns die Zeit dazu lassen, Herr Kaleu«, unkte der I WO. »Zählen Sie mal die paar Baracken! Da sieht man doch auf Anhieb, daß Moilett's Grove kein reguläres Gefangenenlager, sondern nur ein Durchgangslager ist. Dafür spricht auch, daß wir hier eindeutig die einzigen Gäste sind. Sie werden uns gründlich durchleuchten und dann in ein großes Sammellager abschieben, ehe unser Vögele seine Schwiegereltern in spe und deren Freunde mobilisieren kann.«

»Und dann ist's noch die Frage, ob die uns zusammenlassen werden«, gab der LI seinen Senf dazu. »Bei ihrem Hang, jeden Zusammenhalt zu unterbinden, müssen wir doch ... Da, es geht schon wieder los!«

Diesmal war es jedoch nicht der Sahib, der die Selektion veranlaßte. Der hatte sich sofort nach unserer Ankunft in das Herrenhaus verkrümelt. An seiner Stelle erschien ein Offizier, der sogar ein halbwegs verständliches Deutsch sprach.

»Bitte herhören, alle Mann! Sie werden jetzt beziehen die barracks und bekommen towels, soaps und safetyrasors. Dann nehmen ein Bad und bekommen ein Fruhstuck.« Er holte nach dieser anstrengenden Ankündigung tief Luft. »Bitte Offiziere nach rechts, Feldwebeln und Unteroffiziers nach links, und die anderen folgen die corporals in die barracks. Macken keine Scheiß, ja?«

Das war unmißverständlich. Unser Haufen teilte sich gehorsam auf, unter diesen Umständen wäre Widerstand ja auch sinnlos gewesen.

»Laßt euch gar nicht einfallen, euch zu rasieren!« warnte der Alte, bevor wir dem Posten folgten. »Die werden uns fotografieren, da ist so ein Vollbart die beste Tarnung. Rasiert wird erst, wenn wir die Kurve kratzen, klar?«

Jede Gruppe wanderte in eine gesonderte Baracke, die Mannschaft sogar in zwei. Die Quartiere waren alle besser ausgestattet, als man es von außen vermuten konnte.

In der Offiziersbaracke gab es neben den Zimmern mit Einzelbetten und Schränken, den Toiletten und einem Duschraum auch eine Art Messe, in der britische Zeitungen auslagen und ein Radio dudelte. Die Baracke für die Deckoffiziere und Maate und die zwei für die Mannschaft waren ähnlich aufgeteilt. Zum Duschen mußte die Mannschaft allerdings in eine spezielle Baracke hinüberwechseln. Ihre Zimmer hatten auch nur Stockwerkbetten. Aber was machte das schon. Wir waren an Land und in Sicherheit.

Es war tatsächlich eine Messe, in der uns das Frühstück serviert wurde, ein sehr üppiges übrigens. Uns versetzte das in Erstaunen, behauptete doch die deutsche Propaganda stereotyp, die Briten nagten dank der deutschen U-Boote am Hungertuch.

»Kann natürlich auch ein geschickter Schachzug sein, um uns die Aussichtslosigkeit unseres Kampfes vor Augen zu führen«, vermutete der I WO und schob gesättigt seinen Teller zurück. »Psychologische Kriegführung, meine Herren.«

»Das ist mir völlig wurscht!« sagte der LI und kellte sich

noch eine deftige Portion »ham and scrambled eggs« auf den Teller. »Erst kommt das Fressen und dann die Moral.«

Der Alte schlug theatralisch die Hände über dem Kopf zusammen. »Ich fasse es nicht, unser Nordfriese kann lesen! Der kennt ja sogar den verbotenen Bert Brecht!«

»Und verfressen ist er auch noch! Kein Wunder, wo andere Leute den normalen Magen haben, sollen ja die Nordfriesen einen aufblasbaren Sack haben«, spottete der I WO. »Wie man sieht, stimmt's!«

So ging das bei uns immer zu, und früher oder später wären alle vier mit ihrer Frotzelei auch über mich hergefallen, wäre nicht eine Ordonnanz in das Geplänkel hineingeplatzt. Der Mann nahm militärische Haltung an und salutierte.

»Sorry, Captain Hinterstecker is wanted!« Der Alte stand auf. »Please, follow me, Sir!«

»Hab' ich's nicht gesagt? Jetzt geht's los, jetzt nehmen sie uns einzeln in die Mangel.«

Damit traf er den Nagel auf den Kopf. Wenig später holten Posten zuerst den I WO und dann den LI zur Vernehmung ab. Ich kam erst eine Viertelstunde später dran. Man ging dabei offenbar nach dem Dienstrang vor. Nur Otterbein blieb zurück.

Der Posten, der mich holte, war der Ire aus Foxfort. Er zerbrach sich an meinem Namen fast die Zunge.

»No, no, my name is Vögele, not Vugele«, korrigierte ich ihn. »Vö-ge-le! Did you get it? Vö-ge-le! And what's your name?«

»Yesser! Vö-ge-le«, wiederholte er grinsend und stapfte vor mir her. »My name ist Bourke. Do you like a cigarette, Sir?«

Er holte ein Päckchen Player's aus der Tasche und hielt es mir einladend hin. Dankend lehnte ich ab, ich sei Nichtraucher. Nichtraucher? Das Wort faszinierte ihn. Er hatte auf einmal viel Zeit.

»The other officers too?« Er sah mich erwartungsvoll an.

Als ich nickte, ließ er die Katze aus dem Sack. Wir bekämen doch jeden Tag eine Zigarettenzuteilung, ob wir ihm die nicht überlassen könnten. Natürlich nicht umsonst, sondern gegen Bezahlung. Er sei starker Raucher und käme mit seiner Ration nicht aus. Deshalb zahle er einen guten Preis oder könnte uns auch dafür Whiskey besorgen, jede Sorte.

In meinem Kopf überschlugen sich die Gedanken. Das war das Angebot, das wir brauchten, um zu Geld zu kommen! Trotzdem ließ ich ihn zappeln, um den Preis nicht zu verderben. Inzwischen hatten wir nämlich das Herrenhaus und wohl auch die Tür erreicht, hinter der man auf mich wartete; denn er wurde unruhig.

Nun gut, ich würde es mir überlegen, sagte ich und grinste. Geld sei nicht schlecht, und für Whiskey würden wir schon gern davon was springen lassen. Ich müsse aber erst noch mit meinen Kameraden sprechen, dann könnten wir darüber reden. Morgen sei ja auch noch ein Tag.

Er nickte erfreut und ballte die Faust mit dem Daumen zuversichtlich nach oben.

»Allright, Sir!« Er klopfte und schob mich in das Zimmer. »Here he is, Sir!«

Der britische Offizier, der mich durch Bourke hatte holen lassen, dachte gar nicht daran, mich zu begrüßen oder mir gar einen Stuhl anzubieten. Er saß hinter einem wertvollen alten Schreibtisch und fixierte mich schweigend durch seine dicken Brillengläser. Um zwei, drei Jahre älter als ich, erinnerte er mich mit seinem aufgeschwemmten Wanst, über den die Uniform spannte, und dem teigigen Gesicht mit den dicken Tränensäcken und den wulstigen Lippen an eine fette Kröte, die eine Fliege sprungbereit belauerte.

Das war reine Einschüchterungstaktik, um mich zugänglicher für seine Absichten zu machen. Bei mir zog das nicht, im Gegenteil. Betont gleichgültig sah ich mich in dem Raum um, der seinen Besitzern wohl ursprünglich als sogenannter Drawing-room gedient hatte, bevor die Armee das Herrenhaus mit all seinen wertvollen Möbeln und Gemälden für ihre Zwecke übernommen hatte. Ein Möbelstück fiel allerdings aus dem gediegenen Rahmen. Es war ein schlichter, schmuckloser Schreibmaschinentisch, an dem ein hübsches junges Mädchen in der Uniform des weiblichen Hilfscorps saß und mich neugierig musterte.

»Sie sind also Leutnant zur See Knut Vögele.« Mich überraschte die Stimme des Offiziers überhaupt nicht, sie paßte einfach zu der fetten Kröte vor mir. »Jener Knut Vögele, der uns seinerzeit unter Verletzung internationalen Rechts mit *MS Bavaria* vor Norwegen durch die Lappen gegangen ist. Sie wissen, daß wir Sie dafür vor Gericht bringen und für Jahre nach Dartmoor verfrachten können, Leutnant Vögele.«

Eine geradezu abenteuerliche Behauptung, auch wenn sie in einem einwandfreien Hochdeutsch mit leicht näselndem Wiener Anklang aufgestellt wurde. Ich feixte ihm deshalb unbeeindruckt in das teigige Gesicht.

»Aha, Phase zwei der Einschüchterung! Dann sollten Sie mal zuerst Ihre eigenen Offiziere vor den Kadi zerren, die seinerzeit in norwegischen Gewässern über die *Altmark* hergefallen sind. Sie gestatten?« Ich zog einen Stuhl heran und setzte mich. »Mit wem habe ich denn überhaupt das Vergnügen, Sir?«

Das war reichlich unverschämt, aber es wirkte. Einen Augenblick starrte er mich verblüfft an, dann flog ein Lächeln über sein Gesicht, und das machte ihn etwas sympathischer.

»Ein ganz knallharter Nazi, was? Überhaupt nicht zu beeindrucken, wie ich sehe. Ich bin Major Pendergast.« Er schlug einen Aktendeckel auf. »Nun schön, lassen wir den Kinderkram. Wir haben hier eine ganze Menge über Sie und Ihre Kameraden zusammengetragen. Ich möchte das mit Ihnen durchgehen.«

Das war nur der harmlose Auftakt, den er ganz schnell abhandelte. Es überraschte mich gar nicht, daß er schon bald zu militärischen Fragen überging.

»Sie sind also von Brest in See gegangen, ja? Bitte schildern Sie mir, was sich abgespielt hat, bis Ihr Boot versenkt worden ist.«

Das war kein militärisches Geheimnis, deshalb ging ich auf seinen Wunsch ein. Pendergast ließ mich zunächst reden, aber auch das war wieder nur Taktik, um mich einzulullen. Kaum endete ich nämlich, kam er auf den Kern seiner Absichten. Er fing an, meine Schilderung zu zerpflücken, wollte mehr über unsere Ausrüstung, Waffen, Angriffstaktik, Horchgerät, FuMB, Funkverkehr und, und, und wissen. Alles Fragen, die ich laut Haager Konvention nicht zu beantworten brauchte.

Er ging das nicht einmal dumm an, kam jedoch mit mir einfach nicht zurecht. Nach eineinhalb Stunden gab er auf.

»Ich sehe schon, Sie sind ein zäher Brocken, Leutnant Vögele. Aber irgendwann knacken wir auch Sie. Vorher kommen Sie jedenfalls aus Moilett's Grove nicht raus.« Zu meiner größten Überraschung zog er unter seinen Papieren meine Brieftasche hervor. »Ihre Papiere. Ein bißchen mitgenommen zwar, aber noch lesbar.«

»Sieh an, ich dachte, die Brieftasche sei mit meiner Uniform und dem Zerstörer abgesoffen.«

»Daß sie das nicht ist, das verdanken Sie laut Protokoll einem Oberleutnant Washburn. Der hat sie getrocknet und später Oberst Patterson übergeben.« Er schlug die Tasche auf und tippte mit dem Anflug eines Lächelns auf Karens Bild. »Mal eine Frage: Wer ist die hübsche Dame hier? Ihre Frau Mutter?«

»Meine Mutter? Nee! Ob Sie es glauben oder nicht, Major, es ist meine Frau Großmutter. Aber bitte nicht weitersagen.«

Er lachte laut auf. »Na ja, geschieht mir recht! Ihren Humor haben Sie jedenfalls bei mir hier nicht verloren!« Er schob mir die Tasche über den Tisch. »Sie können gehen.«

Hinterstecker saß mit den beiden anderen Offizieren in der Messe und sah mir erwartungsvoll entgegen. Nur Otterbein fehlte noch, den hatten die Tommies offenbar noch vor.

»Na, Herr Vögele, hat man Sie auch nach Strich und Faden ausgequetscht?«

»Man hat. Nach Strich schon, Herr Kaleu, den Faden hat Major Pendergast allerdings zu seinem Leidwesen vergeblich abgespult.«

Ich schilderte, wie es bei meinem Verhör zugegangen war. Es deckte sich im wesentlichen mit dem, was auch den anderen drei Offizieren widerfahren war.

»Bei mir waren es gleich drei Offiziere. Das heißt, der Sahib hat bloß als stiller Zuhörer dabeigesessen und kein Wort verstanden. Mir will man den Prozeß machen, weil ich angeblich auf der einen oder anderen Feindfahrt irgendwelche abstrusen Verbrechen begangen haben soll.« Der Alte winkte ab. »Alles Blödsinn! Windeier, um mich weichzuklopfen. Als sie nämlich konkret werden sollten, haben sie sich mit dem Hinweis auf das schwebende Verfahren herausgewunden.«

»Bei der Mannschaft könnten sie mit solchem Bluff vielleicht Erfolg haben. Aber was soll dabei schon herauskommen?« Der I WO besah sich angelegentlich seine Fingernägel, als erwarte er von ihnen eine Antwort. »Bei den Deckoffizieren und Maaten beißen sie bestimmt auf Granit, die kennen unsere Rechte.«

»Mir hat Pendergast angedroht, ich käme hier erst raus, wenn man mich geknackt hätte. Ich bin darüber gar nicht böse. Im Augenblick fühle ich mich hier nämlich ausgesprochen sauwohl. Außerdem habe ich so ganz nebenbei ein ganz interessantes Gespräch geführt, das uns genau in den Kram paßt.«

Ich berichtete über Bourkes Angebot. »Der hat das offensichtlich schon öfter mit Erfolg durchgezogen. Um überhaupt Kontakt nach außen aufzunehmen, brauchen wir Geld. Geht Bourke auf den Handel ein, können wir ihn unter Druck setzen, Briefe für uns rauszuschmuggeln.«

Der Alte nickte. »Hört sich gut an. Nehmen Sie die Sache in die Hand, Herr Vögele. Ich brauche die Glimmstengel nicht, eine Pulle Whiskey wäre mir lieber.«

Die anderen brauchten sie auch nicht, und als Otterbein zurückkam, schloß er sich sofort an.

Ich nutzte den Tag, um mich gemeinsam mit dem LI mit den hiesigen Gegebenheiten vertraut zu machen. Vier Augen sehen bekanntlich mehr als zwei.

Moilett's Grove war nicht nur ein stark gesichertes Gefangenenlager, sondern ohne jeden Zweifel ein Speziallager für deutsche U-Bootbesatzungen. Sah man einmal von Major Pendergast und der Wachmannschaft ab, die den Irish Guards der Royal Armee angehörten, bestand der Stamm aus Offizieren und unteren Chargen der Rojal Navy. Ein weiterer Beweis war die Ersatzkleidung, wir trugen ja lediglich die abgetragenen Klamotten aus der Kleiderlast des Zerstörers, mit der man uns großzügig ausstattete. Es war ein ganzer Seesack voll, angefangen bei den Schuhen bis hin zu den Offiziersmänteln und den »Pijackes« für die Mannschaft. Alles stammte eindeutig aus Beständen der Navy und war nagelneu.

Die Zigarettenration war übrigens ebenso großzügig; an der hätte selbst ein Kettenraucher seine helle Freude gehabt. Der Seemann, der sie uns brachte, ließ sich arglos von mir über die Ladenpreise für Zigaretten und irischen Whiskey aushorchen. Wir wollten uns ja schließlich von Bourke nicht übers Ohr hauen lassen.

»Hier kommen wir niemals ohne fremde Hilfe raus«, stellte Ocke Ketelsen am Ende unseres Rundgangs niedergeschlagen fest. »Das wird ein harter Brocken. Wird die Flucht zu früh entdeckt, können wir einpacken.«

Er deutete nach oben, wo seit den frühen Morgenstunden unentwegt Jagdbomber im Landanflug über die Baumkronen hinwegdonnerten. Dafür gab es nur eine Erklärung: Nicht weit von uns war ein Geschwader stationiert, das im Seegebiet vor Nordirland und Schottland Einsätze zur U-Bootjagd flog. So einsam, wie es uns zuerst erschienen war, lag also Moilett's Grove doch nicht.

Ich nickte. »Dann haben wir die Bande da oben auch noch auf dem Hals. Deshalb will das alles gut überlegt und organisiert sein. Aber wir haben ja Zeit, Herr Ketelsen.«

»Herr Ketelsen – wie das in unserer Situation klingt! Wollen wir nun gemeinsam ausbüxen oder nicht? Bei uns auf Föhr snackt man platt oder friesisch und redet sich mit dem Vornamen an. So sollten wir es von jetzt an auch halten. Ich heiße Ocke, klar?«

Er hielt mir die Hand hin, ich schlug ein. »Klar! Und ich heiße Knut. Klingt ja auch irgendwie nördlich, nöööch?«

Er lachte. »Kloar! Und jetzt gehen wir zum Essen! Die Backschafter sind schon vom Herrenhaus zu den Baracken unterwegs. Da klatscht mein Magen vor Freude in die Hände! Wer nicht arbeitet, soll wenigstens ordentlich essen!«

Nach dem Mittagessen blieben wir in der Messe zusammen, immer gewärtig, irgendwann wieder von einer Ordonnanz zur Vernehmung geholt zu werden. Doch das blieb aus. Vermutlich nahmen die Briten jetzt ihre übliche Tea-time oder knöpften sich die übrige Besatzung auf der Jagd nach militärischen Geheimnissen vor.

So blieben wir uns selbst überlassen und wußten prompt nicht so recht, was wir mit der freien Zeit anfangen sollten. Noch steckte uns ja der Vier-Stunden-Rhythmus, der Wechsel zwischen vier Stunden Wache und vier Stunden Freiwache, in den Knochen, der unser Bordleben bestimmt hatte. Da war es ein ganz neues Gefühl für uns, so ganz frei von jeglicher dienstlichen Verantwortung in den Tag hineingammeln zu können, an das wir uns erst gewöhnen mußten. Und das dauerte!

Der I WO tat das, woran ich auch schon gedacht hatte. Er verzog sich in sein Zimmer, »um an der Matratze zu horchen«, wie er sich ausdrückte. Otterbein hockte abseits am Tisch und tat das, was er immer tat, er schrieb seine Memoiren, wie wir es spöttisch nannten. Ocke Ketelsen blätterte in den Illustrierten, und ich setzte mich in eine Ecke, um die britischen Tageszeitungen zu lesen. Nur Hinterstecker wanderte unruhig hin und her und warf ab und an einen Blick durch die triefenden Fensterscheiben, gegen die der Regen trommelte.

Ocke sprang plötzlich auf und fummelte am Radio herum. »Mal sehen, vielleicht kriege ich einen deutschen Sender mit Nachrichten.« Er drehte an den Knöpfen und fabrizierte einen fürchterlichen Wellensalat. Mit einmal dröhnte das Pausenzeichen der BBC durch den Raum. »Was ist das denn? Beethoven?«

»Nicht weiterdrehen, Ocke! Du hast die deutschsprachige Sendung der BBC erwischt!«

»Woher wissen denn Sie das, Herr Vögele?« horchte der Alte auf. »Wohl auch Feindsender gehört, was? Und Sie duzen sich? Gibt es dazu einen besonderen Anlaß? Eine Pulle Whiskey oder so?«

Ocke drehte das Pausenzeichen leiser und lachte. »Whiskey? Leider nicht, den gibt's erst, wenn wir genügend Pinke haben. Und der besondere Anlaß? Zu dem, was wir gemeinsam vorhaben, paßt das du einfach besser, fand ich. Deshalb!«

»Hmmm!« brummte der Alte. »Finde ich durchaus einleuchtend. Aber warum erfahre ich das erst jetzt? Oder wollt ihr mich davon ausschließen?«

»Keineswegs! Der Respekt hat es ...«

»Respekt, Respekt – so'n Quatsch! Ich heiße Johannes, aber Hannes höre ich lieber, klar? Und das wird mit Whiskey begossen, sobald wir welchen haben. Auch klar?«

»Völlig klar, Hannes!« bestätigte ich. »Für den werde ich sorgen. Wenn ich mich richtig erinnere, dürfte *Crested ten.* für einen solchen Anlaß genau der richtige irische Whiskey sein.«

»Und was ist mit mir?« meldete sich Otterbein aus seiner Ecke. »Ich ...«

Der Alte unterbrach ihn. »Du bist selbstverständlich mit von der Partie, David! Aber nun laßt uns mal hören, was die Tommies so zusammenschwindeln!«

Es war genau das, was ich erwartet hatte und was der deutsche Wehrmachtsbericht garantiert noch eine Weile verschwieg: eine Kette von Niederlagen an allen europäischen Fronten. Wir hatten Korsika geräumt, Neapel war gefallen, unsere Truppen waren in verlustreiche Rückzugsgefechte verwickelt, eine russische Großoffensive im Mittelabschnitt hatte zum Verluste Newels geführt, Partisanen hatten unseren Truppen auf dem Balkan hohe Verluste an Menschen und Material zugefügt, schwere Bombenangriffe auf Kassel und Hannover und, und, und.

Es war wirklich nichts Neues. So ging es ja nun schon seit Monaten, ein schwerer Rückschlag nach dem anderen an allen Fronten. Ich verlor jedes Interesse. Doch plötzlich horchte ich auf.

»Die Admiralität gibt die Vernichtung des deutschen U-Bootes *U 769* und die Gefangennahme der Besatzung durch britische Seestreitkräfte bekannt. Mit dieser Versenkung hat die deutsche U-Bootwaffe nach so erfolgreichen Kommandanten wie Prien, Schepke und Kretschmer erneut einen schweren Verlust hinnehmen müssen, nämlich den ihres derzeit erfolgreichsten Kommandanten, des Ritterkreuzträgers Kapitänleutnant Johannes Hinterstecker, und seiner hochqualifizierten Crew ...«

»Mensch, Hannes, haste das gehört? Ein Nachruf im britischen Rundfunk! Das hat ...«

»Halt die Klappe, Knut! Das geht doch noch weiter!« brachte mich Ocke Ketelsen zum Schweigen.

Und tatsächlich, der nüchternen Nachricht über unsere Versenkung folgte ein Kommentar, der den militärischen Werdegang Hintersteckers und seinen Aufstieg zum wagemutigen und dadurch erfolgreichen Kommandanten zum Thema hatte.

»Alles bloß Bla-bla, um unsere Vernichtung zu einem ungeheuren Erfolg ihrer U-Bootjagd hochzujubeln!« winkte Hannes ab. Es schien ihm irgendwie peinlich zu sein. »Die verschweigen nur zu gern, daß es von meiner Sorte noch eine ganze Menge anderer Kommandanten gibt, die sie noch nicht erwischt haben.«

»Aber bestimmt keinen, dessen Ritterlichkeit gegenüber seinen Gegnern man in einer deutschsprachigen Sendung der BBC anerkennend hervorgehoben hat«, widersprach ich ihm. »Der hat dich doch eben sogar mit deinem Satz ›Wir sind Seeleute und keine Henker!‹ zitiert. Was willst du mehr?«

»Mir wäre lieber, er hätte es nicht getan. Was meint ihr, wie unser geliebter Führer, der Gröfaz, reagiert, wenn man ihm das unterjubelt? Einer seiner germanischen Recken mißachtet seine Befehle und verschont aus purer Humanitätsduselei seine Gegner! Der springt doch glatt im Karree! Hoffentlich hat meine Familie dadurch keine Nachteile.«

Mir lief es eiskalt über den Rücken. Das war die Kehrseite der Medaille. Sippenhaft hieß das, womit man die Familie für das büßen ließ, was ein Familienmitglied »ausgefressen« hatte. Der Gröfaz, wie Hitler im Volksmund spöttisch genannt wurde, seit Goebbels ihn in einer Rede als den »größten Feldherren aller Zeiten« gepriesen hatte, kannte in solchen Fällen kein Erbarmen.

»Oder auch nicht!« sagte Otterbein. »Für unsere Propaganda ist das doch ein gefundenes Fressen! Ich sehe schon die Schlagzeilen: Ritterlicher deutscher U-Bootkommandant widerlegt die britischen Greuelmärchen über die blutgierigen deutschen Hunnen! Soll mich sehr wundern, wenn man diese Chance nicht wahrnimmt! Am Ende springen für dich sogar noch die Schwerter zum Ritterkreuz oder eine Beförderung heraus!«

»Ehrlich?« zweifelte Hannes. »Jetzt geht aber die Phantasie mächtig mit dir durch.«

Das dachte auch ich im stillen. Doch David ließ den Vorwurf nicht auf sich sitzen.

»Und Kretschmer? Der ist doch auch befördert worden, obwohl er in britischer Gefangenschaft sitzt! Warum dann du nicht?«

Bei der Morgenmusterung, wie wir den Zählappell nannten, den der britische Offizier vom Dienst mit geradezu preußischer Gründlichkeit vornahm, erfuhren wir von den Deckoffizieren, daß man sie in ähnlicher Weise wie uns auszuhorchen versucht hatte. Man war sogar noch gezielter vorgegangen, hatte sich besonders die Spezialisten vorgenommen. Die anderen liefen nur so am Rande mit.

»War'n Schuß in den Ofen, Herr Leutnant!« Der Smadding kicherte. »Wir hatten von nischt 'ne Ahnung oder haben unserer Phantasie keine Zügel angelegt, Seemannsgarn hoch zwei! Und die haben alles notiert! Bei den Maaten und der Mannschaft beißen sie sich ebenfalls die Zähne aus, die reiben sich schon in Vorfreude auf den Jux die Hände.«

Ich lachte. »Na, das kann ja dann bei der nächsten Vernehmung heiter werden!«

Und so kam es. Am Nachmittag konfrontierte mich Major Pendergast prompt mit so abenteuerlichen Aussagen unserer Leute, daß ich nur mit Mühe ein Lachen unterdrücken konnte. Er jedoch konnte seinen Ärger darüber kaum verbergen, daß ich ihn mit seinen Fragen einfach auflaufen ließ.

»Keine Ahnung, keine Ahnung – wenn ich das schon höre! Sie waren doch an Bord der waffentechnische Offizier! Komisch, auf einmal leiden alle Nazi-Offiziere an Gedächtnisschwund!«

»Waffentechnischer Offizier, was heißt das schon an Bord eines U-Bootes! Das war eine Kommandofunktion, zu der man keine speziellen Kenntnisse brauchte. Dafür hatte man letztlich seine Leute.« Ich drehte den Spieß um. »Ist das denn bei Ihnen anders? Kümmern Sie sich denn um die Bewaffnung und den Wachplan Ihrer Irish Guards?«

Am liebsten hätte ich mir dafür jetzt heimlich selber anerkennend auf die Schulter geklopft, denn Pendergast sah sich plötzlich in die Ecke gedrängt.

»Natürlich nicht! Das kann man doch gar nicht vergleichen!« ereiferte er sich. »Das sind doch zwei ganz verschiedene Stiefel! Aber ich sehe schon, Sie wollen nicht reden, das ist es. Dabei wollen wir von Ihnen nur eine Bestätigung haben, mehr nicht, denn Ihre Leute haben schon geredet.«

»Wenn die das gesagt haben, dann wird es auch stimmen, Major. Die haben die speziellen Kenntnisse, ich nicht!«

»Hmmm!« gab er sich geschlagen und wechselte das Thema. »Da wir gerade bei Kenntnissen sind – ich bewundere Ihre Englischkenntnisse.«

Ich sah ihn einen Augenblick irritiert an. Woher wußte der von meinen Englischkenntnissen?

»Sie sind überrascht?« Er lehnte sich überlegen lächelnd in seinen Sessel zurück. »Ich hörte Sie vorhin mit dem Wachposten, der Sie brachte, über Whiskey- und Zigarettenpreise reden. Das hörte sich aber gar nicht nach Schulenglisch an, wie es mir ansonsten hier unterkommt.« Seine Stimme wurde plötzlich hart. »Das war ein verdammt irisches Englisch, dafür habe ich ein gutes Ohr! Woher haben Sie das?«

Der Schreck fuhr mir in die Glieder. Hatte der etwa auch gehört, wie ich Bourke über die nähere und weitere Umgebung ausgehorcht hatte? Dann brauchte er nur zwei und zwei zusammenzuzählen, und er wußte, wohin der Hase lief. Doch er weidete sich nur an meinem entgeisterten Gesicht.

Das brachte mir meine alte Schlagfertigkeit zurück. »Ach das? Sie wissen doch, daß ich auf Passagierschiffen gefahren bin, bevor ich eingezogen wurde. Da habe ich das aufgeschnappt.«

»Aufgeschnappt?« Seine Augen waren noch immer voller Mißtrauen. »So hörte sich das aber gar nicht an!«

Von meiner irischen Verlobten habe ich das, hätte ich am liebsten gesagt, da hat das abgefärbt, du blöder Hund! Statt dessen lachte ich ihm in sein feistes Gesicht: »Na und? Sie sprechen doch auch ein wienerisches Deutsch und sind Brite. Oder sind das auch wieder zwei verschiedene Stiefel?«

Das warf ihn um. Schweigend raffte er seine Papiere zusammen und stauchte sie mehrmals auf dem Schreibtisch ordnend auf.

»Wir haben heute miteinander keinen guten Tag, was?« knurrte er. »Sie können gehen!«

In der Messe saß nur Otterbein und versuchte sich in einer englischen Illustrierten an einem Kreuzworträtsel. Die anderen hatte man offenbar noch in der Mangel.

»Schon zurück?« sagte ich und griff nach der *Irish Times*.

»Schon lange. Du weißt doch: Mein Name ist Hase, ich weiß von gar nichts! Ich sei im übrigen die ganze Zeit seekrank gewesen und hätte Gott auf Knien angefleht, mich aus diesem Eisensarg möglichst schnell zu erlösen.« Er lachte laut auf. »Das hat er ja dann auch prompt getan. Ich glaube, das gab Jack den Rest. Jedenfalls hat er mich gehen lassen.«

Jeder von uns wußte, wer Jack war. Der versuchte es da auf die kameradschaftliche Masche, wo Pendergast seine Fallen aufzustellen pflegte. Jacks Pech, daß er an David geraten war, der ja nun wirklich keine Ahnung von U-Booten hatte.

»Und wie ist es bei dir gelaufen?«

»Ähnlich.« Ich feixte. »Pendergast und ich konnten zusammen nicht kommen, das Wasser war viel zu tief. Schon die *Irish Times* gelesen?«

»Gott behüte! Ich quäle mich schon genug mit diesem verdammten Rätsel rum. Reingesehen habe ich mal. Da steht auch was über Hinterstecker drin, aber dazu fehlen mir die Vokabeln.«

Die fehlten mir nicht. Ich sah schon auf den ersten Blick, daß die *Irish Times* aus der Admiralitätsverlautbarung eine Story gemacht hatte, die BBC glatt in den Schatten stellte. David hatte recht. Wenn die deutsche Propaganda daraus nicht einen dicken Hund bastelte, dann waren das alles politisch vernagelte Idioten und keine Journalisten.

Ich kam nicht mehr dazu, ihm das zu sagen. Ocke Ketelsen

und Bernd Becker kamen aufgekratzt zurück, ihnen folgte wenig später Hannes Hinterstecker, einen Stoß Zeitungen unter dem Arm.

»Das war vielleicht ein Jux!« amüsierte sich Ocke. »Wir hatten ja die reinsten Märchenerzähler an Bord! Was die den Tommies für Bären aufgebunden haben, ist einfach sagenhaft!«

»Es wird nur nichts nutzen«, meinte Hannes und legte den Zeitungsstoß auf den Tisch zu den Illustrierten. »Die kennen unseren Bootstyp VII C inzwischen so genau, daß es ihnen nur noch um mögliche Verbesserungen geht.«

»Und die wissen ganz genau, wo sie nachhaken müssen, Hannes.« Auch dem I WO ging inzwischen das kameradschaftliche Du mühelos über die Lippen. »Der T 5 liegt ihnen im Magen. Ein Glück, daß seine Eigenschaften nur einigen wenigen bekannt sind, und die halten dicht. Was Neues bei dir, Knut?«

»Bourke hat mir erzählt, daß bisher noch keinem die Flucht aus Moilett's Grove geglückt sei. Schon gar nicht über den neuen Zaun. Bei dem alten hätten es zwar noch einige geschafft, aber die seien draußen schnell geschnappt worden. Hier in dieser dünn besiedelten Umgebung fiele nun einmal jeder Fremde sofort auf, und dann habe sie ja ihre Kleidung sowieso als entflohene Kriegsgefangene verraten.«

»Stimmt! Unauffällig wie ein schreiend buntes Fastnachtskostüm in einer Trauergemeinde«, spottete Bernd. »Wie dann?«

»Wir werden sehen. Vielleicht bietet sich eine Gelegenheit, an die wir im Augenblick noch gar nicht denken? Wo uns die Kleidung sogar von Nutzen ist oder zumindest nicht schadet?« Hannes setzte sich an den Tisch und blätterte den Zeitungsstoß auseinander. »Wir sind ja richtig berühmte Leute geworden.«

»Berühmte Leute? Du bist berühmt, Hannes«, berichtigte ich ihn. »Oder habe ich was übersehen?«

»Hast du!« Er reichte mir eine Zeitungsseite über den Tisch. »Nicht das übliche Gedöns. Das hier mußt du lesen. Möchte mal wissen, woher die das haben.«

Er tippte auf einen bestimmten Abschnitt. Es waren nur zehn, zwölf Zeilen, aber die hatten es in sich. ›The Other Face of the Nazis‹ lautete die Schlagzeile, gefolgt von einer kurzen, aber fast rührenden Schilderung, wie drei gefangene *U 769*-Offiziere einen verletzten britischen Seemann in letzter Sekunde aus ihrem Gefängnis unter Deck vor dem Ertrinken retteten, in dem man sie beim Untergang des Zerstörers glatt vergessen hatte.

»Nicht schlecht! Noch ein Pluspunkt für uns!« Ich gab die Seite an Bernd weiter. »Und woher? Vermutlich von Washburn. Der wollte doch den für uns verantwortlichen Fähnrich disziplinarisch zur Sau machen.«

»Es wundert mich trotzdem, wie so etwas in die Zeitungen gelangen kann«, brummte Hannes. »Wäre bei uns undenkbar!«

»Britische Fairneß. Das ist eben der kleine Unterschied«, rutschte es mir heraus. »Die können sich das leisten, wir offenbar nicht.«

In dem Verhalten der Vernehmungsoffiziere uns gegenüber trat eine merkliche Veränderung ein. Sie behandelten uns plötzlich mit ungewohnter Freundlichkeit. Die Vokabeln Nazis und Hunnen verschwanden aus ihrem Wortschatz, mochten sie auch noch so über unsere Verschwiegenheit über militärische Einzelheiten verärgert sein. Eine neue Vernehmungstaktik?

»Unsinn!« widersprach Hannes. »Den Wandel haben BBC und die Zeitungsartikel bewirkt. Von einem drohenden Prozeß gegen mich ist auf einmal auch nicht mehr die Rede. Im Gegenteil, die interessieren sich überraschenderweise auch für meine privaten Verhältnisse.«

Das war auch bei Pendergast und mir nicht anders. Aus seinen Vernehmungen wurden zunehmend private Unterhaltungen über das Leben in Deutschland und unsere familiären Verhältnisse.

»Und auf Sie wartet in Deutschland keine Seemannsbraut?« fragte er lächelnd. »Ist das nicht ungewöhnlich? Bei uns hier hat eigentlich jeder Sailor ein Gspusi an Land, an das er sehnsuchtsvolle Briefe schreibt.«

Ich lachte laut auf. »Ach, so meinen Sie das! Natürlich, ich schreibe auch an junge Frauen, die ich im Urlaub kennengelernt habe. Aber was Festes ist daraus bisher nicht geworden. Wie sollte es auch, wenn man nur zwei Wochen dazu Zeit hat?«

Klar, daß ich ihm Karen und unsere verkorksten Heiratsanläufe unterschlug. Im Hinblick auf unsere Fluchtabsichten hätte das möglicherweise seinen Argwohn wachgerufen.

Er nickte verständnisvoll. »Ich habe für meine Familie leider auch nicht viel mehr Zeit. Der verdammte Krieg! Hoffen wir, daß er bald ein Ende hat.«

»Das hoffen wir doch alle.« Und dann nutzte ich die Gunst der Stunde: »Ich möchte gern meinen Schwestern ein Lebenszeichen schicken. Sie wissen ja, nicht jeder wagt es, BBC zu hören.«

»Ich habe davon gehört, daß das in Deutschland strafbar ist. Selbstverständlich dürfen Sie schreiben. Ich werde dafür sorgen, daß man Ihnen und Ihren Kameraden die Karten des Internationalen Roten Kreuzes aushändigt. Briefe können Sie ja dann später schreiben, wenn Sie Moilett's Grove hinter sich haben.«

In diese fast freundschaftliche Atmosphäre paßte es gar nicht, daß Hannes Hinterstecker zwei Tage später vom Mittagstisch weggeholt wurde. Man ließ ihm gerade so viel Zeit, daß er noch schnell Waschzeug und Nachtwäsche in einen Beutel stopfen und sich von uns verabschieden konnte.

»Vermutlich doch ein Prozeß. Was sollte es sonst sein?« Er zuckte die Schultern. »Du zitierst doch immer gern die alten Römer, Bernd. *Vae victis* – wehe den Besiegten! Da hast du's! Macht's gut, und haltet die Ohren steif!«

Er stieg mit den beiden fremden Offizieren in einen zivilen Jaguar und ließ uns nachdenklich zurück.

»Ich hab' doch gleich so ein dämliches Gefühl gehabt. Erst diese falsche Freundlichkeit, und jetzt holen sie ihn doch ab!« schimpfte Bernd Becker. »Die ziehen uns alle über den Tisch!«

»Unsinn, das paßt doch gar nicht zusammen!« widersprach ihm David Otterbein. »Das geht nicht auf das Konto der hiesigen britischen Offiziere, da bin ich mir ganz sicher.«

Zwei Stunden später kamen jedoch auch ihm Zweifel. Wir wurden nacheinander ins Herrenhaus geholt und wie die Schwerverbrecher mit einer Registriernummer vor der Brust von allen Seiten fotografiert. Die Aufforderung, vorher unsere inzwischen zu einem wilden Gestrüpp herangewachsenen Bärte abzusäbeln, lehnten wir mit dem Hinweis auf unsere durch die Haager Konvention geschützten Persönlichkeitsrechte kategorisch ab.

Obwohl wir keine Ahnung hatten, ob die Haager Konvention unsere Bärte tatsächlich schützte, kamen wir damit durch. Die Briten wußten es nämlich auch nicht besser.

»Verflucht – was ist denn plötzlich in Sie gefahren?« stellte mich Pendergast auf dem Flur zur Rede. »Warum machen Sie wegen der paar Haare so einen Aufriß und drohen uns sogar mit der Haager Konvention? Das alles dient doch lediglich Ihrer Registrierung!«

»Weiß man denn, was Sie in Wirklichkeit mit diesen Fotos bezwecken? Warum machen denn sonst Ihre Leute so einen Aufriß wegen der paar Haare?«

Ich ließ ihn einfach stehen. Das machte ihn sprachlos. Mir jedoch bereitete es ein Gefühl tiefer innerer Befriedigung, den Briten den Abtransport Hinterstecker damit irgendwie heimgezahlt zu haben.

Zu unserer größten Überraschung brachten die beiden fremden Offiziere Hinterstecker putzmunter und kreuzfidel am nächsten Nachmittag mit ihrem Jaguar wieder zu uns zurück. Nichts da von einem Prozeß, eine Einladung nach Belfast sei es gewesen. Admiral Turner, verantwortlich für die Geleitsicherung im Seegebiet zwischen den Hebriden und Nordirland, habe ihn eingeladen, um ihn persönlich kennenzulernen. Mit Turner und seinen Offizieren habe er einen sehr interessanten Abend verbracht.

Er holte eine Flasche aus seinem Beutel. »Hier, diesen zehn Jahre alten Bushmill's Malt haben Sie mir mitgegeben. Der ist gar nicht so übel, obwohl mir der Crested ten besser schmeckte, weil er weicher ist. Aber einem geschenkten Gaul guckt man bekanntlich nicht ins Maul! Den machen wir jetzt gemeinsam zu Boden!«

In seiner Freude merkte Hannes nicht, daß wir vier uns betreten ansahen. Wir kamen uns plötzlich den Tommies gegenüber wie ein paar bockige kleine Kinder vor. Es hinderte uns allerdings nicht daran, uns über ihr Geschenk herzumachen, bis bedauerlicherweise bloß noch Luft in der Flasche blieb.

Es ging dabei ungewöhnlich laut zu. Schuld daran war nicht allein der nordirische Whiskey, sondern vor allem Ocke Ketelsen. Der hatte wieder so lange an dem Radio herumgedreht, bis er offenbar einen britischen Soldatensender in der Kiste hatte. Jedenfalls sangen da rauhe Männerstimmen: »We are goin' to hang our washin' on the Siegfried-Line.«

Die Siegfried-Linie, das war unser Westwall am Rhein, an dem sie ihre Wäsche aufzuhängen gedachten, und so etwas konnte man in unserer angeteerten Stimmung selbstverständlich nicht hinnehmen. Als dann auch noch eine englische Version von *Lili-Marleen* folgte, grölten wir lauthals mit dem deutschen Text dagegen an und fanden das ungeheuer lustig. Das rief prompt den britischen Offizier vom Dienst auf den Plan. Indigniert steckte er seinen Kopf zu uns herein. Unser Gesang vertrieb ihn allerdings sehr schnell wieder.

»Ba ... Banause!« rülpste Hannes ihm trunken hinterher. »Dir fehlt ganz of ... offensichtlich der künstlerische Draht für den ker ... kernigen Männergesang!«

Am Ende der Woche hatten wir genügend Zigaretten zusammen, um mit Bourke ins Geschäft zu kommen. Es wurde eine Feilscherei wie in einem arabischen Basar, denn er hatte natürlich ganz andere Preisvorstellungen als wir und hätte uns am liebsten kräftig übers Ohr gehauen. Zum Schluß siegte jedoch seine Angst, ins Hintertreffen zu geraten; denn ich gaukelte ihm vor, ich hätte noch andere Abnehmer in petto. Er fand sich sogar damit ab, daß wir ihm nicht fünfzig Prozent des Ladenpreises nachließen, sondern nur fünfundzwanzig. Allerdings mußten wir ihm dafür das alleinige Vorkaufsrecht zusichern, was wir ja auch guten Gewissens tun konnten.

Für uns war es ein gutes Geschäft. Wir bekamen endlich englisches Geld in die Hände, von dem außer Bourke niemand in Moilett's Grove etwas wußte. Es war nicht viel, aber zumindest der Grundstock für eine mögliche Flucht, von der wir noch immer träumten. Blieben wir noch länger hier, wuchs unser Kapital von ganz alleine nach, denn Bourke war ein dankbarer Abnehmer.

Mit meinen tastenden Versuchen, ihn zum Hinausschmuggeln meines Briefes an Karens Eltern zu bewegen, hatte ich weitaus weniger Glück.

»Believe me, it's impossible, Sir!« versicherte er mir mit weit aufgerissenen Augen, in denen die Angst flackerte. Die Gefahr, dabei erwischt zu werden, sei zu groß. Der militärische Geheimdienst habe seine Informanten im ganzen Umkreis und somit auch in sämtlichen Postoffices. Dort fiele er sofort auf, und dann drohten ihm drakonische Strafen, wenn nicht sogar die Entlassung aus der Armee.

Nun gut, ich mußte ihm glauben. Das fiel mir um so leichter, weil wir ja selbst noch immer keinen akzeptablen Fluchtplan entwickelt hatten, und dann hatte ich ja auch noch die Postkarten des Internationalen Roten Kreuzes.

Mit denen erging es mir allerdings auch nicht anders. Viel Platz für Nachrichten boten diese Dinger nicht, dennoch reichten schon die Anschriften allein für Major Pendergast aus, sie mir mißtrauisch unter die Nase zu halten.

»Sagten Sie nicht, Sie wollten Ihren Schwestern in Deutschland ein Lebenszeichen zukommen lassen?« Er knallte eine Karte vor mir auf den Tisch. »Die hier mag noch angehen. Aber was ist mit diesen beiden anderen hier? Auch Schwestern? Eine in der Schweiz, die andere in Irland? In der Republik Irland, versteht sich!«

Ich ahnte, was ihn daran störte. Ehe ich aber antworten konnte, spulte er sich noch weiter auf. »Und warum sollen die alle drei eine Karen benachrichtigen, daß Sie in britische Gefangenschaft geraten sind?«

»Na, Mensch, warum wohl? Weil ich nicht weiß, wo meine jüngste Schwester Karen im Augenblick steckt! Antonie Le Grande ist meine älteste Schwester, die in die Schweiz geheiratet hat. Und die O'Toyles sind irische Brieffreunde Karens, mit denen Sie trotz des Krieges in Verbindung stand oder noch steht. Beides neutrale Länder. Was dagegen?«

In meinen Ohren klang das glaubhaft, obwohl nur ein Drittel davon stimmte. Die Le Grandes waren unsere Freunde, über die Karen und ich korrespondierten, seit sie in Kanada Fuß gefaßt hatte, und die O'Toyles waren ihre Eltern.

Pendergast kratzte sich nachdenklich den Kopf. »Hmmm, dagegen selbstverständlich nicht. Aber das mit dem Freistaat Irland ...«, er suchte nach Worten, »das ist ... hmmm ... ich glaube nicht, daß das durch die Zensur geht. Die sind ... äh ... wie soll ich das sagen ...«

»Die sind zu deutschfreundlich, nicht wahr?« half ich ihm weiter. »Und dann auch noch so dichte bi, was?«

»Nun ja ...«, wand er sich. »Da liegt doch der Verdacht nahe, es könnte auch eine Kontaktadresse für Fluchthilfe ...«

»Ach du meine Güte, Sie sind ja schlimmer als bei uns die Gestapo! Wenn es Sie so beunruhigt, dann geben Sie das Ding her, und vergessen Sie es ganz einfach!«

Die Frechheit siegte wieder einmal. Er schob mir erleichtert die Karte über den Tisch. Ich zerriß sie vor seinen Augen in winzige Fetzen und warf sie betont gleichgültig in den Papierkorb. Dabei hätte ich mich in diesem Augenblick für meine bodenlose Dummheit selbst ohrfeigen mögen. Klar, daß ihm die irische Adresse aufstoßen mußte. Ich war nur froh, daß ich nicht nach Westport geschrieben hatte, wo die O'Toyles ein Export- und Importgeschäft betrieben, sondern an eine unverfängliche Deckadresse in Castlebar.

»Nichts für ungut«, murmelte er entschuldigend, »aber so ist das nun mal im Krieg.«

»Schon vergessen!« gab ich zurück. »Kann ich jetzt gehen?«

Er entließ mich mit einer Handbewegung.

Der I WO saß allein in der Messe, und das wunderte mich, denn er hatte am Morgen über so heftige Zahnschmerzen geklagt, daß ihn zwei Irish Guards mit einem Jeep, wie sie diesen komischen Geländewagen nannten, hinüber in die nahe Royal-Air-Force-Basis karren mußten. In Moilett's Grove gab es nämlich kein Hospital und erst recht keinen Zahnarzt.

»Mensch, Knut, du wirst es nicht glauben, aber ich weiß jetzt, wie wir hier rauskommen!« empfing mich der I WO jubilierend. »Ein Kinderspiel, wenn wir es richtig anpacken.«

»Und wie?« Ich setzte mich zu ihm. »Hast du dem Zahnarzt die Sprechstundenhilfe ausgespannt?«

Er lachte. »Unfug, das sind doch lauter alte Tucken, damit die Moral der Truppe nicht darunter leidet! Keine Sau hat sich um mich gekümmert, nachdem man mir den Zahn plombiert hatte. Die beiden Tommies hockten in der Kantine, der Zündschlüssel steckte, und die Torwache saß in der Wachstube und spielte Karten. Ich hätte glatt mit dem Jeep auskneifen können.«

»Ehrlich?« In meinem Kopf überschlugen sich die Gedanken. »Ist das ein richtiges Lazarett, so mit allem Drum und Dran?«

»Na sicher! Nicht bloß so 'n armseliges Krankenrevier, ein ganzer Barackentrakt nur Lazarett! – Woran denkst du?«

»An meinen Blinddarm, den hab' ich nämlich noch. Den würde ich glatt opfern, wenn ich dadurch die Kurve kratzen könnte.«

»Du meinst ...? Na klar, bloß ...«

»Was heißt bloß? Wir müßten uns selbstverständlich erst einmal bei denen gründlich umsehen, wie man das am besten deichseln kann. Mußt du nochmal hin?«

»Ja, übermorgen. Ich hab' da so 'ne blöde Zahntasche, die sich entzündet hat und mehrmals behandelt werden muß.«

»Na prima! Dann falle ich vorher angeblich die Treppe runter und verstauche mir den Fuß. Die werden das zwar nur als Sehnenzerrung einstufen; aber ich werde mich dadurch wenigstens auf dem Flugplatz umsehen können.«

»Mensch, das ist die Idee! Und wenn die anderen sich auch noch irgendwelche Malessen einfallen lassen, kriegen wir ein umfassendes Bild von den Möglichkeiten und können danach handeln!«

Zehn Tage später waren unsere Fluchtpläne nur noch Schnee von gestern. Zwei Stunden nach Mitternacht holten uns die Tommies aus den Betten und ließen uns genau eine halbe Stunde Zeit, um unsere Sachen zu packen. Ein Blick aus dem Fenster genügte.

Auf dem Vorplatz standen zwei Armeebusse mit laufenden Motoren, in die wir nach einem schier endlosen Zählappell hineingescheucht wurden. Auf unsere Fragen, wo es denn hingehe, zuckten die Fahrer nur wortlos die Schultern.

»Mag der Teufel wissen, warum die daraus jedesmal ein Geheimnis machen!« schimpfte Hinterstecker, als wir Moilett's Grove verließen und in die stockdunkle Nacht hinausfuhren. »Warum bist du bloß nicht schon früher zum Zahnarzt gegangen, Bernd? Dann hätten die jetzt das Nachsehen!«

Das war natürlich Unsinn, wir hatten ja noch mitten in der Planung gesteckt. Aber ein Lichtstreif hatte sich schon am Horizont abgezeichnet; denn anders als in Moilett's Grove vernachlässigte man im Fliegercamp geradezu sträflich die primitivsten Sicherheitsvorkehrungen. Selbst in den Trucks und Bussen steckten die Zündschlüssel, und niemand stieß sich daran, daß wir dafür ein lebhaftes Interesse zeigten.

»Vorbei ist vorbei!« sagte Ocke Ketelsen. »Ein neues Spiel, ein neues Glück! – Paßt lieber auf, wohin die jetzt mit uns kacheln.«

Das war gut gesagt. Es war draußen so dunkel, daß man nicht die Hand vor Augen sah. Außerdem nieselte es. Wir bekamen durch die Fahrgeräusche allerdings mit, daß die Fahrer diesmal die »keltischen Trampelpfade« mieden und auf Asphaltstraßen blieben. Sie fuhren auch entsprechend schneller. Dennoch graute bereits der Morgen, als wir in eine größere Stadt einfuhren. Kein Provinznest mit niedrigen Häusern, sondern eine Großstadt mit mehrstöckigen Häusern und großen Plätzen.

Ocke stieß mich an. »Los, oller Ire, du kennst dich doch hier aus! Sag', wo wir sind.«

»Witzbold! Woher soll ich denn das wissen? Hier bin ich nie gewesen. Aber sieh dir die Häuser und Straßen an – das kann eigentlich nur Belfast sein.«

»Das ist Belfast!« sagte Hannes. »Wir haben neulich den gleichen Weg genommen. Die bringen uns zum Hafen.«

Tatsächlich! Zwischen den Häuserzeilen tauchten die Silhouetten von Ladekränen auf, schimmerte das Wasser einer weiten Bucht. Der Bus holperte über Gleisanlagen und schlängelte sich durch das verwirrende Durcheinander von abgestellten Güterwaggons und Speichern mitten in den quirligen Betrieb auf den Kais eines großen Seehafens hinein. Schiffe säumten unsere Fahrt, bis der Bus endlich an einer Gangway stoppte, die ein Posten in kriegerischer Aufmachung bewachte.

Der I WO stand auf und streckte sich. »Wetten, die bringen uns rüber nach Schottland!«

Ich sah durch die verschmutzten Scheiben. »Und dafür brauchen die einen Truppentransporter? Ich glaube, die Wette verlierst du, Bernd.«

Ein Kopf erschien in der offenen Bustür und sagte im schönsten Deutsch: »Auf denn, Freunde, spät kommt ihr, aber nicht zu spät! Hoch steht die Flut schon an des Hafens Kai, auf daß, in See zu stechen, wir genügend Wasser unter des Schiffes scharfem Kiel haben! Könnte von Schiller sein, ist aber von mir. Herzlich willkommen auf der *Empress of Freedom*!«

»Mensch, Buttgereit, du alter Saufaus, was hat dich denn hierher verschlagen?« Hannes drängte sich zur Tür durch. »Hat's dich also auch erwischt.«

»Wie du siehst, Hannes! Die Tommies machen eben vor nichts halt! Keine Liebe mehr unter den Menschen!«

Die beiden begrüßten sich, als hätten sie sich jahrelang nicht gesehen. Dabei hatte Kapitänleutnant Buttgereit mit *U 688* in Brest unmittelbar hinter uns gelegen, war allerdings später als wir ausgelaufen. Er und Hannes waren Crewkameraden, daher der lockere Umgangston.

»Und was spielst du jetzt hier für 'ne Rolle?«

»Ich gebe den Maître de plaisir, obwohl mir danach eigentlich gar nicht ist. Captain Rush hat mich darum gebeten, damit es schneller geht. Wir sollen mit ablaufend Wasser in See gehen.« Er sah auf seine Uhr. »Also los, Leute, sonst haut der Pott ohne euch ab!«

»Moment mal, wo soll's denn hingehen? Nach Schottland?«

»Was sollen wir denn in Schottland? Da kommen wir doch gerade her! Nach Kanada geht's, nach Halifax, um genau zu sein. Hat man euch das nicht gesagt, Hannes?«

Kanada, das bedeutete Karen! Der Gedanke war so überwältigend, daß er jeden anderen aus meinem Kopf verdrängte. Wie in Trance nahm ich meinen Kleidersack, verließ den Bus und stakste die Gangway empor.

Empress of Freedom, ein pompöser Name. Doch er konnte nicht darüber hinwegtäuschen, daß wir auf einem Methusalem der Meere gelandet waren, der seine Glanzzeit schon vor Kriegsbeginn als *Boston Star* weit hinter sich gelassen hatte.

Daß der 8000-Tonner sein rostzerfressenes Dasein nicht schon längst bei einer Abwrackfirma beendet hatte, verdankte er eindeutig der durch die Schlacht um die alliierten Geleitzüge bedingten Schiffsraumnot. Die hatte aus dem einstigen Passagierdampfer mit viel blaugrauer Farbe und ein paar Flakgeschützen einen Truppentransporter gemacht.

Seine Kabinen, in denen wir untergebracht wurden, erinnerten nur noch verschämt an den längst verblichenen Glanz, weil sich darin inzwischen zahlreiche Soldaten mit ihren Initialen verewigt hatten. Den Restaurants haftete dagegen noch immer ein Hauch jener großen weiten Welt an, während man die prächtigen Salons oder Lounges durch nackte Eisengestänge brutal zu Hängemattendecks umfunktioniert hatte.

Nach der ersten Nacht an Bord begann ich mich allerdings zu fragen, ob ich sie in einer Hängematte nicht besser verbracht hätte. Kaum hatte ich nämlich die Kabinenbeleuchtung gelöscht, begann eine wahre Völkerwanderung. Bataillone von Kakerlaken marschierten munter über das Fußende meiner Koje und über meine nackten Füße. Sie ließen sich selbst durch das fürchterliche Gemetzel, das ich unter ihren Artgenossen voller Wut und Ekel anrichtete, nicht in ihrem nächtlichen Wandertrieb bremsen. Abhilfe brachte erst die Kabinenbeleuchtung, aber da war die halbe Nacht bereits dahin. Fortan schlief ich wie auf *U 769* bei eingeschaltetem Licht. Als Trost blieb mir, daß es meinen Kameraden keineswegs besser erging und daß es keine Ratten waren, die uns nächtlicherweise heimsuchten.

Kapitän Rush, dem dieses Kakerlaken-Mutterschiff unterstand, war ein umgänglicher Mensch und längst in einem Alter, in dem nicht nur britische Kapitäne normalerweise an Land seßhaft wurden. Für ihn war es selbstverständlich, daß wir die Mahlzeiten mit ihm und seinen Offizieren gemeinsam einnahmen. Dabei versicherte er uns augenzwinkernd, daß ihn nicht die vaterländische Pflicht wieder auf die Brücke getrieben habe, sondern allein das fürstliche Gehalt und die mit jeder Reise verbundene Gefahrenzulage.

Sah man von seinen Offizieren und den paar Seesoldaten ab, so galt das wohl auch für seine bunt zusammengewürfelte Mannschaft aus allen Ländern des britischen Imperiums.

Zwischen Rathlin Island und dem schottischen Mull of Kintyre sammelte sich der Konvoi, mit dem wir den Atlantik überqueren sollten. Es war ein verhältnismäßig kleines Geleit, gar nicht zu vergleichen mit der Armada, auf die *U 769* nicht mehr zum Schuß gekommen war. Alles Tanker und Frachter, die in Ballast fuhren und dementsprechend hoch aus dem Wasser ragten.

»Du meine Fresse, mit denen möchte ich bei grober See nicht über den Atlantik schippern! Da fällt einem ja schon bei ihrem bloßen Anblick das Essen aus dem Gesicht!« lästerte der LI. »Da sind wir hier tausendmal besser dran.«

»Abwarten, Ocke! Noch hält ja die dicke Farbschicht unseren Pott zusammen«, winkte Hannes ab. »Aber wie sieht das aus, wenn der auf volle Maschinenleistung gehen muß? Hoffentlich geht ihm dann nicht die Puste aus, und er fällt auseinander.«

»Da kannst du ganz unbesorgt sein. Die Maschinen sind tiptop in Ordnung. Wenn man alles so wäre.«

Ocke mußte das ja wissen. Der hatte nicht nur bei Tisch sofort mit dem zuständigen Offizier gefachsimpelt, sondern war anschließend auch mit ihm in den Maschinenraum hinuntergestiegen. Gespannt waren wir trotzdem darauf, wie sich unser Methusalem bei der tagelangen Überquerung des Atlantiks machte.

Kapitänleutnant Wolf Buttgereit und sein II WO, Oberleutnant Willi Leuchner, gesellten sich zu uns auf das Bootsdeck, auf dem wir Offiziere uns aufhalten durften. Entsprechend getrennt waren auch den Unteroffizieren und der Mannschaft Decks zugewiesen worden, um jegliche Konspiration zu unterbinden.

Für Buttgereit und Leuschner hatten inzwischen die Rangunterschiede ebenfalls ihre Bedeutung verloren, und da wir fünf Offiziere uns duzten, hatten sie sich uns sofort angeschlossen.

Wolf musterte fachmännisch die Geleitsicherung, die den Konvoi in Formation brachte. Es waren weit mehr Zerstörer, Fregatten und Korvetten als die zu schützenden Pötte. Außerdem umschwärmten uns zahlreiche Flugzeuge.

»Was für ein Aufwand! Kein Wunder, daß wir die Sicherung nicht knacken konnten. Du hast ja noch großes Schwein gehabt, Hannes.«

Wir wußten inzwischen, wie er das meinte. Nachdem sein *U 688* durch Wasserbomben zum Auftauchen gezwungen worden war, hatten die Briten das Boot ebenfalls sofort unter Beschuß genommen. Sie hatten auch noch gefeuert, als ein großer Teil seiner Besatzung schon im Bach schwamm. Eine der Granaten explodierte mitten unter den Schwimmern und tötete zwölf von ihnen, darunter den I WO und den LI.

Hannes nickte. »Hoffentlich haben wir so ’n Schwein auch jetzt wieder. Schon komisch, daß ich die starke Geleitsicherung diesmal als außerordentlich beruhigend empfinde. Du etwa nicht, Wolf?«

»Na klar, Mensch! Denkste denn, ich will unseren glorreichen Endsieg verpassen?« Er verzog das Gesicht zu einem schiefen Lächeln. »Trotzdem – man kann nie wissen. Ab heute gehe ich nur noch mit Schwimmweste ins Bett. Sicher ist sicher!«

Das war keineswegs übertrieben. Jeder von uns wußte, daß

bei einem so kleinen Konvoi die Auswahl für ein angreifendes U-Boot nicht sonderlich groß war. Zudem hob sich die *Empress of Freedom* als Truppentransporter unter all den leeren Frachtern deutlich als Edelwild ab. Sie lief somit Gefahr, als erstes zu seinen torpedierten Opfern zu gehören, und das war kein schöner Gedanke. Deshalb hingen unsere Schwimmwesten griffbereit hinter uns im Durchgang zum Bootsdeck. Das war zwar ungewöhnlich, aber sehr praktisch; es ersparte uns den Weg zur Kabine.

Daß auch Kapitän Rush mit allem rechnete, bewies schon die Seenotübung beim Auslaufen aus Belfast. Wir hatten uns dazu mit unseren Schwimmwesten auf dem Bootsdeck einfinden müssen und waren für den Ernstfall auf die ausgeschwenkten Rettungsboote verteilt worden. Das war auf zivilen Fahrgastschiffen am ersten Seetag allgemein so üblich, in unserem Fall war es jedoch nur von einem zweifelhaften Wert. Bekam das Schiff nach einem Treffer Schlagseite, fielen die Rettungsboote der anderen Seite erfahrungsgemäß aus. Wer dann in den noch verbleibenden Booten nicht unterkam, mußte sich auf eines der Rettungsflöße retten, die sich an Deck stapelten.

»Es geht los!« Bernd deutete auf den Geleitführer, an dessen Signalrah Flaggen emporstiegen. Das Deck unter unseren Füßen vibrierte. Die *Empress of Freedom* nahm Fahrt auf und lief auf ihre Position in der Mittelreihe des Geleits, geschützt durch Frachter an Steuerbord und an Backbord. Das war ungemein beruhigend für uns.

Zwei Korvetten setzten sich als Feger vor dem Geleitführer an die Spitze, während sich die anderen Sicherungsfahrzeuge zu einem Schutzkordon um den Konvoi formierten. Das Nebelhorn des Geleitführers heulte auf, erneut wehten Signalflaggen an seinem Mast aus. Gehorsam nahm das Geleit Fahrt auf.

Willi Leuchner stieß mich lächelnd an. »Man sieht, die haben jahrelange Erfahrung und trotzdem Schiß vor uns, denn die haben ihre Boote alle schon ausgeschwenkt. Erleben wir 'nen britischen Geleitzug mal aus 'ner anderen Perspektive. Seltsames Gefühl, was? Bin gespannt, wie das aussieht, wenn's für die Brüder Ernst wird.«

»Mann, mal bloß den Deibel nicht an die Wand! Am Ende nimmt uns noch einer dabei auf die Hörner! Darauf kann ich gern verzichten, mein Bedarf an Krieg ist hinreichend gedeckt!«

»Meiner auch!« mischte sich Ocke ein. »Bist du nicht Bayer und katholisch, Willi? Na, dann bete man von nun an fleißig zu Sankt Florian.«

»Sankt Florian?« fragte der begriffsstutzig. »Wie meinst du denn das?«

»Sankt Florian, Sankt Florian, verschon mein Haus, zünd andere an! Das kennst du doch, oder? Wozu bist du denn sonst katholisch? – Na siehste! Dein Sankt Florian wird schon wissen, was du meinst, und unsere *Empress of Freedom* verschonen.«

Das war typisch Ocke. Ich hatte Mühe, nicht laut loszulachen. Willi Leuschner fand das allerdings gar nicht lustig, wie ich seinem Gesicht ansah. Er öffnete den Mund zu einer scharfen Erwiderung, doch dazu kam er nicht mehr. Zwei Seesoldaten erschienen im Durchgang und forderten uns auf, unter Deck zu gehen.

»Why that?« fragte Buttgereit überrascht.

Die Posten zuckten die Schultern. »We don't know! Please, follow the order, Sir.«

Die Erklärung bekamen wir beim Abendessen. Kapitän Rush hatte seine Anweisungen. Danach war unsere Anwesenheit an Deck an bestimmte Zeiten gebunden, ansonsten hatten wir unter Deck zu bleiben. Das galt auch für den Fall eines Flieger- oder U-Bootalarms.

»Aber ...«, setzte Hannes zu einem Protest an.

»Ja, ja, ich weiß, woran Sie jetzt denken!« unterbrach ihn Rush mit einem unglücklichen Gesicht. »Ihre Offiziere sind ja schon einmal unter Deck vergessen worden, wie Sie mir berichtet haben. Doch was soll ich machen? Meine Befehle sind eindeutig.«

In der Erinnerung an den Untergang des Zerstörers lief mir eine dicke Gänsehaut über den Rücken. Das bloß nicht noch einmal! Die anderen wurden ebenfalls von der Erinnerung eingeholt, das sah man ihren belämmerten Mienen an. Es entging auch Kapitän Rush und seinen Offizieren nicht.

»Ich weiß, wie das ist, wenn einem das Schiff unter dem Hintern wegsackt, und verstehe Ihre Sorgen«, sagte sein Erster Offizier. »Ich bin selbst schon zweimal torpediert worden. Wollen wir hoffen, daß es uns nicht passiert. Falls doch, dann holen wir Sie alle rechtzeitig an Deck.«

»Wenn Ihnen dazu noch Zeit bleibt«, fügte Hannes bitter hinzu. »Und die bleibt in den seltensten Fällen.«

»Sehen Sie denn eine andere Möglichkeit, Gentlemen?« fragte Rush. »Machen Sie mir einen praktikablen Vorschlag.«

Ich wurde das Gefühl nicht los, daß er auf eine ganz bestimmte Antwort hoffte. Das gab mir eine Idee ein.

»Sie dürfen uns nicht an Deck lassen, damit wir Sie nicht behindern, uns in Panik der Rettungsboote bemächtigen oder gar das Schiff in unsere Gewalt bringen. Stimmt's, Sir?«

Er nickte. »Das mögen wohl in etwa die Gründe sein.«

»Und wenn wir unsere Leute bei Alarm im Lido-Restaurant versammeln? Dann sind wir unter Deck, können uns aber im Notfall über die Ausgänge auf das Promenadendeck retten. Steht das Ihren Befehlen auch entgegen?«

Er überflog seine Anweisungen über die Behandlung von Kriegsgefangenen und schüttelte den Kopf. »Nein, das wäre eine akzeptable Lösung. Haben Sie Ihre Leute aber so fest in der Hand, daß die sich auch daran halten werden?«

»Was für eine Frage! Selbstverständlich, Sir! Auch auf deutschen Schiffen ist das Wort des Kapitäns Gesetz!« plusterte sich Buttgereit auf. »Wir sind außerdem U-Bootfahrer!«

»Wir Offiziere werden uns dann selbst an den Ausgängen postieren, Sir«, fügte ich hinzu. »Genügt Ihnen das?«

»Allright, Gentlemen!« signalisierte Rush erleichtert sein Einverständnis. »Weisen Sie Ihre Leute trotzdem darauf hin, daß die Seesoldaten gegen jeden rücksichtslos von der Waffe Gebrauch machen werden, der sich nicht daran hält.«

Noch am gleichen Abend trommelten wir die Besatzungen beider Boote im Lido-Restaurant zusammen. Bei den Mannschaften erwies sich das nicht einmal als schwierig; denn die waren ja in den Hängemattendecks auf der gleichen Ebene untergebracht. Bei den Maaten und Deckoffizieren sah das schon anders aus. Die hatte man ein Deck tiefer auf die Kabinen verteilt. Deshalb mußte ein Alarmplan her, der genau festlegte, wer wie und von wo das Lido-Restaurant auf dem Achterschiff am schnellsten erreichte, ohne andere zu behindern.

Das Restaurant hatte den Vorteil, daß von den vier Ausgängen jeweils zwei auf das Achterdeck und zwei seitlich auf das Promenadendeck führten. Außerdem konnte man durch die großen Panoramascheiben ringsum das Geschehen im Geleit verfolgen und so auf einen Treffer sofort reagieren.

Diesen Alarmplan hämmerten wir den Besatzungen ein und exerzierten ihn als stillen Alarm unzählige Male durch, daß es darüber Mitternacht wurde. Unsere Bewacher, die Seesoldaten, versetzten diese stillen Alarme in helle Aufregung.

Ihr kommandierender Offizier, ein junger Leutnant, schenkte unseren Erklärungen nicht das geringste Vertrauen. Er vermutete dahinter Proben für einen Aufstand und die Eroberung des Schiffes und alarmierte nun prompt seinerseits Schiffsführung und Besatzung der *Empress of Freedom*. Wir sahen uns plötzlich einer aufgebrachten Meute gegenüber, die uns am liebsten kurzerhand über Bord geworfen hätte.

Erst Kapitän Rush gelang es, gegen das wütende Geschrei anzukommen und die Wogen zu glätten.

»Da seht ihr faulen Kerle endlich mal, was deutsche Gründlichkeit ist!« rief er der Menge zu und zählte ein paar Beispiele auf, wo deutsche Gründlichkeit dem Schiff guttäte.

Das waren die richtigen Worte im richtigen Augenblick. Die Menge löste sich mit lautem Gelächter auf und häufte Hohn und Spott auf die Seesoldaten.

Dabei hatte der junge Leutnant die andere Seite der Medaille durchaus richtig erkannt. Mit unseren achtundachtzig Leuten wäre es uns ein leichtes gewesen, die Briten zu überrumpeln und das Schiff in unsere Gewalt zu bringen, um damit ins neutrale Ausland zu fliehen. Ein verlockender Gedanke, angesichts der Zerstörer, Fregatten und Korvetten jedoch ein aussichtsloses und geradezu selbstmörderisches Unterfangen, denn die hätten sofort darauf reagiert.

Wie notwendig dieser Alarmplan war, erwies sich schon am nächsten Tag. Viermal scheuchten uns die Alarmklingeln in das Lido-Restaurant. Erst viel später ging uns auf, daß die übrigen Schiffe des Konvois nur zweimal mitgespielt hatten. Kapitän Rush lieferte uns dafür wieder einmal erst bei Tisch die Erklärung.

Er lächelte spitzbübisch. »Well, ich hoffe, Sie nehmen es uns nicht übel. Vertrauen ist gut, Kontrolle jedoch besser, Gentlemen. Wollte doch mal sehen, was wirklich hinter Ihrem

Alarmplan steckt. Hab' darum mal auf die Uhr gesehen. Alle Achtung, beim zweiten Mal war Ihre Zeit regelrecht rekordverdächtig! Ich wollte, unsere Leute wären so schnell.«

Es war Ocke, der darauf sofort die passende Erwiderung fand: »Der Angst gehorchend, nicht dem eigenen Triebe, Sir! Wer von uns will denn jetzt noch zu den Fischen geschickt werden, wo für uns der Krieg endlich vorbei ist?«

Rush machte dem Steward ein Zeichen. »That's right, Mister Ke-tel-sen! Darauf sollten wir anstoßen. Ich hoffe, Sie geben uns keinen Korb, weil es ein schottischer Whisky ist.«

Der fünfte Alarm jagte uns in das Lido-Restaurant, als die Färöer-Inseln unseren Schätzungen nach querab unter der Kimm lagen. Diesmal war er nicht vorgetäuscht. Zwei gewaltige Detonationen hatten uns nach dem Lunch aufgeschreckt, noch bevor die Nebelhörner der Eskorte U-Bootalarm auslösten.

An den Panoramafenstern drängten sich die Männer, versuchten zu erkennen, was sich draußen tat. Doch das war schwierig, denn im Geleit überschlugen sich die Ereignisse. Die ganze Eskorte geriet in Aufruhr. Kolonnenfeger jagten durch die Reihen des Konvois, der unbeirrbar Kurs und Formation beibehielt.

»Da, der Zerstörer an Steuerbord!« schrie der Smadding mit sich überschlagender Stimme. »Der hat kein Heck mehr! Und einen der Frachter hat's auch erwischt!«

Ich fuhr herum. Tatsächlich! Die beiden Schiffe lagen gestoppt, während das Geleit an ihnen vorüberdampfte. Eine Fregatte und eine Korvette hetzten an ihnen vorbei und nahmen in Dwarslinie Kurs auf das vermutlich geortete U-Boot. Das ließ dem gejagten Boot kaum eine Chance, denn sie warfen ihre Wasserbomben so weitflächig, daß ihm nur noch die Flucht nach vorn und in die schützende Tiefe blieb.

In schneller Folge stiegen in ihrem Kielwasser donnernd hohe Wassersäulen auf. Harmlos wie Springbrunnen aussehend, die in einem wechselnden Rhythmus hochschossen und wieder schäumend in sich zusammenfielen. Dennoch ein so absolut tödlicher Bombenregen, wie er auch uns zum Verhängnis geworden war. Und der nahm kein Ende!

Ich fror auf einmal, obwohl das Restaurant total überheizt war. Mein Gott, die armen Kerle da unten! Hoffentlich entkamen sie diesem fürchterlichen Bombardement!

Vier Donnerschläge übertönten plötzlich die Wasserbombenserien. Wo kam das her? Mein Blick suchte den torpedierten Zerstörer. Flog der jetzt in die Luft? Nein, der schwamm noch, soff aber achtern immer weiter ab. Überfüllte Rettungsboote strebten von ihm weg, um nicht in den Sog des sinkenden Schiffs zu kommen. Von seinem Vorschiff warfen Männer Rettungsflöße in die See und sprangen hinterher. Vorsichtig schor das Rescue-Ship des Geleits an sie heran und fischte sie auf.

Der Zerstörer war es also nicht. Wen hatte es dann getroffen?

»Da, an Backbord hat's gerumst! Vier Torpedos!« rief eine Stimme. »Da ist noch einer von uns am Geleit!«

Ich fuhr herum. Ein Frachter und ein Tanker schoren aus der äußeren Kolonne des Geleits aus, verloren immer mehr Fahrt und blieben endlich mit Schlagseite liegen. Aus der Eskorte lösten sich ein Zerstörer und eine Fregatte und stürmten mit schäumenden Bugwellen auf die Stelle zu, wo sie das getauchte U-Boot vermuteten oder gar geortet hatten.

»Nicht schlecht, der Kamerad ist auf Nummer Sicher gegangen und hat zwei Dubletten auf die Reise geschickt«, stellte Buttgereit leidenschaftslos fest. »Den werden sie auch nicht so schnell kriegen. Hier treffen der kalte Ostisland- und der warme Golfstrom mit unterschiedlicher Salzwasserdichte aufeinander, und tief genug ist es auch. Das gibt jede Menge Geisterechos im ASDIC.«

Das war alles richtig und galt selbstverständlich auch für den anderen, der den Zerstörer auf dem Gewissen hatte und den sie noch immer bombardierten. Es war trotzdem ein Glücksspiel, bei dem man niemals wußte, bei wem die Trümpfe saßen.

»Dein Wort in Gottes Ohr! Die Tommies scheint es jedenfalls nicht von der Jagd abzuhalten, wie man sieht.«

»Na, dann drücken wir halt unseren Leuten die Daumen.«

Das klang so flapsig, so gleichgültig, daß ich mich zu ihm konsterniert herumdrehte. Schweiß stand auf seiner Stirn, und in seinem Gesicht arbeitete es. Seine Hände krallten sich an der Stuhllehne so fest, daß die Knöchel fast blutleer hervortraten. Mensch, der tat ja bloß so unbeteiligt, dem ging das Geschehen ja genauso wie mir an die Nieren! Ein Blick in die Gesichter der anderen Männer genügte. Sie alle litten ebenso mit den armen Kerlen dort unten in dem Boot.

Hinter der Fregatte und der Korvette wölbte sich plötzlich die See auf. Mit einer ohrenbetäubenden Explosion spie eine mächtige Eruption die aufschäumenden Wassermassen wie einen riesigen Geysir haushoch in den Himmel. Mit einer fast schwarzen Kappe stand er sekundenlang weißleuchtend vor der Kimm, ehe er zerfasernd und zerstäubend wieder zurückfiel.

Mein Gott, so sah das also aus, wenn sie einen von uns für immer auslöschten! Die Erinnerung holte mich ein. Wie leicht hätte es auch mir so ergehen können!

Mein ganzer Körper verkrampfte sich bei diesem Gedanken. Ein Knoten in meiner Kehle schnürte mir die Luft ab, machte mir das Atmen schwer. Schweiß brach aus, meine Nerven zuckten. Wie gelähmt starrte ich auf dieses grausige Schauspiel.

Dampfpfeifen jaulten auf. Mißtönend fielen die Nebelhörner des Geleits ein. Von den Aufbauten drangen jubelnde Stimmen zu uns herein, übertönt von den Wasserbombenexplosionen an Backbord.

»Scheiße!« fluchte Buttgereit und biß sich auf die Lippen. »Sie haben die armen Hunde doch erwischt, voll und ganz offenbar. Oder kannst du erkennen, ob sie Überlebende auffischen?«

Noch ganz benommen, schüttelte ich stumm den Kopf. Die Fregatte und die Korvette belauerten zwar noch immer die Wasseroberfläche, aber mit den Maschinenwaffen veranstalteten die Geschützführer schon ein Siegesfeuerwerk. Das beseitigte alle Hoffnungen, es gab keine Überlebenden.

»Der Zerstörer ist weg, aber der Frachter schwimmt noch«, sagte jemand neben mir. »Mensch, der nimmt ja sogar wieder Fahrt auf, und das Geleit stoppt, um ihn aufschließen zu lassen. Fehlt bloß noch, daß auch der andere Frachter und der Tanker mit einem blauen Auge davonkommen.«

Dem war jedoch nicht so. Ihre Schlagseite war so bedrohlich geworden, daß sie jeden Augenblick kentern mußten. Der Zerstörer und die Fregatte hatten die Jagd nach dem anderen U-Boot eingestellt und nahmen jetzt die Mannschaften der beiden torpedierten Schiffe an Bord.

»Keine jubelnden Dampfpfeifen, keine Nebelhörner und auch kein Siegesfeuerwerk – Gott sei Dank, der Kumpel ist ihnen entkommen!« stellte ich erleichtert fest. »Ob der's nochmals versucht? Wenn er sich mit dem Nachladen sputet, könnte er's vielleicht aufgetaucht schaffen.«

»Glaubst du?« Buttgereit schüttelte den Kopf. »Der ist doch nicht lebensmüde. Da, schau mal zum Himmel. Die dort oben werden es verhindern.«

Ich folgte seinem Blick. Wir hatten Gesellschaft bekommen. Drei Liberators schlugen einen Bogen um uns und wackelten mit den Flügeln. Gegen die hatte unser unbekannter Kamerad keine Chance, wenn er uns aufgetaucht einzuholen versuchte.

An diesem Abend vergingen selbst Ocke Ketelsen die Scherze. Sogar das Abendessen schmeckte nicht richtig, lustlos stocherten wir darin herum. Aus unseren Köpfen ließen sich nun einmal die niederdrückenden Ereignisse des Tage nicht so spurlos vertreiben. Immer wieder geisterten sie durch unsere Gespräche.

Doch sie nicht allein. Die hoffnungslose Lage Deutschlands, wie sie die Abendnachrichten der BBC zeichneten, trug dazu bei und drückte auf die allgemeine Stimmung.

»Ja, ich weiß, was du sagen willst, Wolf«, Hannes stand auf und lief hin und her. »Aber selbst wenn man einen großen Teil davon als reine Propaganda abtut, bleibt doch noch immer genug, was unsere Lage absolut aussichtslos erscheinen läßt. Nimm doch nur mal die Kämpfe in Italien, auf dem Balkan oder in Rußland, überall immer nur Niederlagen am laufenden Band!«

»Nichts anderes als reine Schwarzmalerei. Einseitig wie bei uns auch!« hielt der dagegen. »So ist das nun mal im Krieg, damit die Leute bei der Stange bleiben.«

»Reine Schwarzmalerei? Auch die Nachrichten von den hohen Verlusten der Amis bei ihrem Tagesangriff auf Schweinfurt?« fragte ich ironisch. »Oder von der mißglückten Luftlandeoperation auf den Salomonen? Schwindeln sich die Tommies da auch in die eigene Tasche?«

»Na, alles können sie ja ihrer Bevölkerung nun auch nicht vorenthalten!« mischte sich Willi Leuschner ein. »Irgendwann wendet sich das Blatt auch wieder für uns, das könnt ihr mir glauben! Dann jagen wir den Iwan wieder hinter den Ural zurück.«

»Und das glaubst du? Fest und unverbrüchlich?« Ocke

stand auf und reckte sich. »Wie schön! Dann laß dir man deinen Glauben nicht rauben. Du wirst auch noch dahinterkommen, daß der Glaube allein keine Berge versetzt. Denken gehört nämlich auch noch dazu. In diesem Sinne, Freunde! Ich gehe jetzt in die Heia!«

Ocke Ketelsen hatte die Diskussion über den Wahrheitsgehalt der BBC-Nachrichten genau im richtigen Augenblick abgewürgt, ehe sie zu einer politischen Auseinandersetzung werden konnte. Fortan blieb dieses Thema für uns tabu.

Willi Leuschner, ansonsten ein lieber, netter Kerl, war nämlich politisch vernagelt, was wiederum kein Wunder war. War er doch bis zu seiner Einberufung zur Wehrmacht Schüler einer NAPOLA gewesen, einer Nationalpolitischen Erziehungsanstalt, in der der elitäre Nachwuchs für die nationalsozialistische Führung herangebildet und entsprechend indoktriniert wurde.

Daß er dann trotzdem die Offizierslaufbahn der Kriegsmarine gewählt und nicht die der Waffen-SS eingeschlagen hatte, blieb für uns eine der unergründlichen Ungereimtheiten.

Mit ihm zu diskutieren hätte nur unsere friedliche Atmosphäre vergiftet. Deshalb hörten wir auch weiterhin die BBC-Nachrichten, behielten jedoch unsere Meinung schön für uns.

In der Nacht schlug das Wetter um. Dichter Nebel hüllte das Geleit ein, das Kurs auf Island genommen hatte, wie uns der Erste Offizier beim Frühstück verriet. Hatten wir bisher jeden Aufenthalt in frischer Luft an Deck bis zur letzten Minute ausgekostet, trieb uns jetzt diese naßkalte Waschküche immer wieder schnell in die mollige Wärme unter Deck zurück.

Wir schlugen die Zeit tot. Was hätten wir auch sonst tun sollen? Hannes, Bernd, Willi und Wolf spielten Karten, die sie sich von einem der Offiziere ausgeliehen hatten, und Ocke und ich lasen englische Krimis. Ocke hatte sie uns von seinem britischen Kollegen, dem Ingenieuroffizier, besorgt, der eine stattliche Sammlung davon besaß. Nur David Otterbein schrieb – wie sollte es anders sein – an seinen Memoiren.

Irgendwann lehnte er sich zu mir herüber und flüsterte: »Darf ich dich mal stören, Knut?«

»Du tust es ja schon«, lächelte ich. »Was gibt's denn?«

»War das bei uns eigentlich auch so eine gewaltige Explosion, als sie uns durch Wasserbomben zum Auftauchen zwangen? Ich schildere nämlich gerade, wie die Tommies ...«

»Natürlich nicht, sonst säßen wir jetzt nicht hier«, unterbrach ich ihn, denn ich wollte zu meinem spannenden Krimi zurück. »Bei denen kann eine der akustischen Treibminen mit hochgegangen sein. Eine sehr starke Erschütterung kann den Zündmechanismus freigesetzt haben, denn die Zündung dieser Dinger ist verdammt labil. Ich sage extra: kann. Das muß nicht sein, kann aber mal passieren. Dann geht die Mine mit der nächsten Wasserbombendetonation glatt mit hoch. Das hätte auch uns passieren können.«

David starrte mich entgeistert an und wurde blaß. »Ehrlich? Kein Seemannsgarn? Dann ...«

»Nun schreib das bloß nicht hin! Wenn die Tommies das lesen, beißen sie sich vor Freude in den Hintern. Es kann ja auch einer der Torpedos gewesen sein. Bei uns ist eben alles drin.«

»Mann, du sagst das einfach so daher! Da sitzt man ja auf einem Pulverfaß, wenn man bei euch einsteigt!«

Ich lachte. »Eben, mein Lieber, das macht ja gerade den Reiz aus! Kannst du später mal deinen Enkeln erzählen, du hättest auf einem Pulverfaß gesessen. Was meinst du, wie die dich bewundern werden.«

Er schüttelte mißbilligend den Kopf. »Euch muß man bloß mal 'was fragen. Und was bekommt man als Antwort? Seemansgarn!«

Ich lächelte still in mich hinein. Nun ja, so unrecht hatte er vielleicht gar nicht. Ich wußte ja selbst nicht, was an meiner Theorie stimmte.

Von Island hatten wir uns mehr versprochen. Diese Insel hatte bisher noch keiner von uns gesehen, und dabei blieb es auch. Dafür sorgte die dicke Suppe, die alles in einen undurchdringlichen Schleier hüllte. So bekamen wir nicht einmal mit, daß der torpedierte Frachter hier das Geleit verließ und die Insel ansteuerte, während wir Kurs auf Kanada nahmen.

Irgendwann übernahmen Amis und Kanadier das Geleit, ohne daß wir in dieser Waschküche groß etwas davon merkten. Vermutlich waren die Briten über diesen Wechsel heilfroh, denn schon bald war es mit der ruhigen Seefahrt vorbei. Wir liefen auf unserem Kurs mitten in einen Tiefdruckwirbel hinein, der zwar mit dem Nebel aufräumte, uns dafür aber mit seinem kräftigen Wind zunehmend eisige Kälte und eine ruppige See bescherte.

Es war eben November. Gerade um diese Jahreszeit mußte man in diesem Seegebiet mit allem rechnen. Durch extreme Luftdruckunterschiede entwickelten sich hier aus normalen Tiefdruckgebieten ganz schnell gefährliche Orkanwirbel, die mit Windgeschwindigkeiten bis weit über hundertzwanzig Stundenkilometer über die aufgewühlte See rasten. Hinzu kamen meist Schnee und die Vereisung der Schiffe durch absinkende Temperaturen.

Aber noch kam ja der Wind aus Südwest. Er nahm allerdings kontinuierlich an Stärke zu, und mit ihm wuchs der Seegang. Die lange Dünung rollte immer höher heran, bekam tiefe Wellentäler und trug schon bald auf ihren Kämmen weiße Schaumkronen. Das Wimmern, mit dem der Wind üblicherweise durch die Stengen und Stagen des Signalmastes fuhr, schwoll zu einem infernalischen Heulen an, das bis in den letzten Winkel des Schiffes drang.

Allen Unkenrufen zum Trotz hielt sich die *Empress of Freedom* wacker, auch wenn ihr Bug tief in die Wellen einschnitt und lange Gischtfahnen über die Back fegten. Dank ihrer Schlingerkiele, auf die Kapitän Rush besonders stolz war, ritt sie die anstürmende See erstaunlich ruhig ab, obwohl sich der kräftige Wind im Laufe des Tages immer mehr zu einem Kuhsturm mauserte. Schaumfetzen und Gischt überzogen die Aufbauten und selbst die Planken ihres obersten Decks mit einer glitschigen Schicht.

Ich fuhr lange genug zur See und hatte so manchen Wirbelsturm erlebt. Darum benötigte ich keine Wetterkarte und kein Barometer, um diese Vorzeichen zu deuten. Das war kein normales Tief, das sich hier mit seinen Wetterfronten anschickte, seinen Weg über den Atlantik nach Europa zu nehmen. Hier braute sich ein Orkantief zusammen, das für uns sicher ein paar üble Überraschungen bereithielt, weil ihm das Geleit nicht ausweichen konnte.

Noch lag es offenbar ortsfest. Aber mit jeder Meile, die wir uns Kanada näherten, nahmen die schneidende Kälte aus der Eiswüste Grönlands und sein Starkwindfeld an Stärke zu, türmten sich die Wellenberge höher und höher auf. Aus den Gischtfahnen, die anfangs über den Bug hinweggefegt waren, wurden immer gewaltigere Brecher, die mit tonnenschweren Wassermassen auf die Back niederdonnerten und Decks und Aufbauten mit einer ständig wachsenden Eisschicht überzogen.

Immer häufiger lief die *Empress* aus dem Ruder und holte gefährlich über, wenn die aufgewühlte See schäumend über ihre Decks wusch. Gerade noch rechtzeitig hatte Kapitän Rush die Rettungsboote wieder einsetzen und sichern lassen, denn die Gefahr wuchs mit jeder Minute, daß die Boote irgendwann gegen die Bordwand geschmettert und zu Kleinholz zertrümmert wurden. Was an Deck nicht seefest gezurrt worden war, hatten die herabdonnernden Brecher ohnehin längst über Bord gespült. Mehr und mehr verwandelten sich die vereisenden Decks in gefährliche Rutschbahnen, die niemand mehr zu betreten wagte.

Bewundernswert, wie die plumpen Frachter und Tanker gegen den Sturm und die heranstürmenden Wellen ankämpften und immer wieder aus dem wilden Durcheinander in die Formation zurückfanden, wenn die Kolonnen der leer, in Ballast fahrenden Schiffe auseinandergerissen wurden.

Von den sichernden Zerstörern, Fregatten und Korvetten sahen wir durch die triefenden Scheiben des Lido nur ab und an die Aufbauten aus gewaltigen Gischfahnen und Wellenbergen auftauchen. Auch wenn sie ihre Positionen diszipliniert einhielten, waren sie voll und ganz mit sich selbst beschäftigt. Rank und schnittig für hohe Geschwindigkeiten konstruiert, verlangte ihnen die tobende See jetzt ein hohes seemännisches Können ab.

»Teufel, in deren Haut möchte ich jetzt nicht stecken!« Der I WO neben mir klammerte sich an der Back fest, als die *Empress* gefährlich nach Backbord krängte. »Wenn die sich auf diesen labilen Eimern jetzt nicht die Seele aus dem Leib kotzen, soll mich das sehr wundern.«

»Alles nur eine Frage der Gewohnheit, Bernd«, sagte ich, in den Knien gegen das schwankende Deck ankämpfend. »Es gibt weit Schlimmeres. Ein falsches Rudermanöver, und die gehen ganz schnell koppheister. Ich hab' das als Fähnrich mal in der angeblich so harmlosen Ostsee erlebt, wie eines der alten Torpedoboote im Nordweststurm durch eine der berüchtigten Grundseen blitzschnell zum Kentern gebracht wurde. Weg mit Mann und Maus. Neun Überlebende haben wir aufgefischt, das war alles.«

»Ehrlich? Kein Seemannsgarn?« Otterbein sah mich mißtrauisch von der Seite an. »Kann uns das etwa auch passieren?«

Ich brauchte nur in das Gesicht Ocke Ketelsens zu sehen und wußte, was jetzt kam. So eine Gelegenheit konnte der sich ganz einfach nicht entgehen lassen. Bevor ich antworten konnte, kam er mir zuvor.

»Seemannsgarn?« Wie auf Bestellung ließ ein dumpfes Dröhnen den Schiffsrumpf erbeben. Die *Empress* holte schwer über, haltsuchend griffen wir um uns. »Hältst du das auch für Seemannsgarn? Und ob uns das passieren kann! Da genügt ein Brecher, und ab geht's in die Tiefe! Seemannslos, mein Lieber!«

Ocke unterstrich seine Worte mit einem ernsten Nicken. Erneut lief ein Zittern durch den Rumpf. Unter unseren Füßen kippte das Deck zum Bug hin ab und stieg das Heck in die Höhe. Die *Empress* begann unter weiteren dumpfen Stößen zu rollen. Dafür gab es nur eine Erklärung: Die See lief jetzt aus einem anderen Winkel an. Wechselten wir den Kurs, oder sprang der Sturm auf West oder gar Nord um?

Egal, für David war das die Bestätigung, daß Ocke nicht flunkerte. »Mein Gott, wenn ich das geahnt hätte! Nie wieder! Keine zehn Pferde bringen mich je wieder auf ein Schiff, wenn ich das hier heil überstehen sollte!«

Du meine Güte, merkte der denn nicht, daß er damit den Spöttern neue Munition lieferte? Bei so einem gefundenen Fressen war die tobende See dort draußen schnell vergessen.

Prompt hob Bernd lehrerhaft den Finger und warnte in einem salbungsvollen Ton: »Merke, David, man soll niemals nie sagen! Man gewöhnt sich an alles, dafür bist du doch selbst der schlagende Beweis! Hast du nicht auch mannhaft deinen Würfelhusten überwunden?«

»Mensch, das fällt mir ja jetzt erst auf! Gratuliere, David!

Hast dich also auch an die Schaukelei gewöhnt!« trompetete Ocke laut los und schüttelte ihm die Hand. Doch dann kratzte er sich theatralisch den Kopf und riß plötzlich die Augen weit auf. »Mann, David, was heißt hier gewöhnt? Du wirst weltweit als der Bezwinger der gemeinen Seekrankheit, auch Würfelhusten vulgaris genannt, in die Geschichte eingehen! Verstehste?«

David war nun einmal ein bißchen begriffsstutzig. Er wußte nicht, was er aus diesem Gerede machen sollte. Verständnislos schüttelte er den Kopf.

»Na, denk doch mal nach, Junge! Jahrhundertelang hat man vergeblich nach einem Mittel gegen die Seekrankheit gesucht. Du bist beim Sturz mit dem Kopf nur irgendwo gegen die Wand geballert, und schon bist du den Würfelhusten vulgaris los gewesen! Weißt du, was das heißt? Man muß 'nem Seekranken nur ordentlich eins über die Birne hauen, dann fällt ihm nie mehr das Essen aus dem Gesicht!«

Ich hatte die größte Mühe, über Otterbeins verblüfftes Gesicht nicht loszulachen. Zugegeben, es war eine Gemeinheit, aber es lachte sich nun einmal über einen anderen leichter als über sich selber.

»Ha, ha, ha, sehr lustig!« David maß Ocke mit einem mierigen Blick. »Weißt du, was ich dir wünsche? Ich wün ...«

Draußen brüllte ein Nebelhorn auf und unterbrach ihn. Dreimal kurz, dreimal lang und nochmals dreimal kurz, wieder und immer wieder.

David wurde leichenblaß, seine Unterlippe zuckte. »Was ist das? Etwa wieder U-Bootalarm?«

»Doch nicht bei diesem Wetter, David!« Ich sah nach draußen, konnte aber den Ursprung nicht sehen. »Da ist einer in Seenot und gibt SOS. Wer und warum, das ist nicht zu erkennen. Es schneit, der Sturm treibt den Schnee waagerecht gegen die Fenster und kleistert sie zu.«

Was geschehen war, erfuhren wir erst beim Abendessen vom Zweiten Offizier. Es war ein beinahe spartanisches Abendessen, verglichen mit dem der Vortage. Es gab nur einen kalten Imbiß, denn jedesmal, wenn der Bug in ein Wellental durchsackte, stieg das Heck steil in die Höhe und rollte der Rumpf, nach der einen oder anderen Seite stark überholend, die Woge ab, bis der Bug mühsam den nächsten Wellenberg erklomm und das Heck in die Tiefe sackte. Dieses üble Rollen, mit dem die *Empress* über die gewaltigen Wellenberge torkelte, machte es der Küche unmöglich, ein warmes Essen auf den Tisch zu bringen. Abgesehen davon, uns wäre auch bei diesem ständigen Auf und Ab allein schon die Suppe unweigerlich in den Schoß geschwappt, weil die Schlingerleisten an den Tischen lediglich die Teller, nicht aber deren Inhalt festhielten.

Der Sturm habe noch zugenommen und sei tatsächlich auf West umgesprungen, erfuhren wir von Mark Shephard, dem Zweiten Offizier. Das sei zwei Frachtern zum Verhängnis geworden. Einer der beiden sei so stark aus dem Ruder gelaufen, daß er mit einem Frachter in der Nebenkolonne kollidiert sei, der gerade versucht habe, wieder in die Formation zurückzufinden. Die Sicht sei durch den Schneesturm so schlecht geworden, daß das Geleit sogar die Positionslichter habe setzen müssen.

Shephard, der noch umgänglicher als Kapitän Rush war, lächelte verschmitzt. »Bei allem Respekt, den wir vor euren *brave boys* haben, bei diesem Wetter ist doch wohl ein U-Bootangriff ausgeschlossen. Or not?«

Er war sich dessen aber gar nicht so sicher, denn er sah uns ein bißchen zweifelnd an. Als wir die Köpfe schüttelten, atmete er erleichtert auf und ging sein Sandwich an.

Mich plagte die Neugier. »Zwei Frachter sind also zusammengestoßen. Sehr schlimm?«

Er schüttelte den Kopf und kaute. »Nur den einen hat's übel

erwischt. Das Heck ... eingedrückt, und Ruder ... und Schraube demoliert. Der treibt jetzt ... manövrierunfähig im Orkan.«

»Der treibt manövrierunfähig im Orkan?« fragte ich ungläubig, weil ich glaubte, ich hätte ihn falsch verstanden. »Und was ist mit der Crew?«

Er winkte beruhigend ab. »Don't panic! Die wird das schon durchstehen. Einer der Zerstörer bleibt bei ihm und nimmt ihn auf den Haken, sobald der Sturm nachläßt.«

Seelenruhig kaute er an seinem Sandwich weiter und wunderte sich nicht einmal über unsere überraschten Mienen. Manövrierunfähig im Orkan und die Mannschaft noch an Bord! Der Pott brauchte doch bloß querzuschlagen, dann kenterte er, und die Crew soff sang- und klanglos mit ab.

»Mein lieber Mann, das ist vielleicht 'n Gemütsmensch!« flüsterte mir Bernd zu. »Selbst wenn der Sturm nachläßt, ist das doch für den Zerstörer alles andere als ein Kinderspiel.«

»Noch dazu, wo die See Tage brauchen wird, ehe sie sich wieder beruhigt.«

In dieser Nacht bedauerte ich es, daß ich, wie ein Passagier unter Deck eingesperrt und zur Untätigkeit verdammt, hilflos dem Orkan und der wütenden See ausgeliefert war. Viel lieber hätte ich den tobenden Elementen von der Brücke aus in die kalten Augen gesehen, und wenn ich die ganze Nacht dort hätte verbringen müssen.

An Schlaf war ohnehin kaum zu denken. Der Orkan hatte in der ersten Nachthälfte noch an Stärke zugenommen und war kurz nach Mitternacht auf Nord umgesprungen. Er traf jetzt schräg von achtern auf das Heck und überschüttete es mit so schweren Brechern, daß die *Empress* jedesmal aus dem Ruder gedrückt wurde. Der Rudergänger mußte ein fabelhaftes Gefühl für das Schiff in seinen Händen haben, daß er in dieser bedrohlichen Situation immer wieder ein Querschlagen zur See gerade noch rechtzeitig auffing und das Schiff auf seinen schlingernden Kurs im Geleit zurückzwang. Dennoch konnte er nicht verhindern, daß aus dem ohnehin schon kaum zu ertragenden Rollen des Schiffes ein wahrer Höllentanz wurde. Was unter Deck nicht seefest verstaut oder absolut niet- und nagelfest befestigt war, ging in Scherben oder wurde kurz und klein geschlagen.

Selbst das Bett war kein Zufluchtsort mehr, um die geradezu abenteuerlichen Bewegungen der Kabine halbwegs erträglich zu machen. Auf *U 769* hatte ich mich noch mit dem Rükken an die Wand und den Knien an dem Schlingergitter der Koje festklemmen können, um während der Freiwache eine Mütze voll Schlaf zu nehmen, wenn das Boot schwere See abritt. Das war hier nicht drin. Mein Bett war keine Koje. Ich lag in einem Fahrstuhl, der völlig unkontrollierbar auf- und im nächsten Augenblick wieder abwärtsfuhr, wobei ich immer damit rechnen mußte, durch eine jähe Schlingerbewegung aus dem Bett geschleudert zu werden, weil es keinen Halt gab.

Gegen drei Uhr früh hatte ich die Nase voll davon. Ich griff mir meine Schwimmweste und kämpfte mich torkelnd gegen das bockende Deck nach achtern zum Lido durch. Was machte es schon, daß das entsetzliche Rollen mich achtern noch stärker zu seinem Spielball machte?

Ich konnte durch die Fenster in Lee wenigstens hinaus auf die nachtdunkle See und die wild tanzenden Positionslichter der anderen Schiffe des Geleits blicken, wenn sie aus den dichten Schneeschauern auftauchten. Gelegentlich ließen die Schauer sogar nach, dann rissen die dahinjagenden Wolken auf und gaben den Himmel frei, von dem die Sterne hell wie geschliffene Eiskristalle zwischen den Wolkenfetzen herabblitzten. Außerdem war ich nicht mehr allein.

Als sich meine Augen an das geringe Licht gewöhnt hatten, entdeckte ich, daß noch andere die gleiche Idee gehabt hatten. Die meisten trugen Schwimmwesten oder hatten sie zumindest mitgebracht. Einer von ihnen war Ocke Ketelsen. Er hatte es sich mit seiner Schwimmweste im Nacken in einer Ecke nahe des gegen den Sturm und die See verbarrikadierten Heckausgangs bequem gemacht, wenn man seine zusammengekauerte Stellung überhaupt so nennen konnte, mit der er sich gegen das irrsinnige Rollen zu behaupten versuchte.

»Hallo, Knut! Schling deine langen Haxen um eines der festgeschraubten Beine der Back und stemm dich mit dem Rücken in die Polster, dann ist es hier halbwegs erträglich. Ich bin sogar ein paarmal eingeduselt, hab' aber einen fürchterlichen Mist geträumt.«

»Und was war das?« fragte ich, während ich seinem Rat folgte. »Wie üblich, was? Südsee, ein Ringelreihen splitternackter Mädchen mit Blumen im Haar und ein herrlich weißer Strand?«

»Schön wär's ja! Nee, grausiger. Ich war zu Hause in Oldsum, und wir hatten Land unter. Das Wasser kam über den Deich und raste über die Marsch heran, alles verschlingend, was sich ihm entgegenstellte. Und Gesche, die vom Bäkker kam, wurde ...«

»Mensch, hör auf, Ocke! Das hier ist doch schon schlimm genug, da mußt du nicht auch noch solchen Kohl ausspinnen!«

»Du hast mich gefragt, mein Lieber! Südsee wäre mir auch lieber gewesen, das kannst du mir glauben. Was meinst du, wann wird der Scheiß endlich aufhören?«

»Noch lange nicht. Der Orkan mag seinen Höhepunkt überschritten haben, denn er ist auf Nord umgesprungen, und wir kommen jetzt in seine Rückfront. Die See braucht noch 'ne ganze Weile, bis sie zur Ruhe kommt. Wenn wir Pech haben, braut sich über Grönland schon der nächste Sturm zusammen. Das ist alles drin.«

»Mann, bloß das nicht! Der Bernd hat am Abend 'was von Eisbergen gefaselt, die vom Sturm aus dem Ostgrönlandstrom nach Süden gedrückt werden könnten. Ist das etwa auch noch drin?«

»Schon möglich. Denk mal an die *Titanic*, die hat's damals auch erwischt.«

»Junge, Junge, du kannst einem aber Hoffnungen machen! Das sind ja herrliche Aussichten!«

Als endlich der Morgen kam, war ich wie gerädert. Ich hatte tatsächlich auch ein paarmal vor mich hingeduselt, dafür tat mir jetzt jeder einzelne Knochen weh, und in sämtlichen Muskeln kribbelte und piekste es.

Gern wäre ich aufgestanden und hätte mich gereckt, damit das Blut wieder in die eingeschlafenen Glieder strömte, doch das war unmöglich. Ich wäre auf meinen wackeligen Beinen sofort in die nächste Ecke geschleudert worden. Noch immer trug die wütende See das Heck steil in die Höhe und ließ es jäh wieder wie im freien Fall in die Tiefe sacken, so daß die Wellenberge zu einer aberwitzigen Höhe aufliefen, um dann mit ihren gewaltigen Wassermassen donnernd auf das Heck niederzubrechen und an den Scheiben des Lido smaragdgrün emporzubranden.

»Fast wie im Aquarium, was?« spottete Ocke. Er dehnte und streckte sich. »Fehlen bloß noch die Fische. Aber die kommen bestimmt auch noch, wie ich den beschissenen Laden hier kenne.«

»Du hast ja 'ne bezaubernde Art am Leibe, diesen herrlichen Morgen zu begrüßen, du olle Unke!« Ich sah zum Fenster hinaus. »Teufel, bei Tageslicht sieht das ja alles noch viel schlimmer aus!«

In Wirklichkeit war es nämlich alles andere als ein herrlicher Morgen, auch wenn nur noch wenige Wolkenfetzen über den kalten, eisblauen Himmel dahinjagten und eine tiefstehende Sonne ihr blasses Licht auf das gegen die anstürmenden Wellenberge kämpfende Geleit warf. Gerade eben raste wieder eine mächtige Wasserwand auf unser Heck zu, stieg furchterregend höher und höher und krachte mit einer solchen Gewalt auf das Achterdeck nieder, daß die *Empress* wie ein Spielzeugschiff aus dem Kurs geworfen und mit einer beängstigenden Schlagseite quer zu Orkan und Seegang gedrückt wurde.

»Mein lieber Mann, das kann aber noch mal verdammt ins Auge gehen, wenn die auf der Brücke nicht aufpassen!« stieß Ocke erschrocken hervor. »Das steht doch kein ...«

Schon warf sich der nächste Brecher auf das krängende Schiff, drückte es noch tiefer in die Schlagseite und rauschte schäumend mit seinen Wassermassen über Decks und Aufbauten hinweg. Die quertreibende *Empress* kam gar nicht mehr dazu, sich aufzurichten, in so kurzen Abständen stürzten die Brecher breitseits auf sie nieder.

Jetzt wurde auch mir mulmig zumute. Was machten die da auf der Brücke? Das hielt doch kein Schiff lange aus! Ein schrecklicher Verdacht keimte in mir auf.

»Mann, Ocke, da muß das Ruder gebrochen sein! Oder können sich die Maschinen aus ihren Fundamenten losgerissen haben? Warum drehen die nicht schleunigst in den Wind? Die Brecher bringen den Pott am Ende noch zum Kentern!«

Wie als Antwort brüllte über unseren Köpfen dröhnend das Nebelhorn los. Der dumpfe Ton drang bis in den letzten Winkel und ließ die Wände, Tische und Stühle erbeben. Das Horn gab in Abständen immer nur ein Signal, während die Brecher auf uns donnernd einhieben. Alarmiert kamen unsere Männer aus den Decks in das Lido gewankt und stülpten sich die Schwimmwesten über. Mit ihnen kamen auch die anderen Offiziere.

»Was ist passiert, Knut?« fragte Otterbein mit verschreckten Augen. »Ist das U-Bootalarm?«

»Nee, die warnen die anderen Schiffe des Geleits. Die sollen uns aus dem Weg gehen, wir sind manövrierunfähig!«

Unter uns begann das Deck zu vibrieren und zu beben. Das kam nicht durch das Nebelhorn.

»Ruhe!« überschrie Ocke das Stimmengewirr. Es verstummte sofort. Er lauschte. »Das sind die Maschinen, die mit äußerster Kraft laufen! Das Ruder muß ausgefallen sein, denn sie backsen! Sie versuchen, das Schiff mit den Schrauben in den Wind zu drehen!«

Die Maschinen der *Empress* waren also intakt, Gott sei Dank! Sie war zum Glück ein Zwei-Schrauben-Schiff und konnte backsen, das heißt die Schrauben gegeneinander laufen lassen, um sich aus ihrer bedrohlichen Querlage zu befreien und mit dem Bug in den Wind zu drehen. Auch das bot gerade im Orkan und bei diesem tobenden Seegang noch genügend Schwierigkeiten, aber es konnte dank der starken Maschinen gelingen.

Und tatsächlich! Von mächtigen Brechern immer wieder zurückgestoßen, brachte sie den Bug doch letztendlich in den Wind. Mit lautem Hurrageschrei brach sich die innere Anspannung Luft. Zwar wurde jetzt aus dem fürchterlichen Rollen ein nicht minder gewaltiges Stampfen, aber was war das schon gegen das wundervolle Gefühl, zunächst noch einmal dem nassen Tod entgangen zu sein. Gänzlich gebannt war die Gefahr nicht. Mit zwei Schrauben ließ sich ein Schiff im Orkan nur sehr schwer manövrieren, da konnte noch immer etwas schiefgehen.

Wieder war es Mark Shephard, der uns informierte. Längst war die *Empress* im Laufe des Vormittags auf ihren Platz in der Geleitformation zurückgekehrt, und das verriet uns, daß sie den Ruderschaden schneller als erwartet in den Griff bekommen haben mußten. Trotzdem quälte uns die Neugier.

»Oh, it was nothin'!« untertrieb er wieder einmal mit einer wegwerfenden Handbewegung. »Die Ruderanlage, Gentlemen. Die Kette war gebrochen und von den Zahnrädern gesprungen, das war alles. Es ließ sich leicht reparieren. Sie sehen ja, die gute alte *Empress* ist trotz ihrer Jahre ein zuverlässiges Schiff, dem kein Sturm etwas anhaben kann.«

»Na, na«, brummte Hannes in seinen Bart. »Vor Tisch sah er das aber ganz anders.«

Das stimmte. Aber warum sollten wir ihm widersprechen? Er war ein lieber, netter Kerl, der gar nicht genug über Deutschland und die Deutschen hören konnte.

Anfangs hatte er sich gern mit Willi Leuschner unterhalten, der ihm natürlich ein stark verfärbtes Deutschlandbild vermittelt hatte. Doch dann war er mißtrauisch geworden, denn auf den Kopf gefallen war er ganz und gar nicht. Es stimmte eben vieles nicht mit dem überein, was er in unseren Gesprächen aufschnappte. Wenn er dabeisaß, sprachen wir nämlich englisch, und zwar nicht nur höflichkeitshalber. Wir frischten damit zugleich unsere Englischkenntnisse auf, die sich bei einigen von uns allein auf das Schulenglisch beschränkten, und das lag schon eine lange Zeit zurück.

Fortan vergewisserte sich Mark Shephard immer bei anderen, ob er denn Willis Informationen auch richtig verstanden habe.

»I am told ...«, begannen seine Sätze meist oder: »Willi told me ...« Dann wußten wir, was die Glocke geschlagen hatte.

Mich überraschte sein Wissensdurst immer wieder und machte mich neugierig. Meinen indirekten Fragen wich er jedoch jedesmal mit irgendwelchen Floskeln aus, bis ich ihn einmal voll auf dem falschen Fuß erwischte. Aber auch da wand er sich zunächst wie ein Aal.

Er sei Brite, habe aber in Kanada eine deutschstämmige Frau geheiratet, deren Großeltern irgendwann nach Kanada ausgewandert seien. Ihr Großvater und sein Schwiegervater schwärmten noch immer von Deutschland, so daß er sich vieles im jetzigen deutsch-englischen Verhältnis nicht erklären könne. Es gebe in Kanada auch jetzt noch viele deutsche Volksgruppen, die ein reges Vereinsleben miteinander verbinde. Seine Frau spreche allerdings nicht mehr oder nur sehr wenig deutsch.

Sie lebe selbstverständlich in Kanada, worüber er heilfroh sei. Augenzwinkernd setzte er mit einem Lächeln hinzu, man wisse ja bei den verdammten Deutschen nie, was denen noch alles einfalle, um die Briten in die Knie zu zwingen.

»Nach Kanada werdet ihr doch hoffentlich nicht kommen, oder?«

Ich lachte hell auf und deutete auf Ocke und mich. »You see, we are coming now!«

Dieses Gespräch wurde für mich zu einem Aufhänger, ihn über seine Familie und das Leben in Kanada auszufragen, und er gab bereitwillig darüber Auskunft. Er ahnte ja gar nicht, wie wichtig seine Informationen für mich waren; denn ich hatte mir den Gedanken an eine Flucht aus der Gefangenschaft noch immer nicht aus dem Kopf geschlagen. Ocke auch nicht.

Wenn sich überhaupt eine Gelegenheit zur Flucht bot, dann wollten wir gemeinsam fliehen. Wir sprachen beide ein gutes Umgangsenglisch, dessen jeweiligen Akzent selbst Shephard nicht einzuordnen vermochte. Schulenglisch sei das nicht und typisch deutsch schon gar nicht. Den Akzent habe er von der Familie seiner Frau her genau im Ohr, versicherte er uns wiederholt. Das war ungemein beruhigend, denn mit Schulenglisch und einem deutschen Akzent fielen wir auf der Flucht sofort auf.

Die lag natürlich in weiter Ferne, wir kannten ja noch nicht einmal das Umfeld unserer weiteren Gefangenschaft. Doch eine Begründung für den jeweiligen Akzent hatten wir schon parat. Ocke ging allein schon mit seinem Namen glatt als Däne durch und so auch mit seinem friesischen Akzent. Mit meinem Akzent, den ich irischen Idioms verdankte, mochte ich als irischer Einwanderer durchkommen, wäre da nicht mein Name Knut Vögele. So hieß kein Ire, also mußte ein typisch irischer Name her. Ocke fand John O'Connor ganz passend für mich und zog mich damit auf. Ohne die entsprechenden Papiere nutzte mir das schönste Pseudonym nichts, und da lag der Hase leider im Pfeffer.

Zu denen konnte uns Shephard nicht verhelfen. Auch über die kanadischen Gefangenenlager wußte er wenig und ebensowenig, für welches Lager wir bestimmt waren. Ich bekam aber doch heraus, daß erst vor kurzem ein ganz neues Lager gar nicht weit entfernt von Halifax, unserem Zielhafen, entstanden sei.

Diese Information ließ mein Herz sofort höher schlagen. Saint John war nur einen Katzensprung von Halifax entfernt, wie ich aus der Karte entnommen hatte, die als Überbleibsel aus einer friedlicheren Zeit noch immer den Gang vor der Panorama-Lounge zierte. Steckte man uns in dieses Lager, konnte es gar nicht so schwierig sein, mit Karen Verbindung aufzunehmen. Ich mußte mir nur ihre genaue Adresse aus Deutschland schicken lassen, denn die war in meinem Notizbüchlein mit *U 769* untergegangen.

In den folgenden Tagen besserte sich das Wetter. Der Orkan verlor sich in der Weite des Ozeans, und mit jedem Tag flaute der eisige Wind ebenso ab wie der Seegang. Es wurde auch wieder wärmer.

Endlich konnte das Geleit die Geschwindigkeit erhöhen, um die durch den Orkan eingebüßte Zeit wettzumachen. Besonders der *Empress* brannte die Zeit auf den Nägeln. Sie wurde in Halifax erwartet, um ein kanadisches Truppenkontingent nach Europa zu bringen.

»Alles für die Invasion, Gentlemen!« behauptete Shephard. »Dann ist der Krieg ganz schnell zu Ende, und ihr könnt zu euren Familien nach Hause.«

Von einer bevorstehenden Invasion und den gewaltigen militärischen und wirtschaftlichen Vorbereitungen dafür sprachen auch die anderen Offiziere. Wir staunten wieder einmal, wie freimütig sie uns gegenüber ausplauderten, was eigentlich der absoluten Geheimhaltung unterliegen sollte. Für sie alle stand eben der Sieg der Alliierten ohne jeden Zweifel fest.

»Na, da freut euch man nicht zu früh!« widersprach ihnen Willi Leuschner jedesmal verbiestert. »Unsere Truppen werden euch einen warmen Empfang bereiten. Und dann gibt's da ja auch noch unsere U-Boote, die werden euch die Transporte über See ganz schön versalzen.«

Damit traf er nicht nur bei Shephard einen wunden Punkt. Die U-Bootgefahr hatte mit der Wetterbesserung erneut zugenommen. Angeblich trieben sich ein paar deutsche U-Boote vor der Mündung des St. Lorenzstroms herum, wo sich die Geleitzüge nach Europa sammelten.

Das war das Haar in der Suppe, dem das Geleit die Sicherung durch kanadische Flugzeuge verdankte. Zur allgemeinen Beruhigung trug das allerdings nicht bei, im Gegenteil. Was für uns fast wie eine Urlaubsreise ablief, weil wir faul herumgammeln konnten, bereitete der Geleitsicherung zunehmend Sorgen, je näher wir Neufundland und diesem Seegebiet kamen.

Die Flieger fingen an, Gespenster zu sehen. Sie lösten wiederholt U-Bootalarm aus und jagten U-Boote, wo es offensichtlich gar keine gab. Sie machten damit nicht nur die Männer auf den Zerstörern, Fregatten und Korvetten nervös. Auch uns saß die Angst verständlicherweise im Nacken, von den eigenen Leuten torpediert zu werden, und diese Angst vergällte mir die Freude über einen Fund, den ich zufällig gemacht hatte.

Es gab da nämlich einen Abstellraum, in dem neben allen möglichen herrenlosen Kleidungsstücken auch die Reste einer Bibliothek ihr Dasein fristeten. Eine Reihe alter Bücher, die vornehmlich aus der Zeit stammten, als die *Boston Star* noch nicht *Empress of Freedom* hieß, zerlesen und inzwischen verstaubt, aber doch ganz interessant.

Aus einem dieser Bücher fiel zu meiner Überraschung beim Blättern das Seefahrtsbuch eines britischen Bootsmanns heraus. Zerknittert zwar und schmierig, jedoch gerade deshalb so wertvoll, daß ich vor Freude darüber am liebsten bis an die Decke gesprungen wäre.

Was für ein Glücksfall! Ich hielt ein Dokument in den Händen, mit dem ich mich auf der Flucht als britischer Seemann ausweisen konnte. Aber genügten das Seefahrtsbuch und die herrenlose Marineoffiziersmütze, die ich ebenfalls mitgehen ließ, allein schon, um jeden Verdacht auszuschließen? Waren da am Ende doch noch zusätzliche Dokumente erforderlich? Ein Paß oder eine Kennkarte möglicherweise?

Das mußte ich unbedingt herausbringen, und ich wußte auch schon, bei wem.

Es war nicht einmal schwierig, Shephard darüber auszuhorchen. Ich klagte im Gespräch einfach über die Fußangeln der deutschen Bürokratie, die für alles und jedes ein entsprechendes Dokument fordere. Für Seeleute sei das extrem schwierig.

Da genüge das Seefahrtsbuch allein nicht mehr. Das sei doch bei ihnen bestimmt genauso.

»Oh no!« wehrte er ab. »Aus Furcht vor Spionen muß zwar jeder jetzt eine ID-Card haben, aber das ist auch schon alles.«

»ID-Card? Was ist das denn?«

Er griff in die Brusttasche seiner Jacke und holte seine Brieftasche daraus hervor. »Hier, das ist eine ID-Card.«

»Ach so, eine Kennkarte. Mehr nicht? Und die Seeleute? Brauchen die das auch, wenn sie anheuern? Oder müssen die einen Paß beibringen?«

Er sah mich einen Augenblick irritiert an, als zweifle er an meinem Verstand. Dann lachte er laut auf.

»Was für eine Frage von einem U-Bootfahrer! Bei uns sind sie froh über jeden, der anheuert, auch wenn er nur 'ne Geburtsurkunde vorlegt und nicht mit dem Kopf unter dem Arm ankommt! Seeleute sind rar! Wer will denn schon von euren verdammten U-Booten torpediert werden, hee? Hast du dir mal unsere Mannschaft angesehen? Die reinste Arche Noah! Money rules the world!«

»Is it true?« stellte ich mich dämlich, obwohl ich innerlich jubilierte.

»I swear it!« Er hob die Hand wie zum Schwur. »Warum fragst du? Willst du etwa bei uns anheuern?«

»Bin ich verrückt? Hast du die verdammten deutschen U-Boote vergessen?«

Er schlug mir lachend auf die Schulter. »Natürlich nicht! Ich bin froh, wenn es uns nicht erwischt und ich morgen in Halifax wieder festen Boden unter den Füßen habe!«

Am nächsten Tag trieb uns die Neugier schon früh auf das Deck. Wir wollten möglichst viel von Halifax mitbekommen, wenn der Rest unseres Geleits dort einlief und festmachte. Ein Teil der Schiffe hatte sich nämlich schon in der

Nacht von uns getrennt, um den St. Lorenzstrom aufwärts zu laufen.

Es war ein herrlicher Spätherbsttag, verhältnismäßig warm, fast windstill und mit einer fantastischen Sicht auf den von bewaldeten Hügeln umgebenen Sund, in den die *Empress* hineindampfte. Vorbei an ein paar nackten Klippen, auf denen Kormorane mit ausgebreiteten Flügeln hockten und ihr Gefieder in der blassen Sonne trockneten, und einer kleinen bewaldeten Insel mit einem weißen Leuchtturm und einem winzigen Holzhaus daneben.

Mit jeder Schraubenumdrehung, die wir dem Hafen näher kamen, der mit seinen Häusern, Kirchtürmen, Speichern und einer gewaltigen, alles überragenden Festung die Bucht säumte, erfaßte mich für einen Augenblick eine ganz eigenartige Stimmung. In mir wuchs plötzlich das irrationale Gefühl, Karen ganz nahe zu sein. Als warte sie dort in der Menschenmenge auf dem Kai auf mich, an dem dicht an dicht Frachter und Transporter lagen und beladen wurden.

Doch diese Stimmung verflog ganz schnell wieder. Dort wartete niemand auf uns, weder auf mich noch auf sonst jemand von uns. Die Ansammlung galt einzig und allein den kanadischen Soldaten, die sich mit ihrem Gepäck an den Gangways stauten, um an Bord der Transporter zu gehen. Über mich selbst den Kopf schüttelnd, wandte ich mich ab.

Die *Empress* drehte. Schlepper kamen ihr zu Hilfe, nahmen sie auf den Haken und zogen und drückten sie in die Lücke zwischen den anderen Schiffen am Kai, in der sie festmachen sollte.

»Sieht wie das Empfangskomitee für uns aus.« Ocke deutete auf die vier Militärlaster, an denen ein paar kanadische Soldaten lehnten und rauchten. Er grinste. »Wir sind im Wert gesunken, Knut. Diesmal kein Sahib und keine gepolsterten Busse, bloß ein paar spartanische Laster mit Holzbänken.«

»Vielleicht haben wir's diesmal nicht so weit!« sagte ich hoffnungsvoll. »Wenn wir Glück haben ...«

Über uns brüllten die Lautsprecher los und forderten uns auf, mit unserem Gepäck auf dem Panoramadeck zum Zählappell anzutreten. Die Aufforderung wurde dreimal wiederholt. Dabei hatten schon die Worte *»All prisoners of war«* beim ersten Mal genügt, um die allgemeine Aufmerksamkeit ringsum auf uns zu lenken.

»Achtung! Jetzt wird die Sau durch's Dorf getrieben!« spottete Ocke lauthals. »Leute mit abstehenden Ohren vorher links raustreten zum Deckfegen!«

Unser lautes Gelächter irritierte nicht nur den Quartermaster der *Empress*, der mit seiner Liste an der Relingspforte stand, wo die Gangway ausgebracht werden sollte. Es ließ auch vermutlich die Kanadier auf dem Kai rätseln, was diese komischen Deutschen denn an der Kriegsgefangenschaft so wahnsinnig lustig fanden.

Der Abschied von der *Empress* war kurz und schmerzlos. Kapitän Rush und seine Offiziere hatten alle Hände voll zu tun, denn in einem der Speicher am Kai nahm die kanadische Truppe schon ihr Gepäck auf, um an Bord der *Empress* zu gehen. Da blieb gerade noch Zeit für ein eilig zugewinktes »Farewell«.

Der Quartermaster übergab einem der kanadischen Soldaten die Liste mit unseren Namen, nachdem er unsere Vollzähligkeit festgestellt hatte, und dann marschierten wir die Gangway hinunter zu den Lastern.

»So, nun hört mir mal gut zu, Freunde!« wandte sich der Soldat mit der Namensliste in einem absolut akzentfreien Deutsch an uns und grinste über unsere überraschten Gesichter. »Versucht jetzt bloß nicht, noch irgendwie die Helden zu spielen! Der Krieg ist für euch vorbei! Wir sind zwar nur ein paar Männeken, aber bei uns hier in Kanada sitzt das Schießeisen noch immer verdammt locker. Also keine Mätzchen, Freunde!«

Er klopfte dabei auf seine Pistolentasche, in der eine respektgebietende Zimmerflak steckte. »Hab' ich mich klar genug ausgedrückt? Gut! Dann verteilt euch auf die Trucks, und ab geht die Post!«

»Hast du das erwartet, Knut?« flüsterte mir Ocke zu, während wir mit den anderen auf einen der Laster kletterten. »Ein Kanadier, der deutsch wie ein Deutscher spricht!«

»Na und? Warum soll er nicht? Hast du vergessen, was Shephard erzählt hat? Ein Landsmann, eingewandert vor dem Krieg und Kanadier geworden. Erwarte bloß nicht, daß der uns deshalb mit Samthandschuhen anfassen wird. Der meint, was er sagt, Ocke!«

Zwei der Kanadier kletterten zu uns auf die Plattform und knallten wortlos die Klappe hoch. Ein Wink zum Rückspiegel des Fahrers – mit einem Ruck setzte sich der Wagen in Bewegung und folgte den anderen Lastern aus dem Hafengelände in die Stadt.

Es war eine hübsche saubere Stadt mit einem pulsierenden Leben, das immer mehr abnahm, je weiter wir uns vom Hafen entfernten. Die hohen Wohnhäuser wichen mehr und mehr farbigen Einfamilienhäusern, bei denen Holz der Hauptbaustoff zu sein schien. Rasenflächen und schmucke Gärten säumten die Straße.

Wegweiser verrieten, daß wir uns auf der Road 103 auf dem Weg nach Graves und Chester befanden, doch irgendwann bogen die Wagen von der Hauptstraße ab. Zuerst ging es noch über Asphalt durch dichten Wald und an herrlich einsamen Seen vorbei, aber bald verlor sich der im festgefahrenen Schotter.

»Diesmal sind es kanadische Trampelpfade, Knut!« rief mir

Hannes durch den Fahrlärm lachend zu. »Besser als die keltischen sind die aber auch nicht.«

»Und genauso verflucht einsam!« setzte Ocke trocken hinzu. »Möchte wetten, daß dieses Lager auch wieder beim Deibel auf der Rinne liegt.«

Und so war es tatsächlich. Das Lager lag auf einer riesigen Freifläche. Es war nicht mehr als eine Ansammlung von erschreckend schmucklosen Armeebaracken aus Holz und Wellblech, in mehreren Reihen einfach so in die herrliche waldige und seenreiche Landschaft geklotzt und umsäumt von einem hohen Stacheldrahtzaun mit Wachtürmen, der in seiner abstoßenden Scheußlichkeit dem in Moilett's Grove in nichts nachstand.

Die Schotterstraße führte durch ein bewachtes Eisentor mitten in diesen Komplex hinein und endete auf einer Art Appellplatz, auf dem die Trucks hielten. Soldaten aller Waffengattungen der deutschen Wehrmacht kamen aus den Baracken, um unsere Ankunft zu beobachten.

»Ein Sammellager diesmal«, stellte Bernd fest und sprang vom Truck. »Und auch keine Trennung nach Dienstgraden, wie es scheint.«

»Na warte man ab!« Hannes sah sich skeptisch um. »Das sollte mich sehr wundern.«

Wäre es ein Wettangebot gewesen, er hätte es gewonnen, wie sich bald herausstellte. Zunächst einmal mußten wir vor dem einzigen steinernen Flachbau fein säuberlich getrennt Aufstellung nehmen, die Offiziere vorn, dahinter die Deckoffiziere, dann die Maate und zum Schluß die Mannschaften der jeweiligen Boote. Nachdem er die Formation anhand seiner Liste kontrolliert hatte, verschwand der Deutschkanadier in dem Flachbau. Die Wachmannschaft verließ mit den Trucks den Platz.

»Scheint so 'was wie die Kommandantur zu sein«, vermutete Ocke. »Jetzt macht er seinem Obermufti Meldung. Hätte er uns denn sonst wie zur Parade antreten lassen?«

»Vielleicht sollten wir den kanadischen Lagerkommandanten mit einem fröhlichen Lied auf den Lippen empfangen?« schlug Bernd spöttisch vor. »›Es zittern die morschen Knochen‹ vielleicht? Das Lied macht bestimmt enormen Eindruck.«

»Warum nicht gleich das Englandlied? Was meinst du, wie begeistert die ...«

Ocke blieb das Wort im Halse stecken. Aus dem Flachbau trat kein kanadischer Offizier, sondern ein deutscher Oberst in untadeliger Uniform und mit blitzenden Orden auf der herausgereckten Brust. Im gebührenden Abstand folgten ihm zwei weitere deutsche Offiziere im gleichen geschniegelten und gebügelten Aufzug, ein Korvettenkapitän und ein Major. Dagegen nahmen wir uns mit unserem Bartgestrüpp und in dem Räuberzivil aus der britischen Kleiderkammer wie verlauste Landstreicher aus.

Irgendwo zwischen den Baracken schrie eine Stimme: »Achtung! Zur Meldung an das vollgefressene Arschloch ... die Augen ... zu!«

Brüllendes Gelächter brandete über den Platz. Die drei Offiziere erstarrten. Der Oberst lief vor Wut rot an und rang um Haltung. Hinter ihnen tauchte aufgescheucht ein Oberfeldwebel der Luftwaffe auf, offenbar ein Spieß; denn zwischen dem zweiten und vierten Knopf seiner Uniformjacke steckte das typische dicke Notizbuch.

Unwillkürlich mußte auch ich lächeln. Vollgefressen war dieser Infanterieoberst tatsächlich, aber das allein erklärte den Zwischenruf und die Reaktion darauf noch nicht. Es waren wohl vielmehr die Kriegsverdienstkreuze Erster und Zweiter Klasse und die fehlenden Kampfabzeichen auf seiner Brust, die ihn zu einem Etappenkrieger machten. Daß er daneben noch einen pompösen, aber gänzlich unbekannten Orden trug, half dem nicht ab und noch viel weniger das goldene Sportabzeichen des DSB. Für Etappenkrieger dieser Sorte hatten in diesem Kreis die wenigsten etwas übrig, ich auch nicht.

»Das fängt ja gut an! Beliebt scheint der jedenfalls nicht zu sein.« Ocke steckte die Hände demonstrativ in die Taschen seiner britischen Seemannshose. »Ein Etappenschwein, das hat mir gerade noch in meiner Raupensammlung gefehlt!«

Der Oberst quittierte sein unmilitärisches Verhalten mit einem mißbilligenden Blick und wartete, bis das Hohngelächter verklungen war.

»Kameraden der Kriegsmarine! Es fällt mir verständlicherweise schwer, Sie im Namen der deutschen Lagerleitung hier im Camp Dalhousie Rock willkommen zu heißen. Ich bin Oberst Fabian, der deutsche Lagerkommandant, Korvettenkapitän Schlegel ist mein Vertreter und Major Kluge mein Adjutant. Oberfeldwebel Pagels wird Sie jetzt in Ihre Quartiere einweisen und Sie mit der Lagerordnung vertraut machen. Die haben Sie einzuhalten! Wir sind und bleiben auch in der Gefangenschaft Soldaten des Führers, daher herrschen hier militärische Zucht und Ordnung! Wenn Sie Fragen haben, steht Ihnen die Schreibstube an allen Tagen während der Dienststunden offen.« Er warf sich noch mehr in die Brust, knallte die Hacken zusammen und legte die Hand salutierend an den Mützenschirm. »Wir grüßen unseren Führer, unsere tapfer kämpfenden Kameraden und die ferne Heimat mit einem dreifachen Sieg ... heil!«

Sah man einmal von den Offizieren und dem Spieß ab, dann war das Echo jämmerlich. Im Lagerrund stimmten noch einige in seine Sieg-heil-Rufe ein, aber von uns fühlte sich überhaupt niemand angesprochen. Das blieb ihm natürlich nicht verborgen.

Hinzu kam unser schlampiges Aussehen und unser laxes, für U-Bootfahrer typisches militärisches Auftreten, das ihm ohnehin schon in die Nase stach. Jedenfalls konnte man das mühelos von seiner Miene ablesen, als er auf uns zugestelzt kam, um uns Offiziere zu begrüßen.

Er blieb vor Hannes stehen, den seine Captain-Mütze ja deutlich von uns abhob. »Kapitänleutnant Hinterstecker, wenn ich nicht irre, ja?«

»Sie irren nicht, Herr Oberst. Ich bin es leibhaftig.« Der amüsierte, fast respektlose Unterton war nicht zu überhören.

Fabian reichte ihm reserviert die Hand. »Ihnen und Ihren Offizieren eilt ja eine ungewohnt freundliche Publicity in der Feindpresse voraus. Wir sind hier ein bißchen ... sagen wir mal ... irritiert darüber.«

»So, sind Sie das?« In Hannes' Stimme kam eine unüberhörbare Schärfe. »Und was irritiert Sie daran, wenn ich fragen darf?«

»Nun, angesichts des Führerbefehls ...« Er stockte und biß sich auf die Lippen, als er unsere Mienen sah. »Aber lassen wir das jetzt. Hier ist sicher nicht der richtige Ort, darüber zu diskutieren, Herr Hinterstecker.«

»Na, das ist ja ein herzallerliebster Empfang!« sagte laut eine Stimme aus der Reihe der Deckoffiziere hinter uns. »Müssen wir uns das von so einem Heimatkrieger gefallen lassen?«

Das empörte Gemurmel stärkte Hannes noch mehr den Rücken und signalisierte Oberst Fabian zugleich, daß er in aller Öffentlichkeit in eine handfeste Auseinandersetzung mit der gesamten Besatzung unseres Bootes hineinzuschlittern drohte.

»Nicht nur hier, Herr Oberst! Ich wüßte nicht, was es überhaupt zu diskutieren gebe! Oder müssen wir Ihre Worte als Kritik an unserem Verhalten vor dem Gegner auffassen?«

An einer Zuspitzung der Situation war Fabian angesichts der Zuhörer gar nicht gelegen, deshalb trat er mit säuerlicher Miene schleunigst den Rückzug an. »Natürlich nicht, Herr Hinterstecker! Das steht mir ja auch gar nicht zu.«

Hannes nickte. »Eben! Dann darf ich Ihnen wohl jetzt meine Offiziere und Deckoffiziere vorstellen.«

Er entledigte sich dieser Aufgabe mit so herausfordernder Lässigkeit, daß sie einer Kriegserklärung gleichkam. Fabian und seine Satrapen schluckten die Respektlosigkeit schweigend. Nur Korvettenkapitän Schlegel fühlte sich wohl verpflichtet, die aggressive Stimmung zu entschärfen.

Er blieb vor mir stehen und musterte meine Offiziersmütze aus der Abstellkammer. »Ich sehe, man hat Sie gezwungen, unsere Hoheitsabzeichen von der Mütze zu entfernen, Leutnant Vögele.«

»Wie bitte, Herr Kapitän? Ich verstehe nicht recht, was ... Ach so, das meinen Sie! Nein, mich hat niemand gezwungen. Das Emblem habe ich selbst entfernt.«

»Was haben Sie?« Ihm verschlug es die Sprache.

Ich grinste ihm in das entgeisterte Gesicht. »Was sollte ich denn sonst machen? Als deutscher Offizier mit der britischen Krone an der Mütze umherlaufen? Ich hab' sie selbstverständlich abgetrennt.«

»Ah so, verstehe! Eine britische Mütze ... aha!« rang er sich ab. »Verständlich, Herr Vögele, vollkommen verständlich! Ja dann ...«

Er beeilte sich, Fabian zu folgen, der sich Kapitänleutnant Buttgereit und seiner Besatzung zuwandte und uns dem Spieß überließ. Der war wiederum durch unser Verhalten vorgewarnt.

Er behandelte uns mit dem größten Respekt. Er brauchte ja auch kein Hellseher zu sein, um zu erkennen, daß uns allen die anmaßende Begrüßung durch diesen aufgeblasenen

Etappenhengst schwer im Magen lag. Da lief jeder aus diesem Verein Gefahr, bei uns unter die Räder zu kommen, der sich uns gegenüber auch nur die geringste Unbotmäßigkeit leistete. Der Spieß hatte es darum verständlicherweise sehr eilig.

Auf die Lagerordnung wies er lediglich hin. Die hing ja ohnehin unübersehbar in jeder Baracke aus. Aber dann kam es, wie es Hannes vorausgesehen hatte. Es gab auch hier wieder getrennte Unterkünfte für Mannschaften, Unteroffiziere, Deckoffiziere und Offiziere, die sich nicht wesentlich von denen in Moilett's Grove unterschieden. Diesmal mußten sich allerdings immer zwei Offiziere einen Raum teilen, was wir sogar als angenehm empfanden. So zog Hannes mit Buttgereit, David mit Bernd und Ocke mit mir zusammen.

Willi Leuschner blieb nichts anderes übrig, als mit einem der Seeoffiziere zusammenzuziehen, die die Offiziersbaracke bereits seit einiger Zeit bewohnten. Das paßte ihm jedoch gar nicht, denn die beiden Leutnants und der Oberleutnant gaben sich uns gegenüber auffallend reserviert.

»So, und was nun?« fragte Ocke, als wir uns eingerichtet hatten. »Sehen wir uns mal um, was hier so anliegt?«

»Guter Gedanke. Aber laß doch erst mal sehen, was die hier für 'ne Lagerordnung ausgebrütet haben.«

»Hab' schon einen Blick drauf geworfen. Ich sage dir, du lachst dich tot. Preußens Gloria in Reinkultur! Wecken im Winter um sieben Uhr, dann Morgenappell und Frühsport mit leerem Magen. Frühstück um acht, Mittagessen um zwölf, Zählappell um achtzehn und Abendessen um neunzehn Uhr. Zapfenstreich – man beachte das Wort – um zweiundzwanzig Uhr. Dazwischen siehe Dienstplan an der Schreibstube.«

»Dienstplan? Willst du mich veräppeln?«

»Es kommt noch schlimmer, mein Lieber! Vorgesetzte sind einmal am Tag zu grüßen! In der Gefangenschaft! Kannst du dir solchen Unfug vorstellen? Die müssen doch hier 'was am Kopf haben! Fehlt bloß noch die Losung für den Tag!«

Ich mußte lachen. »Das paßt zu diesem Etappenhengst! Zucht und Ordnung! Glaubst du, daß einer von unseren Leuten diesen Quatsch mitmacht?«

»Du vielleicht? Hast du nicht gehört, was der Signalmaat Knorr, dieses alte Ferkel, dem Fabian lauthals hinterhergerufen hat? Deshalb hat doch die Bande so laut gelacht.«

Hatte ich nicht, aber bei seinem losen Mundwerk konnte ich mir gut vorstellen, daß er wieder eine seiner berühmt-berüchtigten Sauigeleien losgelassen hatte. Ich konnte mich ja noch immer gut an seine Schilderung aus dem Puff in Brest erinnern.

Ocke hatte keineswegs übertrieben oder mir mit der Lagerordnung gar einen Bären aufgebunden. Der sogenannte Dienstplan verdiente diesen Namen jedoch nur zum Teil. Er regelte zwar unter anderem die Reinigungszeiten und -dienste, war aber eigentlich mehr ein Veranstaltungskalender. Ein spezielles Detail nahm sich allerdings im Hinblick auf unsere Situation recht sonderbar aus. Da gab es einen »Arbeitskreis aktuelle Politik«, der Vorträge mit Aussprache über die ›Weltlage nach den Siegen der Japaner im pazifischen Raum‹ und die ›Neuordnung Europas unter deutscher Führung‹ anbot. Interessierte Gäste seien jederzeit herzlich willkommen. Die Teilnahme sei selbstverständlich freiwillig und werde lediglich als ›Ausdruck der Selbstbehauptung gegen die Feindpropaganda‹ gewertet.

»Was für ein Blödsinn!« stieß Ocke fassungslos hervor. »Und so etwas dulden die Kanadier?«

Ich war genauso überrascht, sah diese Angelegenheit jedoch

etwas anders. »Mensch, Ocke, das ist doch alles Schnee von gestern! Inzwischen von den Ereignissen längst überholt! Da geht doch keiner mehr hin!«

»Du wirst dich wundern, Knut.« widersprach David, der mit Hannes und Bernd zu uns stieß. »Die Dummen sterben nicht aus! Ein geschulter Redner genügt, und schon schreien sie alle wieder: Führer befiehl, wir folgen dir!«

»Das sagst ausgerechnet du? Hast du nicht selbst ...«

»Eben drum! Aber deshalb habe ich mir noch lange nicht das Denken abgewöhnt. Die Teilnahme ist freiwillig, aber es wird gewertet.« Er lachte höhnisch auf. »Gewertet! Wer wertet denn da und für was, haa? Das ist eine versteckte Drohung mit der Knute! Wehe dir, wenn du nicht kommst!«

Hannes winkte ab. »Jetzt siehst du aber Gespenster, David! Wir sind doch nicht in Deutschland! Wer kann denn hier schon wem drohen und womit?«

»Wer? Geh hin, und du wirst überrascht sein!«

»Ich bin doch noch zu retten, David! Wenn es sie glücklich macht, laß sie doch ihren politischen Mist verzapfen! Mich interessieren jetzt ganz andere Dinge.«

»Mich auch!« sagte Bernd. »Wollten wir nicht das Lager unter die Lupe nehmen?«

»Mein lieber Mann, dieses Camp ist ja viel größer, als es den ersten Anschein hatte, und es ist längst nicht voll belegt.« Bernd sah die Barackenreihe entlang. »Auch diese Reihe steht noch leer. Die rechnen offensichtlich mit vielen Kriegsgefangenen.«

»Hat doch Shephard gesagt. Alles für die geplante Landung in Frankreich.« Ich blieb vor einer Doppelbaracke stehen, die als Kirche diente, wie aus dem Anschlag an der Tür hervorging. »Katholischer und protestantischer Gottesdienst im Wechsel, das gab es in Moilett's Grove nicht.«

»Mann, 'nen Gottesdienst auf englisch, das versteht doch keine Sau«, winkte Ocke ab. »Oder haben wir deutsche Militärpfarrer im Lager?«

»Denkste!« David tippte auf eine Zeile des Anschlags. »Lies das mal hier. Wenn du beichten willst, sollst du das in der Schreibstube anmelden. Der katholische Pfarrer kommt dann aus New Germany. New Germany, da staunste, wa?«

»Du nimmst mich auf den Arm, was?« sagte Ocke mißtrauisch und trat näher. »Nein, da steht tatsächlich New Germany! Das ist ja 'n Ding!«

Eine deutsche Siedlung hier in der Nähe, das war eine echte Überraschung. Vermutlich stammte sogar der Deutschkanadier daher, der unseren Transport in Halifax übernommen und hierher gebracht hatte.

Uns brachte das aber gar nichts. Sah man einmal von dem Pfarrer ab, dann würden sich diese ehemaligen Deutschen sicher hüten, mit uns Kontakt zu suchen. Wer sägte sich denn schon gern den Ast ab, auf dem er saß? Im Falle einer geglückten Flucht aus diesem Lager kämen die doch sofort wegen eventueller Beihilfe in Verdacht.

Und Flucht? Die konnten wir uns nach diesem Rundgang wohl aus dem Kopf schlagen. Die war hier noch unwahrscheinlicher als aus Moilett's Grove. Wir hätten fliegen müssen, um den stark abgesicherten Zaun mit seinen Wachtürmen zu überwinden, denn ein Fluchttunnel schied aus. Das Lager stand auf einer ganz dünnen Humusschicht, darunter kam gewachsener Fels, der an vielen Stellen hervorgrinste. Wenn überhaupt, dann mußten wir uns schon eine ganz neue Fluchtvariante einfallen lassen.

Kontakt mit den Wachmannschaften, um unsere Zigarettenrationen zu verkaufen, gab es auch nicht. Deren Behausungen standen außerhalb des Zauns, und dort spielte sich auch ihr Wachdienst ab.

Ocke war der einzige von uns, der sich dadurch nicht entmutigen ließ. »Wartet doch mal ab, Freunde! Die ersten Pflaumen sind bekanntlich immer madig. Kommt Zeit, kommt Rat!«

Die Bekanntschaft mit dem kanadischen Lagerkommendanten verlief gänzlich anders als die Begrüßung durch Oberst Fabian. Lieutenant-Colonel Pomeroy war ein sympathischer Mann mit dem typischen britischen Offiziersbärtchen und alles andere als ein Heimatkrieger, wie uns die breite Ordensschnalle auf seiner Uniform verriet. Außerdem fehlte ihm der rechte Arm.

Er habe nichts gegen die Deutschen, versicherte er uns mit einem jovialen Lächeln, als er uns die linke Hand reichte. Aber daß sie ihm den rechten Arm vor El Alamein abgeschossen hätten, das nehme er ihnen doch übel. Das sei sehr lästig, denn er sei ausgeprägter Rechtshänder, und in seinem Alter gewöhne man sich nur sehr schwer an diese neue Situation.

»Ihr Ruf ist Ihnen vorausgeeilt, Captain-Lieutenant.« Er bot uns mit einer Handbewegung Platz an. »Die Zeitungen haben auch bei uns über Sie und Ihre Offiziere berichtet. Ich habe gehört, daß Oberst Fabian darüber gar nicht so glücklich sei. Warum eigentlich?«

Einen Augenblick schwieg Hannes verblüfft; das bedeutete ja, daß Pomeroy genau informiert war, was sich im Lager zutrug.

»Er hat es mir leider nicht gesagt, Sir«, wich er aus. »Unsere Auffassungen über den Seekrieg gehen vermutlich auseinander. Er ist ja auch kein Seemann.«

»Das verstehe ich nicht. Sie haben doch im Einvernehmen mit Ihrer Regierung gehandelt, wie die deutsche Presse und der Rundfunk lobend hervorgehoben haben.« Und mit einem

Lächeln fügte er hinzu: »Allerdings nicht ohne einen deftigen Seitenhieb gegen die britische Propaganda.«

Also doch! Ich stieß David unter dem Tisch an, denn der hatte es ja Hannes vorausgesagt.

»Sie sehen mich überrascht, Sir. Das ist auch für mich neu.« Hannes lächelte zurück. »Seit wir in der Gefangenschaft sind, leben wir, was die Nachrichten anbelangt, praktisch auf dem Mond.«

Pomeroy nickte. »Ich weiß. Oberst Fabian sagte mir, die meisten deutschen Soldaten sprächen nicht englisch, könnten also mit unseren Zeitungen nichts anfangen, und das gelte auch für unsere Sender.«

»Aber es gibt doch die deutschsprachigen Sendungen der BBC«, warf David ein. »Übernimmt man die hier in Kanada nicht?«

»Doch, schon, aber ...« Pomeroy zögerte. »Oberst Fabian sagte mir, die dürften Sie nicht hören, das sei Ihnen strengstens verboten.«

»So ein Idiot!« rutschte es mir auf deutsch heraus. »Das kann doch hier in Kanada keiner kontrollieren!«

Major Gordon, der Adjutant Pomeroys, der ein leidliches Deutsch sprach, übersetzte meinen Ausruf blitzschnell, weil ihn sein Chef fragend ansah.

Der setzte ein wissendes Lächeln auf. »Ich glaube, er ist nicht nur ein Mann von Prinzipien, er will es auch nicht. Für ihn ist das Feindpropaganda.«

Wir schwiegen dazu. Was hätten wir auch sagen sollen? Es stimmte ja.

»Es gäbe eine Lösung, Sir«, wandte sich David an Pomeroy.

»Und die wäre?«

»Eine deutschsprachige Lagerzeitung. Die würde gelesen werden, wenn sie ein Deutscher machte. Ich bin Journalist.

Ob ich hier nun die Zeit totschlage oder eine Zeitung mache – da schon lieber 'ne Zeitung.«

»Hmmm!« Pomeroy strich sich nachdenklich über das Kinn. »Und was brauchen Sie dafür?«

»Zugang zu deutschen und britischen Nachrichtenquellen, damit ich deutsche und britische Berichte zur gleichen Sache gegenüberstellen kann.« David grinste. »Da können sich die Leser aussuchen, wem sie mehr Glauben schenken. Und dann selbstverständlich Papier, Druckerschwärze und eine Druckerpresse.«

»Aussuchen, das hört sich gut an. Und da ist kein Trick bei? Keine Nazi-Propaganda, wie sie dieser ›Arbeitskreis aktuelle Politik‹ im Lager betreibt?« mischte sich Major Gordon mißtrauisch in das Gespräch ein. »Und was verstehen Sie unter deutschen Nachrichtenquellen?«

»Genügt Ihnen mein Wort als Offizier? Kein Trick, keine Nazi-Propaganda und als deutsche Nachrichtenquelle die Sendungen des Deutschlandsenders über Kurz- oder Langwelle. Kommt darauf an, was wir hier besser empfangen können.«

»Ihr Wort genügt uns«, sagte Pomeroy. »Ich werde das mit Major Gordon durchsprechen und Ihren Vorschlag auf Durchführbarkeit überprüfen. Ich denke, es ist ein guter Vorschlag.«

»Sie wissen über alles genau Bescheid, was im Camp passiert«, stellte Hannes fest, als uns der Posten zurück durchs Lagertor brachte. »Und sie dulden trotzdem diesen obskuren Arbeitskreis aktuelle Politik. Erstaunlich, erstaunlich.«

»Du brauchst dir doch bloß diese albernen Themen anzusehen, dann weißt du auch, warum«, sagte ich. »Die sind so siegessicher, daß sie sich das leisten können.«

»Und woran glaubst du?« fragte mich Bernd. »Siegen wir?«

»Wenn du mir sagst, was dafür spricht, sage ich dir, was ich glaube.«

»Also auch nicht. Kein Wunder, wenn uns dieses aufgeblasene Etappenschwein Fabian für einen Haufen Defätisten hält. Hannes läßt einen Zerstörer ungeschoren, weil der gerade unsere Feinde auffischt. Wir retten einen britischen Seemann vor dem Ersaufen, den man mit uns unter Deck vergessen hat, und David macht jetzt 'ne Zeitung, die Denkprozesse auslösen soll. Ein Glück, daß wir in Kanada sind! In Deutschland wären wir reif für das Strafbataillon. Ich schäme mich für uns alle.«

Wir brachen in ein so lautes Gelächter aus, daß die Posten auf den Wachtürmen zusammenzuckten.

»Na, na, wir vier brauchen doch unser Haupt nicht mit Asche zu bestreuen. Uns haben doch Presse und Rundfunk gelobt. Aber David wird man aufknüpfen, wenn wir gesiegt haben, weil er Feindpropaganda verbreitet und damit den glorreichen Endsieg gefährdet hat«, prophezeite Hannes. »Und dann auch noch der jiddische Name Otterbein! Armer David!«

Die Frotzelei wirkte wie Sekt. Wir konnten uns vor Lachen gar nicht mehr einkriegen. Der kanadische Posten vermochte sich unsere Heiterkeit natürlich nicht zu erklären, denn er verstand kein Wort. Sicher vermutete er, wir lachten über irgendwelche schweinischen Witze. Kopfschüttelnd kehrte er um und ging zur Torwache zurück.

David wischte sich die Tränen aus den Augen und setzte noch einen drauf. »Lacht man, ihr trüben Tassen! Habt ihr nicht mal gesagt, wir wollen zusammen türmen? Wohin denn, wenn ich fragen darf? Nach Deutschland, wo man mich aufknüpfen und euch ins Strafbataillon stecken wird, weil ihr meine Zeitung gelesen und Feindsender gehört habt? Da bleib' ich doch lieber hier oder gehe als Trapper in die kanadischen Wälder. Wer kommt mit?«

»Ich werde es mir überlegen«, schmunzelte Hannes. »Jetzt nehmen wir uns erst mal unsere Leute vor. Fabian soll sich wundern, wie wir seine Lagerordnung auslegen.«

Am nächsten Morgen platzte Major Gordon mit einem Stapel kanadischer Zeitungen unter dem Arm mitten in den Morgenappell hinein, den Major Kluge, Fabians Adjutant, gerade abnahm. Völlig überrascht riß der die Augen auf, weil sich der Kanadier überhaupt nicht um ihn scherte, sondern David den Zeitungspacken mit einer Empfehlung Pomeroys überreichte und den Platz sofort wieder verließ.

So kurz dieses Intermezzo auch sein mochte, es war für uns ein sehr aufschlußreiches Signal. Es machte deutlich, welch geringer Wertschätzung sich diese deutsche Lagerleitung bei den Kanadiern erfreute. Prompt verlor Kluge jegliches Interesse. Er überließ dem Spieß diese morgendliche Farce und eilte mit hochrotem Kopf vom Platz.

»Achtung! Zum Frühsport ... rechts und links um!« kommandierte der Spieß am Ende der Abzählerei. »Im Laufschritt ... marsch ... marsch!«

Gehorsam machten die Besatzungen der beiden Boote rechts um. Statt loszulaufen, löste sich der Haufen jedoch auf und schlenderte betont lässig in die Baracken zurück. Pagels Gesicht war sehenswert. Entgeistert starrte er unseren Männern hinterher, während der übrige Verein an ihm vorbeitrabte.

»Bin gespannt, was er jetzt macht«, feixte Bernd. »Brüllt er los, oder hält er das Maul?«

»Er hält das Maul, weil er sieht, daß wir nichts dagegen unternehmen«, gab Buttgereit grinsend zurück. »Er wird es schlucken und sich bei Fabian beschweren. Aber dieser Blödmann wird das Maul aufreißen, darauf könnt ihr Gift nehmen.«

»Soll mir ein innerer Vorbeimarsch sein«, Hannes rieb sich in Vorfreude schon die Hände. »Ich hab' mit diesem aufgeblasenen Sack sowieso noch ein Hühnchen zu rupfen. Das klärt dann gleich die Fronten.«

Oberst Fabian wollte tatsächlich das Maul aufreißen, allerdings nicht sofort, sondern erst nach dem Mittagessen, und er ging es auch ganz vorsichtig an.

Er befahl die Offiziere der beiden Boote nicht zu sich; er schickte Kluge, und der bat uns zu einer Besprechung in die Kommandantur.

»Ich weiß zwar nicht, was es zu besprechen gibt«, maulte Wolf Buttgereit, »aber wenn es der Herr Lagerkommandant wünscht, verzichten wir selbstverständlich auf unseren Mittagsschlaf und stehen ihm zur Verfügung.«

Es war der unverhüllte Hohn, und so faßte es Kluge auch auf. Er verzog das Gesicht, als habe er auf eine saure Zitrone gebissen. Wortlos stelzte er vor uns her.

Oberst Fabian begrüßte uns mit solch falscher Freundlichkeit und bot uns so überhöflich Plätze an, daß wir ihm am liebsten laut ins Gesicht gelacht hätten.

»Ich kann Ihnen leider nur einen Tee anbieten«, säuselte er und winkte eine Ordonnanz mit der Teekanne herbei. »Ich finde, beim Tee bespricht sich alles leichter.«

»Und was wäre zu besprechen?« fragte Hannes in einem rüden Ton.

»Es gibt da ... äh ... wohl ein paar Mißverständnisse auszuräumen, Herr Hinterstecker.« Fabian wartete, bis die Ordonnanz den Raum verlassen hatte. »Oberfeldwebel Pagels hat mir berichtet, daß die Besatzungen der beiden U-Boote nicht am Frühsport teilgenommen haben, obwohl die Lagerordnung das ausdrück ...«

»Wir wissen, was die Lagerordnung vorsieht, Herr Oberst!«

fuhr ihm Wolf grob dazwischen. »Dürfen wir wissen, wer diese Lagerordnung aufgestellt hat und was dieser Unsinn mit dem Frühsport soll?«

»Unsinn?« fuhr Korvettenkapitän Schlegel hoch. »Sie vergreifen sich im Ton, Kapitänleutnant Buttgereit!«

»Also ist das auf Ihrem Mist gewachsen, Herr Kapitän!« stellte Wolf unbeeindruckt fest. »Und ich frage mich, was Sie sich dabei gedacht haben! Sie haben Männer von Frontbooten vor sich und keine Etappenschweine oder Rekruten! Männer, die sich vor dem Feind mehrfach ausgezeichnet und ihre Boote in einem ehrenhaften Kampf mit dem Gegner verloren haben! Sie verdienen mithin Ihren Respekt, den aber vermisse ich in Ihrer Lagerordnung, Herr Kapitän!«

»Und da wir gerade bei der Beseitigung von Mißverständnissen sind, Herr Oberst!« schlug Hannes in die gleiche Kerbe, ehe sich die überrumpelte Lagerleitung von ihrer Überraschung erholen konnte. »Sie sagten gestern vor versammelter Mannschaft, unsere ungewohnt freundliche Publicity in der Feindpresse habe Sie irritiert. Abgesehen davon, daß wir sie nicht als freundlich, sondern eher als erstaunlich fair ansehen – was stört Sie eigentlich daran?«

Alle Achtung, dachte ich anerkennend, die beiden ziehen das aber geschickt auf. Erst der Holzhammer von der einen und dann die dicke Keule von der anderen Seite. Und das wirkt!

Fabian und Schlegel saßen wie versteinert und wußten nicht, wie sie diesem unverfrorenen Angriff begegnen sollten. So hatten subalterne Offiziere offensichtlich noch nie mit ihnen gesprochen. Major Kluge drückte dieses Problem jedoch nicht.

»Aber, meine Herren, vergessen Sie doch bitte nicht, daß wir uns hier in Feindesland befinden. Da gilt es, dem Feind Einigkeit zu demonstrieren und gemeinsam an einem Strick zu ziehen.«

»Reden Sie doch nicht solchen Stuß, Herr Kluge!« ging ihm Hannes an die Kehle. »Feindesland! Bisher sind wir von unseren Feinden fairer als von Ihnen hier behandelt worden! Vielleicht können Sie mir verraten, was Sie so irritiert hat?«

»Nun ja, es nimmt sich schon ein bißchen seltsam aus, wenn ausgerechnet der Gegner Ihnen Lorbeerkränze umhängt. Sie wissen, daß wir von unseren Gegnern gezwungen worden sind, einen totalen Krieg zu führen. Sie aber verstoßen aus ... äh ... unangebrachter Humanitätsduselei gegen den ausdrücklichen Führerbefehl, den Gegner zu vernichten, wo immer wir ihm begegnen, Herr Hinterstecker. Das hat uns irritiert und irritiert uns noch!«

Du lieber Himmel, jetzt goß dieser Idiot doch tatsächlich noch mehr Öl ins Feuer und lieferte Hannes sogar noch die Munition frei Haus!

»Unangebrachte Humanitätsduselei nennen Sie das und üben damit Kritik an den Worten unseres geliebten Führers und Oberbefehlshabers? Ja, wissen Sie denn nicht, daß uns unser vorbildliches Verhalten sein allerhöchstes Lob eingebracht hat und die deutsche Presse und der Rundfunk voll davon gewesen sind? Da machen Sie sich man schleunigst sachkundig, bevor Sie von unangebrachter Humanitätsduselei schwatzen, sonst läßt Sie der Führer nach dem Endsieg seinen Unmut spüren. Denn wir werden ihm berichten, Herr Major Kluge!«

Das saß. Nicht nur dem Kluge fuhr der Schreck so in die Hose, daß niemand an den reichlich verwegenen Worten Hintersteckers überhaupt zu zweifeln wagte, obwohl der Kaleu ziemlich dick auftrug. Ocke stieß mich mit dem Fuß an und grinste schadenfroh in sich hinein.

»Ja ... aber ... wie sollten wir das denn erfahren, Herr Hinterstecker?« fand Fabian seine Sprache wieder. »Wir ... uns ... die deutschen Nachrichten ...«

»Und von wem weiß ich das, Herr Oberst?« nutzte Hannes die Gunst der Stunde. »Mister Pomeroy hat mich gestern abend vor Zeugen wissen lassen, daß meine Offiziere und ich in der deutschen Presse und im Rundfunk besonders lobend erwähnt worden seien, weil wir im Einverständnis mit der Reichsregierung gehandelt hätten. Und Sie wagen es, meinen Offizieren und mir, einem Ritterkreuzträger, anzuhängen, der Gegner habe uns Lorbeerkränze umgehängt, was Sie irritiere?« Das war der Todesstoß. Hannes stand auf und wandte sich an uns. »Ich nehme an, ich habe alles gesagt, was dazu zu sagen war, meine Herren. Gehen wir!«

»Noch nicht alles, Hannes«, widersprach Wolf und stand ebenfalls auf. »Da ist noch das Grüßen von Vorgesetzten. Wir haben im Fronteinsatz an Bord auf engstem Raum zusammengefercht gelebt, und zwar ohne dieses Grüßen von Vorgesetzten. Die Disziplin hat darunter nicht gelitten. Was soll dieser Unfug jetzt hier in der Gefangenschaft? Nehmen Sie zur Kenntnis, daß wir diesen Punkt der Lagerordnung mehr als albern finden. Unsere Leute werden sich darum nicht daran halten.«

Ich gebe zu, es war ein harter Kanten, aber ein verdienter. Wir standen auf und verließen die sogenannte Kommandantur, ohne daß einer dagegen Einspruch erhob.

»So, die Kuh hätten wir vom Eis!« triumphierte Wolf Buttgereit auf dem Weg zu den Baracken. »Bin gespannt, wie es weitergeht.«

Hannes lachte. »Freunde haben wir uns damit jedenfalls nicht gemacht.«

»Was können uns denn diese Hampelmänner schon?« meinte Bernd. »Die Kanadier haben doch das Heft allein in der Hand.«

»Steine in den Weg legen können sie uns«, unkte Ocke,

»wenn wir ein besonderes Anliegen haben. Und irgendwann haben wir so ein Anliegen, bei dem wir ihre Unterstützung brauchen.«

»Und was für eins könnte das sein?«

»Was weiß ich denn, Bernd! Wir sind doch man gerade erst einen Tag hier.«

Ja, dachte ich, erst einen Tag hier, und schon haben wir uns Feinde gemacht, deren tatsächlichen Einfluß auf die Kanadier wir vielleicht unterschätzen.

»Abwarten und Tee trinken, dann regelt sich das meiste von allein«, sagte Bernd optimistisch. »Was sagst du denn dazu, Willi?«

Willi Leuschner zuckte nur mit den Schultern und sagte gar nichts. Irgendwie lag der seit dem Vortag sowieso auf einer anderen Welle. Den komischen ›Arbeitskreis aktuelle Politik‹ sah er völlig anders als wir, obwohl er nichts sagte. Das brauchte er auch nicht, man sah es auch so seinem Gesicht an. Er war und blieb eben vernagelt.

Der Zusammenstoß mit Fabian und seiner Kamarilla geriet bei uns alsbald in Vergessenheit. Ockes Sorge, die von uns so respektlos behandelte Lagerleitung werde uns Steine in den Weg legen, erwies sich zumindest für die folgende Zeit als unbegründet. Wenn überhaupt, dann brütete sie Rache und wartete auf einen günstigen Augenblick.

Sie sorgte allerdings dafür, daß unsere lasche, unmilitärische Einstellung zur Lagerordnung, wie sie es nannte, unter den gefangenen Offizieren wie ein Lauffeuer die Runde machte. Und das zeigte uns, daß Fabian und seine Leute unter ihnen eine unerwartet große Anhängerschaft besaßen. Die konnte gegen uns zwar nichts unternehmen, sie ließ uns aber ihre Mißbilligung bei jeder sich bietenden Gelegenheit sehr deutlich spüren. Uns ließ das jedoch völlig kalt.

»Wer solchen militärischen Kacks jetzt noch in der Gefangenschaft braucht, um sein Ego zu streicheln, strotzt doch nur von Minderwertigkeitsgefühlen!« brachte es Ocke auf den richtigen Nenner. »Von mir aus, soll'n sie doch. Jedem Tierchen sein Pläsierchen! Ich hab' andere Sorgen.«

Die hatten wir alle, seit der *Halifax Herald*, der *Montreal Star* und das *Ottawa Journal* zu unserer täglichen Lektüre geworden waren. Zeitungen, die David jeden Morgen von Major Gordon erhielt und die Fabians Anhängerschaft als üble Hetzblätter ablehnte, bloß weil deren Nachrichteninhalt von den Kriegsschauplätzen nicht mit ihrem militärpolitischen Wunschdenken übereinstimmte.

»Idioten, denen man das Gehirn amputiert hat!« schimpfte David über diese Engstirnigkeit. »Auch wenn man einen Teil davon als kriegsbedingte Propaganda abzieht, steht es noch immer schlimm genug um Deutschland.«

»Die brauchen doch nur die Augen aufzumachen«, setzte ich hinzu und deutete nach draußen, wo gerade ein neuer Schub Gefangener von den Trucks sprang.

Tatsächlich verging jetzt kein Tag, an dem nicht neue Kriegsgefangene eintrafen. Die meisten kamen aus Lagern in Großbritannien. Dort räumte man die Camps, um vermutlich Platz für andere zu schaffen. Das paßte zu den mehr oder weniger deutlichen Hinweisen in den kanadischen Zeitungen auf eine bevorstehende Invasion. Nur hirnverbrannte Fanatiker, wie Willi Leuschner, verschlossen davor Augen und Ohren.

»Wartet ab!« sagte David mit grimmiger Miene. »Wenn Major Gordon endlich eine Schreibmaschine und den anderen Kram für meine Lagerzeitung aufgetrieben hat, dann werd' ich diesen hirnrissigen Knallköppen mal die Lichtlein aufstecken!«

»Und du glaubst, daß du die damit ändern kannst?« Ocke schüttelte zweifelnd den Kopf.

»Wir werden sehen. Zumindest ist es den Versuch wert, mein Lieber!«

Inzwischen hatte der kanadische Winter das Camp fest in seinen Griff genommen, und zwar nicht wie bei uns daheim etappenweise und zuerst mit grippeträchtigem Schmuddelwetter, dem zaghaft ein bißchen Kälte mit Schnee folgte, bis sich dann eine richtige Frostwetterlage einstellte. Hier schlug er sofort kräftig zu.

Er brach mit einem Schneesturm aus Nordwest über uns herein, der die Temperaturen trotz der verhältnismäßig nahen See – Nova Scotia war ja eine große Halbinsel – unerwartet tief in den Keller rutschen ließ. Er überschüttete uns tagelang mit solchen Schneemassen, daß Dalhousie Rock buchstäblich darin versank.

Keine Rede mehr von Frühsport und Zählappell vor der Kommandantur. Wer durch den Dienstplan zum Schneeräumen in den Lagergassen verdonnert wurde, brachte es möglichst schnell hinter sich und flüchtete in die wunderbar warmen Baracken; denn auf solch einen Wintereinbruch waren wir kleidungsmäßig gar nicht eingerichtet.

Damit kam auch jede freiwillige Aktivität im Freien zum Erliegen. Um die nervtötende Untätigkeit zu überbrücken, zu der wir hier verurteilt waren, schossen Arbeitskreise wie Pilze aus der Erde und fanden sofort regen Zuspruch. Die meisten Anregungen dazu gingen von den Zugängen aus England aus. Sie brachten darin nicht nur eine längere Erfahrung mit, sondern unter anderem auch eine vollständige Theatertruppe.

»Mann, dieser Conrad Schwartzer hat vielleicht 'was drauf!« begeistere sich David. »Ich hab' da mal zugesehen und mich mit ihm unter ...«

»Wo hast du zugesehen?« bremste ihn Bernd. »Und wer ist Conrad Schwartzer?«

Über so viel Unkenntnis konnte David nur seine Künstlermähne schütteln. »Das ist wieder mal typisch! Zu den Mathematik- und naturwissenschaftlichen Kursen rennst du, daß die Hacken fliegen. Aber ansonsten – keine Ahnung! Bei der Theaterprobe habe ich zugesehen, und Conrad Schwartzer ist der Leiter der Theatertruppe, du Kunstbanause! Ballettmeister und Choreograph am Danziger Staatstheater, zu dem auch die Freilichtbühne in Zoppot gehört, falls dir das was sagt.«

Bernd feixte, denn die beiden flachsten sich immer so an. »Und was soll das einem Kunstbanausen wie mir sagen, du Vater der flinken Feder?«

»Daß der 'ne ganze Menge mehr als du vom Theater versteht!« David grinste. »Schade, ein Ballett kriegt er ja hier wohl nicht zusammen. Dazu fehlen ihm die Huppdohlen. Der Teufel mag wissen, wo die die weiblichen Wehrmachtsangehörigen unterbringen. So ein Schwung Wehrmachtshelferinnen täte uns doch allen gut und nicht nur dem Ballett – oder?«

»Vielleicht solltest du das einfach 'mal Oberst Pomeroy vorschlagen?« hakte Hannes schmunzelnd ein. »Nachdem er dich so großzügig mit deinem Handwerkszeug zur Volksverdummung ausgestattet hat, hat er vielleicht auch dafür ein offenes Ohr.«

Seit dem Vortag besaß David nämlich nicht nur zwei schon recht betagte Schreibmaschinen, einen Vervielfältiger und einen eigenen Arbeitsraum, sondern bekam auch zu bestimmten Zeiten Zugang zu Gordons Radio, um damit die kanadischen und deutschen Nachrichten abzuhören. Das alles machte zwar noch keine Zeitung, aber es war immerhin ein Anfang.

»Volksverdummung? Warte man ab, was daraus wird, wenn Gordon erst 'ne Druckpresse aufgetrieben hat. Dann wird aus meinem *Dalhousie-Kurier* noch eine richtige Zeitung! Jetzt ist es ja nur ein Käseblättchen. Ihr könnt mir übrigens dabei helfen, anstatt hier faul herumzulungern.«

Damit heuerte er Ocke und mich an, weil wir beide mit einer Schreibmaschine halbwegs umzugehen wußten. Er lieferte uns die Artikel, und wir schrieben sie auf die Matrizen für sein Käseblättchen ab. Ich machte das ganz gerne, denn es lenkte mich von meinen quälenden Gedanken ab. Bei der Postausgabe hoffte ich nämlich jedesmal, endlich Antwort auf meine Briefe zu bekommen und mit ihr Karens Adresse. Eine vergebliche Hoffnung, denn von anderen Gefangenen wußte ich, daß der Postweg nach Europa zeitaufwendig war. Mit mehr als vier Wochen mußte ich rechnen, und ich hoffte trotzdem.

Gordon maß diesem Nachrichtenblättchen, das lediglich aus ein oder zwei hektographierten Seiten bestehen konnte, doch eine gewisse Bedeutung bei. Jedenfalls hatte er sich eine Kontrolle vorbehalten. Der Kontrolleur war Sergeant-Major Jenssen. Ihm hatte David zunächst jede Ausgabe zur Begutachtung vorzulegen, ehe sie verteilt werden durfte. David war alles recht, Hauptsache er durfte schreiben.

Sergeant-Major Jenssen war jener kanadische Soldat, der uns bei unserer Ankunft mit seinen Deutschkenntnissen überrascht hatte. Ein unkomplizierter Mensch, der kein Blatt vor den Mund nahm, als er sich bei uns einführte.

»Ich kenne zwar euren Ruf als Soldaten, aber weiß ich denn, ob nicht in jedem von euch ein verkappter Nazi steckt? Ein Nazi-Klüngel reicht uns hier, der braucht nicht auch noch ’n *Völkischen Beobachter* auf kanadischem Papier. Nichts wandert über den Tresen, was ich nicht kontrolliert habe, klar?«

»Ein Nazi-Klüngel?« fragte Ocke dümmlich, obwohl auch er wußte, wen der meinte. »Gibt es hier so etwas, Sergeant-Major?«

Jenssen fixierte ihn eine Weile schweigend, dann blies er verächtlich die Backen auf. »Wollt ihr mich verarschen? Ihr wißt doch längst ganz genau, daß dieser ›Arbeitskreis aktuelle Politik‹ nichts weiter als eine Versammlung knallharter Nazis ist, die noch immer an euren Endsieg glauben. Den Sergeant-Major könnt ihr euch übrigens sparen. Ich heiße Jens mit Vornamen, auf den hat man mich jedenfalls im Schleswiger Dom getauft.«

»Jens Jenssen aus Schleswig«, wiederholte Ocke überrascht. »Ich heiße Ocke Ketelsen, auf den Namen bin ich in Sankt Laurenti in Süderende auf Föhr getauft worden. Und das hier ist Knut Vögele.«

»Ich weiß, wer ihr seid, und kenne auch euren Dienstrang. Aber der ist euch ja wohl nicht mehr so wichtig.« Er grinste. »Jedenfalls habt ihr das Oberst Fabian deutlich genug zu verstehen gegeben, nicht wahr?«

Als wir nickten, fügte er hinzu: »Dann sollten wir auch darauf verzichten und bei den Vornamen bleiben, ja?«

David verstand sein Handwerk. Darum wurde schon die erste Ausgabe zu einem vollen Erfolg. Jedenfalls brachte ihm seine kommentarlose Gegenüberstellung der deutschen und kanadischen Nachrichten von den verschiedensten Seiten uneingeschränktes Lob ein. Dabei war gerade diese Art der Berichterstattung alles andere als einfach.

Der deutsche Wehrmachtsbericht hinkte den alliierten Berichten immer um einige Tage hinterher oder unterschlug manche Ereignisse einfach gänzlich, wenn er sie nicht mit den üblichen Phrasen, wie Frontbegradigung, schwere Abwehrkämpfe, hohe Verluste des angreifenden Gegners und ähnlichem zu beschönigen versuchte. Jetzt zahlte es sich aus, daß David auf die schon einige Tage alten Zeitungen zurückgreifen konnte, wenn die deutschen Nachrichten endlich Ereignisse einräumten, über die sie tagelang geschwiegen hatten.

David war ein fairer Journalist, dem es nicht auf Propaganda für die eine oder andere Seite ankam. Darum nannte er in solchen Fällen nicht nur die kanadischen Zeitungen als Quelle, sondern auch deren Erscheinungsdatum. Das brachte ihm weitere Anerkennungen ein. Kritik an seiner Berichterstattung gab es selbstverständlich auch. Gewisse Leute murrten darüber, daß er die deutsche Seite nicht positiver in den Vordergrund rückte.

Das hielt ihn jedoch nicht davon ab, seinen Stil beizubehalten, im Gegenteil. Er lief zu ungeahnter Höchstform auf und machte aus dem Käseblättchen schon nach wenigen Ausgaben ein aktuelles Nachrichtenblatt, das uns unsere Mitgefangenen buchstäblich aus den Händen rissen. Zugleich nahm die Seitenzahl zu, denn er berichtete auch über alles, was im Lager geschah und von allgemeinem Interesse war.

Wie alle Leute, die von ihrer Aufgabe besessen sind, nahm er überhaupt nicht wahr, daß Ocke und mir die Arbeit schon nach einer Woche über den Kopf zu wachsen begann. Die Matrizen hatten nur eine begrenzte Lebensdauer, dann gaben sie in der Vervielfältigungsmaschine den Geist auf. Sie mußten also mehrfach geschrieben werden. Das fraß unsere freie Zeit vollkommen auf, auch wenn Bernd inzwischen zu uns gestoßen war und die Dinger durch die Maschine nuddelte.

»David, du alter Sklaventreiber, hör auf oder wir streiken!« protestierte Ocke, stand auf und streckte den zusammengekrümmten Körper. »Immer neue Ideen und immer mehr Matrizen! Das steht doch keine Sau auf die Dauer durch, Mensch!«

»Ja ... aber ...«, stotterte David entgeistert. »Ich dachte, es macht auch euch Spaß?«

»Spaß schon, aber ein bißchen Freizeit muß für uns doch auch bleiben! Ich träume ja nachts schon nicht mehr von nackten Weibern, sondern nur noch von der blöden Herumhackerei auf dieser verdammten Maschine!«

»Was wir bei deiner Arbeitswut brauchen, ist noch eine dritte Schreibmaschine und einen weiteren Helfer, David«, fügte ich hinzu und stand ebenfalls auf. »Sonst mußt du deine Ideenflut drosseln, klar?«

»Muß er nicht«, sagte Jens Jenssen und zog die Tür hinter sich zu. »Major Gordon hat in Halifax eine ausrangierte Druckpresse aufgetrieben, die aber noch voll funktionsfähig ist. Draußen steht der Truck mit dem Ding. Wo soll es hin?«

Die Überraschung war so vollkommen, daß es uns zunächst die Sprache verschlug. David fand sie am schnellsten wieder.

»Ehrlich?« fragte er ungläubig. »Hier rein, selbstverständlich!«

Von diesem Augenblick an wurde alles anders. Es war eine kleine, aber intakte Maschine. Aus dem umfangreichen Zubehör ersahen wir, daß sie bisher in einer kleinen privaten Druckkerei gestanden haben mußte, die auf Formulare, Traueranzeigen und Glückwunschkarten spezialisiert war. Darauf deuteten auch die Spezialpapiere und besonderen Kartonbögen hin, die Gordon mit dem normalen Papier übernommen hatte.

In meinem Kopf begann es bei diesem Anblick zu rattern. Spezialpapier und verschiedene Bögen für Formulare – was für eine Möglichkeit! Genau das brauchten wir, wenn ...

Ockes Flüstern riß mich aus meinem jubilierenden Gedankenflug. »Denkst du auch, was ich denke?«

David nahm weder das Flüstern wahr noch ahnte er, was in unseren Köpfen vorging. Wie sollte er auch? Wir waren für ihn in diesem Augenblick überhaupt nicht vorhanden, denn er weilte im siebenten Himmel. Er sah nur die Maschine vor sich und damit die Möglichkeit, endlich so etwas wie eine richtige Zeitung drucken zu können.

Ocke sah mich fragend an. Ich nickte und räusperte mich. »Hmmm ... David! Zeit, wieder auf die Erde zurückzukommen! Kannst du denn so'n Ding überhaupt bedienen?«

»Was ... wie ...?« wachte er aus seinen Träumen auf. »Wieso bedienen? Natürlich nicht! Dafür bekommen wir einen Setzer und einen Drucker, hat mir Gordon versprochen. Jenssen ist schon unterwegs, um sie zu holen.«

Ehe wir weitere Fragen stellen konnten, trat Jenssen ein, gefolgt von zwei Feldwebeln und einem Unteroffizier. Er deutete auf die Maschine. »Können Sie damit umgehen?«

Zwei der Männer traten an die Maschine und inspizierten sie gründlich. Der dritte interessierte sich nur für das Zubehör und da wiederum für allerlei Werkzeug und besonders für einen Satz blanker Metallplatten unterschiedlicher Größe.

»Nicht schlecht! Kann man ätzen oder stechen«, meinte er zufrieden. »Auf jeden Fall kann ich damit 'ne hübsche Zeitungskopfmater herstellen oder was sonst gebraucht wird.«

Jenssen nickte befriedigt. »Das ist ein Wort. Und Sie?« Er sah die beiden anderen an.

»Klein, aber oho! Wir machen gern mit«, antwortete der eine, nachdem er sich mit dem anderen durch einen Blick verständigt hatte. »Wann soll's losgehen?«

Jenssen deutete auf David. »Das ist der Chef, den müssen Sie fragen.«

»Am besten, wir setzen uns zusammen und besprechen alles, dann kann es losgehen.«

Besprechen? Ocke stieß mich an und schüttelte kaum merklich den Kopf. Auch ich war daran gar nicht interessiert. Die Druckmaschine hatte die Situation für unsere Pläne so erfreulich verändert, daß ich im Augenblick gar keinen anderen Gedanken fassen konnte. Wenn schon eine Besprechung, dann nur mit Ocke. Deshalb wollte ich raus. Ihm ging es offensichtlich ebenso.

»Brauchst du uns dabei?« fragte ich mit unüberhörbarem Desinteresse. »Oder können wir jetzt mal 'ne Pause machen, um frische Luft zu schnappen?«

Den wahren Grund konnte ich ihm ja wegen Jenssen und der anderen Männer nicht nennen.

»Reicht eine halbe Stunde?« schreckte David hoch.

»Aber ja, vollkommen!«

»Ihr laßt mich doch jetzt nicht etwa im Stich, Knut?«

»Wie kommst du denn darauf? Warum sollten wir?« Damit waren wir draußen.

»Wohin?« fragte Ocke. »Tatsächlich raus in die Saukälte?«

»Die bringt uns in der halben Stunde nicht um. Mäntel holen, und dann raus!«

Es war ein herrlich klarer Winterabend. Wie riesige Diamanten funkelten die Sterne vom kanadischen Himmel. Der Wind war fast eingeschlafen. Trotzdem war es saukalt, und die Temperaturen würden bei diesem klaren Himmel in der Nacht noch tiefer absacken. Hart knirschte der Schnee unter unseren Sohlen, während wir unseren Rundgang entlang des Zaunes antraten.

Keine Menschenseele begegnete uns dort. Nur von den hölzernen Wachtürmen dröhnte laut das Stampfen der Füße, mit dem die Posten vergeblich gegen die Kälte ankämpften.

»Ein Abend, wie ich ihn liebe. Erinnert mich an die Vorweihnachtszeit auf Föhr«, sagte Ocke versonnen und schnupperte. »Komisch, fast spüre ich den Duft nach Bratäpfeln und Weihnachtsgebäck, der um diese Zeit ständig um die Reetdachhäuser in Oldsum weht.«

Tief atmete auch ich die saubere Frostluft ein. »Ich mußte jetzt einfach raus, sonst wäre ich vor Freude geplatzt. Formulare kann man mit dem Ding drucken, Ocke! Formulare oder Ausweise – wo ist da ein Unterschied?«

»Ich sehe keinen. Mal sehen, was das für Vögel sind, die der Jenssen da angeschleppt hat. Wenn wir Glück haben, dann helfen die uns. Wenn nicht – allzu schwer kann's auch nicht sein, ein paar Ausweise zu drucken, wenn wir ihnen ihre Tricks abgucken. Nur eine Vorlage brauchten wir dafür, damit sie echt aussehen.«

Ich holte das gefundene Seemannsbuch aus meiner Brusttasche. »Eine haben wir ja schon, das Seefahrtsbuch von diesem Bootsmann John Benson, born in Belfast. Ein Nordire, das kommt mir sehr entgegen und klingt besser als Vögele. Das Ding ist leicht nachzumachen. Müssen wir für dich nur noch einen dänischen Namen finden.«

»Das ist nicht schwer, ich bin ja fast ein Däne. Föhr gehörte nämlich einige Zeit zu Dänemark. Das Denkmal zwischen Wyk und Nieblum, der abgebrochene Friedrich, wie wir es wegen der abgeschlagenen Krone genannt haben, zeugt noch heute davon.« Er kicherte in der Erinnerung daran in sich hinein. »Wie wär's mit Ole Olsson, Maschinist, geboren in Tondern? Klingt doch gut, und paßt zu mir – oder?«

»Schon, bloß wo bekommen wir die Stempel her?«

»Kein Problem. Kann man aus Kartoffeln machen. Haben wir als Kinder gelernt und uns mit Tinte auf die Handrücken gedrückt. Verrückt, aber es sah absolut echt aus.«

»Hmmm ... Bleibt nur noch die ID-Card, wie sie mir Shephard gezeigt hat, dann steht unserer Flucht nichts mehr im Wege.«

»Aber so eine müssen wir erst mal auftreiben! Außerdem vergißt du den Zaun und den Winter, du Optimist!«

»Papperlapapp! Irgendwas wird uns da schon noch einfallen.«

Als wir in die warme Baracke zurückkehrten, hatte sich das Bild gewandelt. Der Unteroffizier und einer der Feldwebel werkelten eifrig an der Druckmaschine herum, und der zweite zeichnete irgendeinen Entwurf. David sortierte einen Stapel seiner handschriftlichen Notizen, die er bisher aus Platzmangel noch nicht verwendet hatte.

Er sah freudig auf. »Jetzt geht es richtig los! Ich weiß gar nicht, wo mir der Kopf steht.«

»Na, noch ist er ja oben!« spottete Ocke. »Uns miteinander bekanntmachen wirst du doch wohl noch können, oder?«

»Selbstverständlich, selbstverständlich!« erwiderte David zerstreut und stellte uns die drei vor.

Unteroffizier Paul Henke war im Zivilberuf Setzer, Feldwebel Günter Seibold Drucker und Feldwebel Herbert Busch Banknotenstecher. Alle drei machten einen ruhigen Eindruck und waren uns auf Anhieb sympathisch.

Ich pfiff durch die Zähne und lachte. »Banknotenstecher? Dann nichts wie ran! Kriegen wir endlich kanadische Banknoten in die Finger. Ich kenne da ein paar begeisterte Abnehmer.«

»Ich auch.« Busch musterte mich prüfend von der Seite und griente. »Warum nicht? Wenn wir das richtige Papier dafür auftreiben können, soll's mir ein Vergnügen sein. Ist 'n Klacks für mich.«

»Und was wird das da?« Ich deutete auf die Zeichnung.

»Der Zeitungskopf«, begeisterte sich David. »Der Entwurf für die Mater. Apropos Matrizen, die brauchen wir ja jetzt nicht mehr, aber ...«, er zögerte, »... meine Klaue ...«

»Kein Problem, David!« unterbrach ich ihn aufgescheucht. Das fehlte uns gerade noch, daß der uns jetzt ausbootete. »Ist doch klar, Mensch! Wir schreiben deine Artikel für den Setzer natürlich weiterhin mit der Maschine ab.«

»Und du kannst dich dann noch intensiver um den journalistischen Teil der gemeinsamen Arbeit kümmern, wo das doch jetzt eine richtige Zeitung werden soll«, setzte Ocke scheinheilig hinzu.

»Das ist fein!« David fiel ein Stein vom Herzen, uns aber auch. »Ich habe da nämlich ein paar Ideen. Paßt mal auf!«

Ideen hatte er reichlich. Er war eben ein Vollblutjournalist. Ihm schwebte neben den deutschen und kanadischen Nachrichten und den Neuigkeiten aus dem Lagerleben auch eine Artikelserie unter dem Titel ›Personen, Schicksale‹ vor, für die er bereits Material gesammelt hatte.

»Anfangen möchte ich mit einem Porträt, zum Beispiel mit Hannes, und dann fortfahren mit Wolf Buttgereit und, und, und. Das liegt doch nahe.« Er kramte in seinen Papieren. »Mal sehen, wie's ankommt.«

Zwei Tage später spuckte die Druckmaschine die erste Ausgabe des *Dalhousie-Rock-Kurier*, wie David unser Produkt im Überschwang seiner Gefühle getauft hatte, druckfeucht aus. Damit beendete sein Käseblättchen das hektographierte Behelfsdasein. Mit dem imponierenden Zeitungskopf und dem größeren Format machte es eine Menge her und sah jetzt tatsächlich wie eine richtige Zeitung aus. Allerdings war dadurch von dem mehrseitigen hektrografierten Nachrichtenblatt nur noch ein großes, aber dafür beidseitig bedrucktes Blatt übriggeblieben.

»Sieht wie ein Extrablatt oder eine Notausgabe aus, dabei ist alles drin!« Mit einem verständnisheischenden Lächeln trauerte David trotz aller Freude dem ursprünglichen Umfang nach. »Das andere Format und die Setztechnik, versteht ihr? Aber das ändert sich, wenn wir erst mal alles voll im Griff haben, Freunde!«

Ich überflog das Blatt und suchte den Beitrag, den ich für ihn abgeschrieben hatte. »Was willst du denn, der Artikel über Hannes macht sich doch prima! Der kommt bestimmt an.«

Er kam auch an, aber anders, als wir es erwartet hatten. Fabian, der mit seinem Klüngel zu den wortgewaltigen Besuchern des ›Arbeitskreises‹ gehörte, mokierte sich prompt lauthals darüber.

Einen Versuch der nachträglichen Ehrenrettung für einen pflichtvergessenen Offizier habe er diesen Artikel genannt, trug uns Willi Leuschner mit einem hämischen Grinsen zu. Die Abrechnung dafür komme garantiert nach dem deutschen Endsieg. Dann werde man ja sehen, ob der Führer und Admiral Dönitz tatsächlich damit einverstanden gewesen seien.

»So ein Arschloch!« sagte Ocke trocken zu Hannes und dem empörten David. »Ihr nehmt doch diesen Hannepampel nicht etwa ernst?«

»Ich schon!« erwiderte David grimmig. »Hast du vergessen, welchen Zulauf diese Idioten inzwischen haben?«

Das hatte keiner von uns. Seit sich das Lager gefüllt hatte, war die Zahl der Mitglieder dieses obskuren Arbeitskreises so angewachsen, daß die Lagerleitung ihnen die Doppelbaracke überlassen hatte, die an sich sonst den Kirchen vorbehalten war oder der Theatertruppe für ihre Proben diente.

»Was können die uns schon? Laßt sie doch quatschen!«

»Nicht die Bohne, Ocke! Ich werde dem noch eins draufsetzen, mein Lieber!« Das klang nach einer Kriegserklärung.

»Na, ich weiß nicht, ob du damit was erreichst.«

»Das werden wir sehen!« erwiderte David wild entschlossen und ging in sein Zimmer.

Während David seinen Artikel zusammenkrickelte, gingen Ocke und ich hinüber zu den Druckern, die die nächste Ausgabe vorbereiteten. Ich war gewiß nicht auf den Kopf gefallen, dennoch bewunderte ich Ocke und sein technisches Verständnis wieder einmal grenzenlos. Der hatte inzwischen den Drukkern so viel abgeguckt, daß er die Druckpresse mühelos in Betrieb nehmen konnte. Lediglich das Setzen von Texten bereitete uns noch Schwierigkeiten, obwohl das so einfach aussah, wenn Henke wie spielerisch mit den spiegelverkehrten Lettern herumjonglierte.

»Was ist denn daran so schwierig?« fragte der überlegen lächelnd. »Los, versuchen Sie es doch einfach auch mal!«

»Das wird ja doch nichts«, zierte ich mich, schob mich aber trotzdem auf seinen Sitz. »Vielleicht versuche ich es nicht mit 'nem langen Text, sondern einfach nur mit einem Formular fürs Skatspielen?«

»Nur zu! Für drei oder vier Spieler?«

»Lieber für vier, denn meist jampelt doch der anfängliche Kibitz so lange herum, bis man ihn endlich auch mitspielen läßt.«

»Gut, also für vier. Zuerst müssen Sie dem Formular einen Rahmen setzen, der die Lettern aufnimmt. Das geht so ...«

Damit begann für mich eine Lehrstunde, an deren Ende ich tatsächlich ein so unverdächtiges Formular zusammenpusselte. Ocke verfolgte meine Handtierungen mit Argusaugen. Ich war sicher, er prägte es sich noch schneller als ich ein.

»Und wie druckt man das jetzt aus?« fragte ich unbedarft.

»Nichts leichter als das!« Henke schob den Rahmen in die Maschine, legte Papier ein, stellte an ein paar Hebeln und Knöpfen herum, und schon ratterte das Ding los. Ein paar Formulare fielen in den Fangkorb.

Das war der Augenblick, als Jenssen eintrat. Er nahm eines der Formulare aus dem Korb und musterte uns alle fünf mißtrauisch.

»Was wird das denn? Ein Formular? Wofür?«

»Fürs Skatspielen und als Übung für die Marine. Ist doch immer gut, wenn jemand einspringen kann, falls einer von uns mal ausfällt, nicht wahr?« Ein besseres Alibi für unsere Neugier konnte uns Henke gar nicht liefern. »Spielen Sie eigentlich auch Skat?«

»Mein Vater schon, ich weniger, es bringt ja nichts ein.« Jenssen lächelte. »Ich spiele lieber Black Jack. Kann man das dafür eigentlich auch benutzen?«

»Na klar! Wenn Sie uns sagen, wie es aussehen muß.« Er sah mich an. »Können Sie gleich mal zeigen, daß sie's begriffen haben.«

Jenssen dachte nach. »Ist ja eigentlich Unfug. Bei Black Jack geht ja der Einsatz immer gleich an den Gewinner. Machen Sie mir lieber eins für Canasta, das spielt die ganze Familie. Oder kann ich das selbst mal probieren?«

Ich räumte blitzschnell den Sitz und spielte jetzt den aufmerksamen Zuschauer. Arglos führte uns Henke noch einmal vor, wie man Formulare druckte. Wenn wir uns jetzt an einem Seefahrtsbuch versuchten, konnte es eigentlich keine Schwierigkeiten mehr geben. Wir mußten nur den richtigen Augenblick abpassen, wo wir vor Entdeckung sicher sein konnten.

Die Gelegenheit dazu ergab sich schon bald. Draußen tobte erneut ein Schneesturm, deshalb lagen wir in der Koje und machten wieder einmal Pläne. Völlig unsinnige natürlich, denn unter den gegebenen Umständen hatte keiner davon auch nur die geringste Chance einer Realisierung.

Da kam David zu uns ins Zimmer. »Was denn, ihr liegt schon in der Koje? Und ich hatte gehofft, ihr ... oder einer von euch ...«

»Was hast du gehofft?« unterbrach ich ihn. »Keine lange Vorrede, raus mit deinem Anliegen!«

»Ich wollte ... ich weiß, es ist spät, aber kann nicht vielleicht doch noch einer von euch mir diesen Artikel oder gar beide runterklappern? Ich hätte gern etwas in petto, um diesen Affenärschen für ihre aktuelle Politik so ein richtiges Ding in die Kiemen zu hauen, falls es notwendig wird.«

Ocke schwang die Beine aus dem Bett und griff nach seinen

Klamotten. »Wenn es darum geht, sind wir immer dabei, was, Knut? Gib deinen Sermon und die Schlüssel her, David! Wenn wir nicht gestört werden, dann hast du morgen früh beide fix und fertig auf deinem Tisch.«

Seit David mit dem Arbeitskreis aktuelle Politik auf dem Kriegsfuß stand, hatte Jenssen auf seine Bitte hin zusätzliche Schlösser anbringen lassen, um unerwünschten nächtlichen Besuchern den Zugang zu unseren Arbeitsräumen zu versperren. Es gab gute Gründe dafür.

Hauptmann Teske, Träger des goldenen HJ-Mitgliedabzeichens und nomineller Leiter des Arbeitskreises, war unlängst mit zweien seiner »Prätorianer« in eine unserer Arbeitssitzungen hereingeplatzt, um bittere Vorwürfe gegen Davids Berichterstattung zu erheben. Seine »Prätorianer«, dumpfe bullige Typen, sollten offenbar seinen Worten Nachdruck verleihen. Aus den Vorwürfen waren versteckte Drohungen geworden, weil seine Forderungen nach stärkerer Berücksichtigung der deutschen Interessen und sein Appell an unsere »Soldatenehre« selbst bei Henke, Seibold und Busch wirkungslos verpufft waren.

»Wir werden nicht tatenlos zusehen!« Mit dieser Ankündigung waren sie abgezogen.

»Gewäsch!« meinte David. »Aber ich werde trotzdem mit Jenssen darüber reden. Vorsicht ist schließlich die Mutter der Porzellankiste.«

Wir verrammelten hinter uns die Türen, und Ocke machte sich sofort an der Druckmaschine zu schaffen. Ich überflog zunächst einmal Davids handschriftliche Notizen, bevor ich Papier in die Schreibmaschine spannte. Mir verschlug es glatt die Sprache.

»Was ist los, Knut? Warum fängst du nicht an? Kannst du seine Klaue nicht lesen?«

»Ich glaube, ich spinne! David ist vom Saulus zum Paulus geworden. Wenn er das druckt, haben wir nicht nur den Teske und seinen Verein auf dem Hals, sondern alle strammen Nazis des Lagers dazu. Das werden die nicht hinnehmen!«

»Und warum nicht?«

»Hör dir das an: WARUM ICH ZUM KANADIER WURDE. Das ist der Titel des einen Artikels. Der andere lautet: WIE ICH ZUM JUDEN GEMACHT WURDE. Der Kanadier, das ist Jenssen, und der andere ist er selbst. Beides eine Anklage gegen die Verhältnisse in Deutschland. Das geht nicht gut.«

»Unsinn, Knut. Schreib's ab! Er hat doch selbst gesagt, er will nur etwas in petto haben, falls ...«

»Wenn du meinst ...«

Ich machte mich mit einem unguten Gefühl an die Arbeit. Was ich da durch die Maschine hämmerte, war eine Bombe. Allein schon das Interview mit Jenssen, vorgesehen für die ›Serie Personen, Schicksale‹ barg genügend Sprengstoff. Es schilderte mit bedrückenden Einzelheiten die Umstände, die seine Familie nach Kanada getrieben und zum Erwerb der kanadischen Staatsbürgerschaft bewogen hatten.

Großvater und Vater, beide bekannte Schleswiger Sozialdemokraten, seien sofort nach der Machtergreifung 1933 verhaftet und zur »Umerziehung« in ein Konzentrationslager gesteckt worden. Als man sie 1935 seelisch gebrochen daraus entlassen habe, habe die Familie nur noch ein Ziel gekannt, nämlich Deutschland auf dem schnellsten Wege zu verlassen. Kanada habe ihr damals nach den Jahren der Diffamierung und entwürdigenden Drangsalierungen eine neue Heimat geboten.

Davids Geschichte kannten wir ja bereits, wenn auch nicht in allen beklemmenden Einzelheiten. Sie war nicht minder explosiv.

Ich war zutiefst erschüttert und Ocke ebenfalls, als er später meine Abschriften las.

»Mensch, da kann man ja froh sein ...« Er sprach nicht aus, was auch ich dachte.

Er legte das Ergebnis seiner Arbeit auf den Tisch und sortierte die Lettern wieder ein, um keine verräterischen Spuren zu hinterlassen. Bis auf das etwas andere Papier glich der Ausdruck Bensons Seefahrtsbuch wie ein Ei dem anderen.

»Fehlen bloß noch die Eintragungen. Maschine oder mit der Hand, Knut?«

»Alle persönlichen Daten mit der Maschine, wie bei Benson, ansonsten mit der Hand. Heften können wir's dann mit Nadel und Faden und das Ding künstlich altern lassen, damit es echt wirkt. Aber das hat noch Zeit. Erst müssen wir uns noch ein paar Schiffsnamen einfallen lassen.«

Er machte sich daran, die persönlichen Daten mit der Maschine einzusetzen. Während Bensons Dokument in Glasgow ausgestellt worden war, wählte er Cork. So ließen sich die geringen Abweichungen erklären, wenn es hart auf hart kam.

»Und wenn wir die Schiffsnamen aus Bensons Buch übernehmen?« Er grinste. »Letztes Schiff war dann die *Empress of Freedom*, von der wir in Halifax abgemustert haben, um mal richtig Urlaub zu machen.«

»Genau! Komm, packen wir zusammen. Morgen ist auch noch ein ...« Die Salve aus einer Maschinenpistole ließ mich zusammenzucken. »Was ist denn da draußen los? Hört sich an, als versuche einer zu türmen.«

Englische Rufe. Wieder Schüsse, diesmal Einzelfeuer. Scheinwerferstrahlen geisterten über die heruntergelassenen Rollos an den Fenstern. Eine erneute Salve aus einer anderen Richtung gab den Auftakt zu einem regelrechten Feuerwerk. Aufgeregte deutsche Stimmen drangen zu uns herein. Das ganze Lager geriet in Aufruhr.

Ich hielt Ocke auf, der zur Tür wollte. »Bleib bloß hier drin, sonst kriegst du auch noch was ab.«

Englische Kommandos ertönten zwischen den Salven. Jäh brach das Geballer ab. Nur das Geschnatter in den Lagergassen hielt an.

»Scheint vorbei zu sein. Wenn da wirklich einer türmen wollte, haben die aus dem glatt 'n Sieb gemacht.« Ocke trat unruhig von einem Bein aufs andere. »Ich glaub', jetzt können wir.«

Er riß die Tür auf und lief vor mir nach draußen. Dichter Flockenwirbel verschluckte ihn und die aufgeregte Menge. Keiner wußte etwas Genaues. Alle Aufmerksamkeit richtete sich auf den doppelten Lagerzaun, an dem außen schemenhaft kanadische Soldaten mit schußbereiten Waffen und bellenden Wachhunden durch den Schneesturm entlanggeisterten.

Wenn jemand zu fliehen versucht hatte, dann hatte er sich genau die richtige Zeit und das richtige Wetter dafür ausgesucht. Kurz vor Mitternacht ließ die Wachsamkeit erfahrungsgemäß nach, und der Schnee verwischte innerhalb kürzester Zeit alle Spuren. Nichts deutete jedoch daraufhin.

»Achtung, Achtung!« tönte plötzlich eine Stimme aus den Lautsprechern auf den Wachtürmen. »Kehren Sie sofort in die Baracken zurück! Sie behindern die Suche nach der Ursache für die Schießerei! Ich wiederhole! Kehren Sie ...«

Dieser Aufforderung hätte es bei mir nicht bedurft. Mich trieb allein schon der eisige Schneesturm wieder hinein.

Der nächste Morgen brachte des Rätsels Lösung. Jenssen wirkte sichtlich verlegen.

»Reaktion eines blutigen Anfängers. Der größte Teil der Wachmannschaft ist abgelöst worden, dafür haben wir Ersatz bekommen, der noch keine Erfahrung hat. Und einer von diesen Greenhorns glaubte doch gestern, er habe gesehen, wie jemand den Zaun zu übersteigen versucht hat. Als ob man in dem Schneetreiben überhaupt etwas erkennen konnte! Natürlich war da nichts, aber statt Alarm auszulösen, wurde erst mal losgeballert, und das war's dann.«

»Teufel«, sagte Hannes, der sich mit Bernd bei uns eingefunden hatte, »da muß man ja aufpassen, daß man nicht 'n paar blaue Bohnen verpaßt kriegt, wenn man am Zaun entlangwandert.«

»Na, ganz so schlimm ist es nun auch wieder nicht«, winkte Jenssen lächelnd ab und wandte sich an David. »Aber gut wär's schon, wenn Sie in der nächsten Ausgabe unter Hinweis auf diesen Vorfall davor warnen wollten, sich besonders bei schlechten Sichtverhältnissen dem Zaun zu dicht zu nähern.«

»Kein Problem, das geht sofort mit in den Druck.«

Aber Jenssen hatte noch etwas auf dem Herzen. »Schön, daß ich Sie hier alle zusammen antreffe. Ich möchte Sie und Ihre vier Offiziere gern zum Sonntag zu mir zu Tee und Kuchen einladen, Herr Kaleu. Das ist übermorgen.«

»Oho, welche Überraschung!« Hannes verbeugte sich. »Wir danken für die Einladung und kommen natürlich gern. Gibt's einen besonderen Grund?«

Jenssen grinste. »Weibliche Neugier, Herr Kaleu. Die Zeitungen waren voll von Ihnen, und da möchte meine Schwester Seike so berühmte Leute gern mal persönlich kennenlernen. Sie hat extra einen Kuchen gebacken.«

»Eine Frau unter so vielen Männern? Ist das nicht gefährlich?«

Jenssen klopfte lachend auf seine Pistolentasche. »Sie vergessen, daß bei uns Kanadiern das Schießeisen noch immer locker sitzt, Herr Kaleu.«

Meine Bewunderung für Ocke Ketelsen wuchs ins Unermeßliche. Dieser Mann verfügte nicht nur über ein fabelhaftes technisches Verständnis, sondern ohne jeden Zweifel schlummerte in ihm auch noch die geradezu phänomenale Begabung für einen genialen Fälscher. Er kopierte nämlich die Schiffsnamen aus Bensons Seefahrtsbuch in das für ihn bestimmte Falsifikat mit solcher Akribie, daß weder die Handschriften noch die Tintenfarben vom Original im geringsten abwichen. Mit dieser erstklassigen Kopie konnte er sorglos die mißtrauischsten Kontrollen passieren, auch wenn man sie mit dem Original verglich. Trotzdem war er damit nicht zufrieden.

»Was ist los, Ocke? Das ist dir doch phantastisch gelungen! Warum ziehst du 'nen Flusch?«

»Das mit dem Stempel aus Kartoffelscheiben funktioniert nicht. Jeder erkennt das sofort als Fälschung«, gestand er mir nach unzähligen Versuchen enttäuscht ein. »Ich will mir damit nicht die gelungene Kopie versauen, auch wenn ich noch ein paar Ersatzformulare habe.«

»Kommt Zeit, kommt Rat. Dir wird schon noch etwas einfallen.«

»Vielleicht versuch' ich es 'mal mit einem Stück Gummi?«

Das brauchte er jedoch nicht. Die Schießerei vom Vorabend war das Gesprächsthema des Tages, und das brachte uns unseren geheimen Wünschen ein ganzes Stückchen näher.

»Ich hätt's gestern abend auch versucht«, meinte Busch so ganz nebenbei. »Die Umstände waren ja günstig, und über den Zaun wäre ich auch gekommen. Es hätte nur nischt gebracht. Ohne richtige Papiere biste doch aufgeschmissen, da haben sie dich schon im nächsten Ort wieder am Kragen.«

»Stimmt!« nickte Seibold. »Aber das mit dem Zaun ist ja wohl Wunschdenken. Das schaffste nie!«

»Allein sicher nicht. Wenn dir einer hilft, ist das leicht.«

Ocke und ich spitzten die Ohren. Vielleicht lernten wir jetzt etwas dazu.

»Und wie geht das?« hakte Seibold nach.

»Mensch, denk doch mal über gestern abend nach! Schneesturm, schlechteste Sicht, fehlte bloß noch absolute Dunkelheit. Und wie erreicht man die?« Er sah uns der Reihe nach fragend an. »Man fabriziert einen deftigen Kurzschluß. Und wo? In dem Verteilerkasten neben der Kommandantur. Ehe die das wieder in den Griff bekommen, ist man auch schon über den Zaun rüber und weg.«

»Ja, aber wie denn? Mit der Drahtschere?«

»Quatsch, mit 'ner Wippe, Junge.« Er griff nach einem Stück Papier und zeichnete eine zaunhohe Kinderwippe. »Wenn du die Bohle auf der Innenseite fest verankerst, haste ein Sprungbrett, und draußen landeste weich im hohen Schnee und in den Büschen, kapiert? Wenn dein Helfer das Ding blitzschnell abbaut, merkt bis zum Zählappell keine Sau, daß du getürmt bist. Die kommen vermutlich gar nicht auf die Idee, weil der Zaun unbeschädigt ist. Da haste mindestens acht Stunden Zeit.«

Busch genoß die ehrfurchtsvolle Stille, die seiner Erklärung folgte. Donnerwetter, der Mann hatte ja Ideen, auch wenn sie sich ein bißchen abenteuerlich anhörten! Entscheidend war, daß er auch auskneifen wollte. Damit wurde er für uns interessant. Außerdem besaß er die berufliche Qualifikation, die uns beiden fehlte. Das war wichtig. So sah es auch Ocke.

»Nicht schlecht, das könnte funktionieren«, lobte er. »Aber wohin dann?«

»Wenn ich richtige Papiere hätte – über die Grenze nach USA. Bis Boston ist's ja nicht weit: Ich hab' dort Verwandte, bei denen ich unterschlüpfen kann.« Er sah Ocke lauernd an. »Warum fragen Sie?«

Ocke lächelte entwaffnend. »Nur so. Wer spielt denn nicht mit dem Gedanken, hier die Kurve zu kratzen? Sie haben wenigstens ein Ziel. Bei mir ist das schwieriger, die ganze Sippe sitzt in Deutschland. Ein bißchen weit, was?«

»Deutschland? Dorthin bringen mich keine zehn Pferde mehr. Wundert Sie das?« Er wartete eine Antwort nicht ab. »Der Adolf hat meinen Verwandten gereicht, und ich hab' auch keine Sehnsucht mehr nach ihm. Vier Jahre Krieg, das sind vier Jahre zuviel. Deshalb!«

Das war deutlich. Der Mann wurde mir immer sympathischer, wenn auch aus unterschiedlichen Gründen.

»Der Busch, der ist unser Mann«, stellte Ocke fest, als wir allein waren. »Wir sollten das Eisen schmieden, solange es noch glüht.«

»Das denke ich auch. Der hat den Zeitungskopf hingekriegt, dann kriegt der bestimmt auch die paar Stempel hin. Versuch macht klug.«

Wir paßten ihn am Abend ab und lotsten ihn in unser Zimmer. Ocke warf vorsichtig die Angel aus.

»Wir haben uns Ihre Worte durch den Kopf gehen lassen. Für einen Fachmann wie Sie kann es doch eigentlich nicht schwer sein, sich entsprechende Personalpapiere selbst auszustellen.«

»Natürlich nicht, ich brauch' bloß die entsprechende Vorlage. Bis jetzt weiß ich ja nicht mal, wie die hier in Kanada aussehen müssen. Aber was soll das?«

»Vielleicht wissen wir, wie die aussehen.«

»Dann ist das überhaupt kein Problem!« horchte er auf. »Mit unserer Druckmaschine ist das ein Kinderspiel. Das Papier kann man so behandeln, daß es hinterher absolut echt aussieht.«

»Und eventuelle Stempel?«

Er machte eine wegwerfende Handbewegung. »Paah, die schneide ich doch mit links!«

Ocke holte eines der Ersatzformulare aus seiner Tasche und reichte es ihm. »Das hier ist ein solches Personaldokument, ein echtes, das man nur noch auszufüllen und mit Stempeln zu versehen braucht.«

Das war sicher nicht korrekt, aber der Zweck heiligt bekanntlich die Mittel. Busch griff begierig danach und nahm es gründlich unter die Lupe. »Ein Seefahrtsbuch? Aber ich bin doch kein Seemann, hab' von der Seefahrt nicht den geringsten Schimmer!«

»Das spielt doch auch gar keine Rolle. Sie haben wissen wollen, wie so ein Ausweispapier aussieht – das ist eins.« Ocke grinste. »Damit kommt man in jedem Hafen durch, und Boston ist ein Hafen, oder?«

Busch schluckte den Haken. Zugleich ging ihm auf, daß wir ein Geschäft mit ihm machen wollten. Er war plötzlich hellwach.

»Es ist wirklich echt?«

Ich hielt ihm einfach Bensons Buch so hin, daß er die persönlichen Daten nicht lesen konnte. »Vergleichen Sie! So echt wie dieses hier.«

»Oder dieses hier.« Ocke präsentierte ihm seine Kopie und ließ die Katze aus dem Sack. »Hier fehlen bloß noch die Stempel.«

Busch begriff sofort. »Aha, die soll ich Ihnen also schneiden, ja? Und was springt dabei für mich raus?«

»Das Formular, das Sie in der Hand halten. Natürlich ausgefüllt. Wir müssen dazu für Sie nur noch einen passenden Namen suchen und die Heuerliste mit entsprechenden Schiffsnamen ausfüllen und abstempeln, damit auch die echt aussieht. Das ist eigentlich alles.«

»Und den Schnabel müssen Sie darüber selbstverständlich zu jedermann halten«, setzte ich hinzu. »Sonst ist das Ding nicht mehr wert als benutztes Toilettenpapier, klar?«

»Völlig klar.« Er war überwältigt. »Mensch, das ist ja 'n Ding! Wie sind Sie denn an die gekommen?«

»Na, wie wohl? Organisiert, lieber Mann.« Ockes Handbewegung ließ es an Eindeutigkeit nicht fehlen. »Comme çi, comme ça, sonst wären sie ja nicht echt.«

Das verstand er. Ein Lächeln glitt über sein Gesicht. »Organisiert, natürlich! Hätte nie gedacht, daß auch die Offiziere klauen.«

»Man lernt im Leben eben immer noch dazu!« Ocke hielt ihm die Hand hin. »Abgemacht?«

»Abgemacht!« Busch schlug ein. »Dann sollten wir gleich Nägel mit Köpfen machen. Haben Sie ein Blatt Papier, damit ich die Stempel kopieren kann?«

»Haben wir.« Ich schob ihm meinen Schreibblock über den Tisch. »Da kommen noch ein paar dazu, die wir für die Schiffsnamen in Ihrer Heuerliste erfinden müssen, damit sie echt wirkt.«

Als uns Busch am späten Abend mit seinen Stempelvorlagen verließ, hätten wir uns am liebsten tüchtig einen hinter die Binde gegossen und einen Freudentanz aufgeführt. Mangels Alkohol fiel die Besäufnis jedoch leider flach. Trotzdem waren wir so aufgekratzt, daß uns unsere Fluchtpläne auf einmal gar nicht mehr so utopisch erschienen.

Dabei war damit erst der erste Schritt getan. Bedingt durch den Personalmangel auf den alliierten Schiffen mochte einem Heuerbaas ein Seefahrtsbuch allein genügen. Aber reichte das auch aus, um an Land jede Personenkontrolle unangefochten passieren zu können, wenn unsere Flucht erst einmal entdeckt worden war?

Ich zweifelte daran, doch Ocke blieb Optimist. »Mach' dir den Kopf nicht heiß, bis jetzt hat uns doch der Zufall immer weitergeholfen. Irgendwie werden wir schon 'ne Ausweisvorlage für Busch auftreiben, und dann finden wir auch 'nen Weg, hier rauszukommen.«

Ich nickte. »Einen hat ja Busch schon ausgeknobelt. Aber ob der wirklich realisierbar ist?«

»Wenn man Helfer hat, schon. Holz liegt doch hinter den Baracken noch in Mengen herum. Die Frage ist nur, ob man das auch unbemerkt zusammenzimmern kann. Da habe ich so meine Zweifel.«

»Ich auch. Zu aufwendig und zu auffällig. Das funktioniert nur, wenn möglichst wenige davon wissen. Sonst wird gequatscht, und irgendwann kriegen das auch die Kanadier mit. Wir müssen einen Weg finden, mit dem keiner rechnet. Nicht über, nicht unter, sondern ganz offiziell durch den Zaun.«

Ocke lachte laut auf. »Du hast Nerven! Das schaffen wir nie!«

Von uns unbemerkt, hatte David dem Arbeitskreis aktuelle Politik erneut ein Kuckucksei ins Nest gelegt. Das heißt, es stammte nicht einmal von ihm, er hatte es einfach nur aus dem *Ottawa Journal* übernommen und kommentarlos abgedruckt.

Es war ein Rückblick auf den Monat November mit einer Zusammenfassung der kriegerischen Ereignisse aus alliierter Sicht. Für Deutschland und das mit uns verbündete Japan war es eine Kette schwerer Niederlagen, besonders auch für die deutsche U-Bootwaffe, die neunzehn Boote verloren hatte.

Um sich dem Vorwurf der einseitigen Berichterstattung nicht auszusetzen, hatte David diesem Rückblick die deutschen Verlautbarungen gegenübergestellt, selbstverständlich ebenfalls kommentarlos. Das machte die Sache nicht besser, sondern eher noch schlimmer.

Auf Hauptmann Teske und seine Gefolgsleute wirkte diese Gegenüberstellung wie das berühmte rote Tuch auf den Stier. Aufgebracht kam er mit zweien seiner »Prätorianer« in die Druckerei gestürzt, wie wir den Arbeitsraum inzwischen nannten. Sein Pech, daß er in eine Gesprächsrunde über die Ergebnisse der Konferenz von Teheran hineinplatzte, zu der auch Jenssen gehörte. Dessen Anwesenheit verdarb ihm gründlich sein Konzept.

»Hmmm, wir stören offensichtlich«, beherrschte er sich mühsam und wollte den Rückzug antreten. »Das möchte ich nicht. Wir kommen ...«

»Im Gegenteil, Sie stören überhaupt nicht«, hielt ihn David auf. »Was haben Sie denn auf dem Herzen?«

»Eigentlich ... äh ... nur eine Einladung aussprechen. Wir fühlen uns von Ihrem Blatt ein bißchen stiefmütterlich behandelt. Sie berichten über alle Arbeitskreise im Lager, nur nicht über uns. Deshalb möchten wir Sie zu unserem Diskussionsabend am Montag einladen.«

»Und worum geht es da? Ich meine, was ist das Diskussionsthema? Sie haben doch eins?«

»Ja, äh, bisher bloß noch nicht ausformuliert. Ich sag' es deshalb mal so in etwa dem Sinn nach hin: ›Was uns nicht umwirft, macht uns nur stärker.‹ Das wird Sie doch sicher interessieren?«

»Und ob! Da komme ich gern.«

»Sehr gut, sehr gut!« Teskes Miene täuschte Freude vor. Er verbeugte sich nach allen Seiten und schob ab.

»Bist du verrückt, David? Da gehst du auf keinen Fall alleine hin!«, protestierte ich. »Wir kommen mit.«

»Na, da bin ich ja gespannt, was dabei herauskommt«, sagte Jenssen. »Hoffentlich keine Schlägerei. So etwas haben wir hier nämlich gar nicht gern.«

Jeder wußte, daß Jenssen ein Dienstzimmer im Gebäude der deutschen Lagerkommandantur hatte, doch keiner von uns hatte es bisher gesehen oder sich je darüber auch nur die geringsten Gedanken gemacht. Folglich war die unerwartet geschmackvolle und gemütliche Einrichtung des Raumes eine echte Überraschung, die dadurch noch gesteigert wurde, weil wir selbst seit Jahren in einer kalten, abstoßend nüchternen militärisch zweckmäßigen Atmosphäre hausen mußten. Daran hatte auch die Gefangenschaft nichts geändert.

Noch beeindruckender wirkte jedoch seine Schwester Seike, der wir diese ungewöhnliche Einladung zu Kuchen und Tee verdankten. Ich weiß nicht, welche Erwartungen die anderen mit dem nordischen Namen Seike verknüpften. Mir suggerierte er jedenfalls die Vorstellung von einer blonden, stillen jungen Frau, aber genau das Gegenteil war der Fall.

Uns empfing eine aparte dunkelhaarige junge Frau mit einem feingeschnittenen Gesicht, selbstsicher und temperamentvoll und mit einer atemberaubenden Figur. Oder erschien die uns in unserer frauenlosen Männergesellschaft nur so atemberaubend? Die Ähnlichkeit mit ihrem Bruder war so frappierend, wie man sie eigentlich nur bei Zwillingen fand; allerdings wirkte sie jünger als er. Aber vielleicht lag das nur an seinem militärischen Auftreten, das er selbst dann nicht abzulegen vermochte, als er uns vorstellte.

»Seike, darf ich dir unsere Gäste vorstellen?«

Er präsentierte uns seiner Schwester mit Dienstrang und Namen, als befänden wir uns auf einem Offiziersball. Und so quittierte auch jeder seine Namensnennung mit einer artigen Verbeugung. Nur Ocke fiel aus der Rolle. Dieser verrückte Kerl brachte sie doch tatsächlich mit einem formvollendeten Handkuß in Verlegenheit, als sie ihm die Hand reichte. Eine feine Röte überzog ihr apartes Gesicht und machte es dadurch noch reizvoller.

»Bitte, meine Herren, nehmen Sie doch Platz.« Sie dirigierte Hannes an ihre rechte Seite. »Ich hoffe, Sie nehmen mir meine Neugier nicht übel, Herr Kapitänleutnant. Wann begegnet man denn jetzt noch Leuten aus der alten Heimat bei uns, noch dazu so berühmten Männern, denen ... äh ... die ...«

»... die auf See Angst und Schrecken verbreitet haben und trotzdem wie Menschen aussehen, nicht wahr?« wollte ihr Hannes scherzend aus der Klemme helfen. Ocke nutzte den Augenblick und okkupierte den Platz an ihrer linken Seite.

»So habe ich das nicht sagen wollen!« protestierte sie mit Nachdruck. »Die trotz des Krieges Menschen geblieben und nicht in die Steinzeit zurückgefallen sind. Sonst hätten wir Sie und Ihre Offiziere nicht eingeladen.«

Nicht schlecht, das Mädchen hat Format, dachte ich, es zeigt die Zähne. Damit hatte Hannes nicht gerechnet.

»War doch nicht so gemeint, sollte mehr ein Scherz sein.« Er verzog verlegen das Gesicht. »Entschuldigen Sie bitte.«

»Schon vergessen«, überspielte sie unser betretenes Schweigen und deutete auf die Kuchenplatte. »Bitte, meine Herren, greifen Sie zu. Ich hoffe, Sie mögen Butterstreusel.«

»Mmmm, mein Lieblingskuchen!« behauptete Ocke forsch und verdrehte verzückt die Augen. »Dazu eine Tasse Tee mit 'nem Schuß geelen Köm, und ich fühl' mich wie zu Hause.«

Sie lachte. »Wie mein Vater! Der schwärmt auch immer vom Teepunsch mit geelem Köm und 'nem Kluntje Kandis. Aber den geelen Köm gibt's hier leider nicht, da tut's für ihn auch ein Wodka.«

Damit war das Eis gebrochen. Es wurde ein ganz interessanter Nachmittag für beide Seiten. Die Jenssens konnten gar nicht genug über die alte Heimat hören, in der sie Verwandte hatten, zu denen die Verbindungen mit Kriegsbeginn abgebrochen waren. Wir wiederum nahmen begierig in uns auf, was Jenssen über das Leben in Kanada erzählte.

Nur einer von uns hatte dafür keine Ohren mehr. Nachdem Seike ihm eingestanden hatte, daß sie ihren friesischen Vornamen ihrer Patentante in Hörnum auf Sylt verdankte, sah er nur noch sie. Ich wußte warum. Oldsum, sein friesisches Heimatdorf hinter dem Seedeich von Föhr, lag Hörnum genau gegenüber, und auch er hatte Verwandte auf Sylt. Prompt fing Ocke an, mit ihr Erinnerungen auszutauschen. Daraus wurde schon bald eine kräftige Süßholzraspelei, und die schien ihr nicht einmal unangenehm zu sein.

Daß die Zeit wie im Fluge verging, bedauerten wir alle und ganz besonders Ocke. Als wir uns verabschiedeten, lächelte Jenssen mit einem Seitenblick auf die beiden still in sich hinein.

»Da habe ich was Schönes angerichtet«, flüsterte er mir zu. »Ihr Oberleutnant Ketelsen geht ja ran wie Hektor an die Buletten.«

»Stimmt!« raunte ich zurück. »Was glauben Sie, wie wir den nachher damit aufziehen werden.«

Wir hätten uns den Besuch des sogenannten Diskussionsabends des ›Arbeitskreises aktuelle Politik‹ glatt ersparen können. Er unterschied sich in nichts von den üblichen Parteiveranstaltungen im Berliner Sportpalast. Das heißt, in zwei Punkten doch.

Wer die Veranstaltung besuchte, wurde nämlich erst eingelassen, wenn er sich in eine Anwesenheitsliste eingetragen hatte.

»Nur zu statistischen Zwecken«, versicherte uns einer der »Prätorianer« mit einem falschen Lächeln. »Damit wir wissen, wie viele Teilnehmer wir hatten.«

»Wozu dann die Unterschrift?« begehrte ich auf und schob ihn zur Seite. »Zählen Sie uns doch einfach so dazu.«

Der zweite Punkt waren die lustigen Kulissen für die bevorstehende Aufführung der Theatertruppe. Die paßten überhaupt nicht zum Thema dieser politischen Veranstaltung.

Wir waren ein Fremdkörper in diesem Kreis, das ließ man

uns spüren. Ein unerwünschter noch dazu, für den Teske extra Plätze in der ersten Reihe reserviert hatte. Auch das war Taktik. Wir saßen neben der Lagerleitung wie auf dem Präsentierteller, frei zum verbalen Abschuß von allen Seiten.

Teskes herrischer Blick flog kontrollierend über die zahlreichen Zuhörer, ehe er die Veranstaltung eröffnete.

»Kameraden! Immer wenn in unserer Geschichte die Not am größten war, hat das deutsche Volk jedesmal seine wahre Stärke und Größe bewiesen und sich gegen Miesmacherei und alle Widernisse behauptet. Getreu der Losung: Was uns nicht umwirft, macht uns nur stärker! Das gilt auch besonders in diesem Schicksalskampf unseres geliebten Vaterlandes, den uns eine Schar haßerfüllter Feinde aufgezwungen hat. Ich begrüße als Redner des heutigen Abends zu diesem Thema ganz herzlich Herrn Major Huber.« Anhaltender Beifall unterstrich seine Worte. »Es bereitet mir in diesem Zusammenhang eine besondere Genugtuung, daß nun endlich auch einmal die Redaktion des *Dalhousie-Rock-Kurier* zu uns gefunden hat, die unseren Arbeitskreis bisher unverständlicherweise gemieden hat.« Laute Buh-Rufe unterbrachen ihn, bis er beschwichtigend die Hände hob. »Herr Major Huber, Sie haben jetzt das Wort!«

Frenetischer Beifall begrüßte einen kleinen drahtigen Luftwaffenmajor, der geschmeichelt zum Rednerpult stolzierte. Neben zahlreichen Kriegsauszeichnungen trug dieser auch die Kampfabzeichen der deutschen Legion Condor aus dem spanischen Bürgerkrieg. Er kam sofort zur Sache.

Schon nach den ersten Worten wurde allen klar, daß die Versammlung einzig und allein durch Davids »Kuckucksei« ausgelöst worden war. Unter dem Beifall der Zuhörer zerpflückte Huber den Rückblick des *Ottawa Journals* Punkt für Punkt und setzte ihm längst überholte Erfolgsmeldungen entgegen. Er machte das nicht einmal ungeschickt.

»Wenn ich diesen NS-Jargon höre, weiß ich schon, wes Geistes Kind ich vor mir habe«, flüsterte Hannes mir zu. »*Völkischer Beobachter* hoch zwei! Zum Kotzen!«

Huber war ein geübter Redner und walzte nach zwei Stunden seiner Beweisführung zum Schluß auch noch den Ausgang des Siebenjährigen Krieges Friedrichs des Großen triumphierend aus. Die Zuhörer jubelten, und Teske stürzte nach vorn, um ihm im Namen des Arbeitskreises überschwenglich zu danken.

»Und nun«, wandte er sich an David, der kopfschüttelnd aufgestanden war, »interessiert uns natürlich alle, was Sie an diesen ausgezeichneten Ausführungen auszusetzen haben, Herr David Otterbein. Übrigens ein seltsamer Name für einen deutschen Offizier!«

Das war eine niederträchtige Diffamierung, die uns empört aufbegehren ließ. David nahm sie erstaunlich ruhig hin.

»Wieso? Finden Sie Ihren Namen besser?« Er grinste ihm herausfordernd ins Gesicht. »Ich nicht! Und was meine Meinung über diese Ausführungen anbelangt – die können Sie morgen im Kurier lesen.«

Nach einem Augenblick verblüfften Schweigens brachen die Zuhörer in wüste Schmährufe aus und drangen auf uns ein. Viel fehlte nicht mehr an einer Schlägerei. Daß es nicht dazu kam, verdankten wir allein dem beherzten Eingreifen Jenssens, der sich plötzlich durch die Menge drängte.

Vor Oberst Fabian blieb er stehen und funkelte ihn wütend an. Seine schneidende Stimme drang trotz des Spektakels bis in den letzten Winkel der Doppelbaracke. »Meinen Sie nicht, daß es an der Zeit ist, diesem Tumult hier ein Ende zu setzen, Oberst?«

Schlagartig trat Ruhe ein. Ehe Fabian antworten konnte, fuhr Jenssen fort: »Sie befinden sich hier auf kanadischem Boden, da gilt Meinungsfreiheit, die Sie ja auch für diese Veranstaltungen in Anspruch nehmen. Zwingen Sie uns nicht zum Einschreiten, denn das wäre das Ende Ihres Arbeitskreises. Ich hoffe, ich habe mich unmißverständlich genug für alle ausgedrückt!«

Die Menge wich schweigend zurück, als wir mit ihm die Baracke verließen.

David nahm in seinem Bericht über diese Veranstaltung Hubers Ausführungen schonungslos unter Beschuß und rückte vor allen Dingen die historischen Tatsachen zurecht, die dieser recht ideologisch ausgelegt hatte. Das galt besonders für den Siebenjährigen Krieg, der für Preußen nur deshalb günstig ausgegangen war, weil sich Rußland als Gegner zurückgezogen hatte. Die gleiche günstige Konstellation für Deutschland habe der Führer verpatzt, weil er den von Stalin 1942 und auch in diesem Jahr noch mehrfach angebotenen Separatfrieden mit der Sowjetunion kategorisch abgelehnt habe, obwohl den sogar Mussolini befürwortet habe. Als Beweis zitierte David die Geheimakten, die nach dem Ende des faschistischen Systems in Italien veröffentlicht worden waren.

Seine Zeilen schlugen wie eine Bombe ein, denn diese Tatsachen waren uns bisher verheimlicht worden. Sie gruben Davids Kritikern nicht nur das Wasser ab, sondern ließen bei einigen auch Zweifel an der Unfehlbarkeit des Führers aufkommen.

Allein das mußte Teske und seinen Verein schon auf die Barrikaden treiben. Doch das genügte David nicht, denn Teske hatte ihn an einer empfindlichen Stelle verletzt. Darum setzte er trotz unserer Warnungen noch eins drauf. Unter der Überschrift ›Personen/Schicksale‹ rückte er seinen Artikel ›Wie ich zum Juden gemacht wurde‹ ein.

Das war eine echte Provokation, aber wider Erwarten blieb

jede Reaktion aus. Jenssens Drohung wirkte offensichtlich nach.

»Auch gut«, meinte David, als wir die nächste Ausgabe zusammenstellten. »Braten wir diesem Nazi-Club mit ›Warum ich zum Kanadier wurde‹ noch eins über.«

»Muß das denn sein?« fragte Jenssen skeptisch.

»Wenn schon, denn schon! Wie soll man denn sonst den Idioten die Augen über die politischen Verhältnisse in Deutschland öffnen? Da hilft nur die Keule.«

Überraschenderweise blieb aber auch dieser Artikel ohne jede spektakuläre Reaktion. Es gab zwar die eine oder andere gehässige Bemerkung, und Willi Leuschner verstieg sich sogar zu der albernen Behauptung, diese Art der Berichterstattung sei ein Dolchstoß in den Rücken der kämpfenden Truppe, aber das war's dann auch schon. Jenssen konnte mit dem Erfolg seiner Worte zufrieden sein.

Der Tumult auf dieser Veranstaltung wirkte jedoch auch bei uns noch nach. Gewarnt durch die bedrohliche Situation, ließen wir David bei seinen Recherchen von nun an nicht mehr allein durch das Lager streifen.

Diese Ereignisse rückten bei Ocke und mir an diesem Tag sofort an den Rand, als Busch uns in der Mittagspause die von ihm geschnittenen Stempel brachte. Deren Abdrücke nahmen sich in den Seefahrtsbüchern so echt aus, wie sie echter nicht sein konnten.

»Ich bin selber ganz hingerissen«, gab Busch zu. »Hab' nie gedacht, daß ich das mit meinem selbstgebastelten Werkzeug aus Konservendosenblech so gut hinbekäme.«

»Phantastisch!« lobte Ocke. »Wenn wir jetzt das Papier noch ein bißchen bearbeiten, so daß es alt und gebraucht aussieht, zweifelt garantiert keiner mehr an der Echtheit.«

»Kinderspiel.« Busch holte ein Blatt aus seiner Brusttasche.

»Ich hab' das schon mal mit Zigarettenrauch, schmutzigen Fingern und ein paar Wasserflecken probiert. Es funktioniert.«

Das anfangs weiße Papier hatte sich tatsächlich so verfärbt, daß es vergilbt und abgenutzt aussah, als sei es mindestens dreißig Jahre in Gebrauch.

»Genial!« sagte ich. »Und wann kommen die ersten Banknoten?«

Busch griente. »Sobald Sie mir das richtige Papier liefern. Nebenbei bemerkt, wir könnten diese Dinger hier jetzt am laufenden Band drucken und verhökern. Wir haben das gleiche Papier.«

»Mensch, bloß das nicht!« fuhr Ocke hoch. »Dann können wir die Dinger und damit jeden Gedanken an eine Flucht glatt abschreiben.«

»Deshalb sollten wir sie auch nicht mit uns herumschleppen, sondern irgendwie sicher verwahren«, setzte ich hinzu. »Kriegen die Kanadier die in die ...«

Es klopfte. Blitzschnell ließen wir die Stempel und die Seefahrtsbücher verschwinden. Es war jedoch nur David.

»Ich will euch ja nicht stören. Aber wenn wir heute abend alle zu der Theateraufführung gehen wollen, sollten wir jetzt hinterherackern.«

»Haben wir auch gerade festgestellt«, behauptete Busch keß und stand auf. »Komme sofort, muß nur noch schnell auf den Topp.«

Es schneite, als wir in der Menge der begeisterten Zuschauer die Doppelbaracke verließen. Keine großen Flocken, Kälteschnee überzuckerte uns mit seinen winzigen Kristallen.

»Eine tolle Aufführung! Dieser Schwartzer hat ja tatsächlich was drauf!« meinte Hannes anerkennend. »Wäre schade gewesen, wenn wir das versäumt hätten.«

»Ich hab' Tränen gelacht!« Buttgereit kicherte in sich hinein. »Die haben ja aber auch alles auf die Schippe genommen. Wie im ›Kabarett der Komiker‹ in Berlin.«

Die Menge verlief sich schnell in den Lagergassen. Auch wir schlugen den kürzesten Weg entlang des Lagerzauns ein, denn es war bitterkalt.

»Bevor ich's wieder vergesse, Knut, du hast Post«, erinnerte sich David plötzlich. »Ein Brief aus Irland. Er liegt in der Druckerei. Jenssen hat ihn mitgebracht, und ich habe ihn in der Eile prompt vergessen.«

Ich drehte mich abrupt zu ihm herum. »Aus Irland? Mensch, das sagst du mir erst jetzt? Du weißt doch ...«

Ich stockte. Zwischen den Baracken brach ein Trupp hervor und verlegte uns den Weg. Das sah nicht nach friedlichen Absichten aus.

»Sieh da, was für ein Zufall! Dieser verkappte Judenlümmel mit seinem Verein von Vaterlandsverrätern! Und was machen wir jetzt mit denen?«

»Wir zeigen ihnen mal, wie man mit solchen Typen bei uns umgeht!« sagte eine gehässige Stimme hinter uns. »Das wird ihnen hoffentlich 'ne Lehre sein.«

Wir saßen in der Falle. Auch hinter uns versperrte ein Trupp den Weg.

»Na los! Worauf warten wir noch?« gab die gleiche Stimme den Auftakt, und im nächsten Augenblick hatten wir sie von beiden Seiten auf dem Hals.

Das war keine der üblichen Prügeleien, bei der man dem Gegner ein paar saftige Hiebe verabfolgte, um ihm zu zeigen, wer der Herr sei. Die fielen mit der eindeutigen Absicht über uns her, uns innerhalb kürzester Zeit zusammenzuschlagen, bevor die Posten eingriffen, die unweit von uns auf dem Wachturm saßen.

Sie hatten es sich offenbar leichter vorgestellt. Rücken an

Rücken steckten wir nicht nur Prügel ein, sondern teilten auch kräftig aus. Das ging nicht ohne Lärm ab.

Auf dem Wachturm wurde es lebendig. Stimmen schrien uns etwas zu, niemand beachtete sie. Plötzlich knatterte eine Maschinenpistole los. Ihre Geschosse prallten von den Wellblechdächern der Baracken ab und jaulten als Querschläger durch die Gegend.

Verdammt, ein blutiger Anfänger, der die Feuerspritze unkontrolliert tanzen läßt, dachte ich, und schon bekam ich zwei fürchterliche Schläge in den Rücken. Ich stolperte genau in eine lange Gerade hinein, die mich von den Füßen riß. Ich ging zu Boden, sah die Stiefelspitze auf mich zukommen und konnte doch nichts mehr dagegen tun. Unerträglicher Schmerz warf mich zur Seite, mein ganzer Kopf schien zu explodieren. Dann sah und fühlte ich nichts mehr.

Ich trieb auf einer wundervoll weichen Welle, losgelöst, fast körperlos, sah nichts, hörte nichts und fühlte mich nur wohl. Irgendwann zuckte jedoch Schmerz mit grellen Blitzen durch meinen Schädel und schleuderte mich von der Welle in abgrundtiefe Dunkelheit. Ich weiß nicht mehr, wann ich daraus wieder an die Oberfläche emporgetragen wurde und mich die leise Frauenstimme den bohrenden Schmerz in meinem Kopf fast vergessen ließ. Noch weniger, wann ich die zärtlich streichelnden Hände zum ersten Mal auf der Haut spürte.

Es war ein nebelhaftes Dahindämmern, ein wunderschöner Traum, der hoffentlich nie aufhörte. Ich bemühte mich, die leisen Worte zu verstehen, die an mein Ohr drangen und mir unendlich wohltaten. Aber immer neue Schmerzwellen traten dazwischen und überschwemmten mich, gingen nicht nur vom Kopf aus, sondern peinigten auch meinen Rücken, bis ich wieder in die Dunkelheit versank.

Als ich wieder daraus auftauchte, war aus den leisen Worten ein Weinen, ein unterdrücktes Schluchzen geworden, und ich verstand auf einmal auch die Worte dazwischen. Zunächst nur bruchstückhaft, dann immer deutlicher.

»Wach auf, Knut! Wach doch endlich auf! Du darfst nicht sterben, Liebling! Mein Gott, was mach' ich bloß? Warum wachst du nicht endlich auf?«

Es war ihr verzweifelter Aufschrei, der mich die Augen aufreißen ließ. Minutenlang starrte ich die Frau an, die an meinem Bett saß und mir die Hände streichelte. Überwältigt schloß ich vor diesem Traumbild die Augen. Das gab es nicht! Alles war nur ein schöner Traum – oder? Ich riß erneut die Augen auf.

»Gott sei Dank!« Der Frau an meinem Bett rannen dicke Tränen über das Gesicht. »Schau mich an, Liebling! Erkennst du mich nicht? Ich bin's wirklich! Deine Karen!«

»Karen?« In meinem schmerzenden Kopf herrschte ein furchtbares Durcheinander, bis ich begriff, daß ich nicht tot war und auch nicht träumte. »Karen ... wo kommst du denn auf einmal her? Wo ... wo ... sind wir?«

»In Halifax, im Lazarett der Royal Canadian Navy!«

»Im ... Lazarett?« Meine Augen spielten mir plötzlich einen Streich. Ich sah sie und alles im Raum doppelt, alles drehte sich. Ich schloß die Augen, weil mir übel wurde. »Was ... was mach' ich ... wie kommst du ... Verdammt, was ist mit mir los?«

»Ich arbeite hier und hatte Dienst, als sie dich gestern nacht schwerverletzt brachten, Darling. Du hattest zwei Kugeln im Rücken und viel Blut verloren, warst mehr tot als lebendig.« Sie schluchzte auf. »Was haben sie in diesem Lager bloß mit dir gemacht?«

Es machte mir Mühe, ihren Worten zu folgen, und noch mehr, sie zu begreifen. In meinem schmerzenden Schädel war nur Watte, dicke, zähe Watte und eine grenzenlose Leere, in die ihre Worte fielen. Aber die Stimme, ihre Stimme, tat mir wohl und machte mich auf einmal glücklich, unendlich glücklich.

»Ich weiß es nicht, Karen ... Mein Kopf ... Warum tut mir mein Kopf bloß so weh?« Vergeblich versuchte ich, mich zu erinnern. »Wir kamen aus dem Theater ... Nichts, ich bring' es nicht zusammen.«

»Kein Wunder, du hast ein Schädeltrauma, eine schwere Gehirnerschütterung von einem Schlag oder Tritt. Keiner von den Soldaten, die dich brachten, wußte etwas Genaues. Eine Schlägerei, in der auch geschossen wurde, was weiß ich. Ist ja auch egal! Du lebst, und ich bin überglücklich, daß wir wieder zusammen sind. Ich laß' dich nicht wieder in dieses Lager zurück!«

Ihre Worte hatten eine seltsame Wirkung. Eine Erinnerung zuckte durch mein Gehirn. Da war Ocke, und wir wollten flüchten! Ein Gedanke, der plötzlich die Watte fortschwemmte. Es war ganz wichtig, daß ...

»Ich ... Du darfst darüber nicht reden, Karen.« Ich hielt ihre streichelnde Hand fest. »Niemand darf wissen, daß ... oder hast du etwa jemandem hier gesagt, daß wir uns kennen?«

»Kein Sterbenswort, Knut! Wann sollte ich auch? Ich war ja ganz durcheinander und bin es noch! Vor Glück, daß du lebst und bei mir bist! Und jetzt ...«

»Das ist gut ...«, murmelte ich. Es war, als zöge jemand einen Vorhang zu. Ich hörte sie sprechen, weiter und weiter entfernt. Dann war da auf einmal nichts mehr.

Ich brauchte vier Tage, bis mein Gehirn endlich voll erfaßte, welchem außergewöhnlichen Zufall wir unser Wiedersehen nach so vielen Jahren verdankten. Er hatte mich ausgerechnet in die Station gespült, in der Karen als Oberschwester das Regiment führte. Eine andere Station, und wir hätten uns vermutlich erst auf langen Umwegen wiedergefunden.

Noch ein anderer Umstand war unserem Glück hold: Sie konnte zu mir kommen, wann immer sie wollte, ohne daß es Verdacht erregte. Ich war ein Problemfall und längst nicht über den Berg. Es konnte noch immer Komplikationen geben, wie mir der Chefarzt auf meine Fragen bei der Visite eingestand. Ein Blutgerinnsel blockierte einen Teil meines Gehirns, hemmte meine Bewegungsfähigkeit und erzeugte die Schwindelanfälle. Deshalb saß auch kein Wachposten vor meiner Tür.

»Ihre anderen Verletzungen haben Sie nur viel Blut gekostet, Lieutenant Vögele. Ansonsten wird das schon bald vergessen sein.« Er lächelte und ließ zwei deformierte Geschosse in die Spuckschale fallen, die an meinem Bett noch immer für alle Fälle bereitstand. »Hier, zur Erinnerung. Können Sie sich nach dem Ende des Krieges als Andenken an die Uhrkette hängen.«

Ich versuchte, sein Lächeln zu erwidern, aber es wurde dank meines Brummschädels vermutlich nur eine schiefe Grimasse daraus. »Thank you, Sir. Aber ich glaube nicht, daß ich das tun werde. Vielmehr möchte ich ihn möglichst schnell vergessen.«

Er lachte. »Verständlich! Sie sprechen übrigens ein ausgezeichnetes Englisch. Klingt irgendwie irisch. Wie kommt das?«

»Ich hatte vor vielen Jahren mal 'ne irische Freundin, Sir. Da hat das wohl abgefärbt.«

Ich brauchte eine ganze Woche für das Puzzlespiel, meine bruchstückhaften Erinnerungen wieder zusammenzusetzen. Dazu trug vor allem Jenssen bei, der mich mit einem fremden Offizier und einer Protokollantin besuchte, um mich als Zeuge zu vernehmen.

Ich begriff zunächst gar nicht, was das sollte. Meine inzwischen zurückgekehrten Erinnerungen reichten gerade bis zu dem Auftauchen jener Schlägerkolonne, die uns den Weg verlegt hatte, und begann erst wieder mit dem Erwachen aus der Bewußtlosigkeit. Was dazwischen lag, war ausgelöscht.

»Das ist kein Problem«, meinte der Captain. »Wir haben ja die Aussagen Ihrer Kameraden. Ich wollte mich eigentlich auch mehr über die Schwere Ihrer Verletzungen informieren, und das habe ich getan.«

Damit verabschiedete er sich mit der Protokollantin und ließ Jenssen an meinem Bett zurück.

»Was hat denn das zu bedeuten? Ein Captain ...«

»Das war der Militärstaatsanwalt, der Chefankläger. Der Vorfall hat ein gerichtliches Nachspiel für die Nazi-Bande. Fast wären Ihre Kameraden da auch noch mit hineingeschlittert.« Er grinste, als er meine verständnislose Miene sah. »Verstehen Sie nicht, was? Die beiden U-Bootbesatzungen wollten noch in der gleichen Nacht Lynchjustiz verüben. Den Teske hatten sie schon aus der Baracke geholt, nackend ausgezogen und mit Eiswasser übergossen, um ihn der Kälte auszusetzen. Wir kamen gerade noch rechtzeitig dazu und konnten auch die Erstürmung der Baracke verhindern, in der sich die Schläger verbarrikadiert hatten. Hätten Sie nicht erwartet, was?«

Ich schüttelte völlig perplex den Kopf. »Lynchjustiz ... Mit Eiswasser übergossen ...«

»Ihre U-Bootmänner waren völlig von Sinnen, glaubten, diese Schläger hätten Sie umgebracht. Inzwischen hat sich die Aufregung gelegt.« Sein Gesicht wurde hart. »Der ganze Nazi-Klüngel sitzt hier im Militärgefängnis in Untersuchungshaft. Man wird ein Exempel statuieren, denn auch als Kriegsgefangene unterstehen sie der Militärgerichtsbarkeit, und die geht bei uns mit solchen Leuten gar nicht zimperlich um.«

»Ich glaube, das sollte genügen, Sir!« mischte sich Karen im

Kommandoton ein. »Wir wollen doch den Lieutenant nicht überfordern! Er wird noch einige Zeit hier im Hospital bleiben müssen. Da freut er sich bestimmt, wenn Sie ihn wieder einmal besuchen.«

Das war ein Rausschmiß erster Ordnung, und ich war dankbar dafür, denn mir schwirrte nach diesen Eröffnungen ganz gewaltig der Kopf.

Doch Jenssen kam noch einmal zurück. Mit verlegener Miene reichte er mir zwei Briefe. »Hier, Ihre Post. Die hätte ich doch beinahe vergessen. Und dann soll ich Sie auch recht herzlich von Ihren Kameraden grüßen und Ihnen gute Besserung wünschen.«

»Vielen Dank! Ich werde mir Mühe geben!« Ich sah auf die Absender. Der eine Brief kam aus der Schweiz, der andere aus Irland. »Bitte, grüßen Sie die ganze Bande auch von mir herzlich. Die sollen mich doch mal besuchen kommen.«

Jenssen lachte laut auf. »Nee, mein Lieber, so weit geht die kanadische Großzügigkeit nun doch nicht! Na dann – bis bald!«

»Gott sei Dank!« sagte ich zu Karen, als er das Zimmer verlassen hatte. »Die beiden Briefe haben die Zensur ungeöffnet passiert.«

Sie sah mich verständnislos an. »Hätte das denn was ausgemacht? Beides sind doch neutrale Länder, da ...«

»Hier, mach sie auf, dann weißt du, warum ich froh bin.«

Sie öffnete die Briefe und überflog den Text. Sie schüttelte den Kopf. »Ich begreife noch immer nicht. Meine Eltern freuen sich, daß der Krieg für dich vorbei ist, und das schreiben auch die Le Grandes. Was ist daran so schlimm?«

»Deine Adresse, um die ich gebeten habe. Ich bin Kriegsgefangener, Mädchen, vergiß das nicht! Über deine kanadische Adresse wäre die Zensur garantiert gestolpert. Warum wohl, na?«

»Du lieber Himmel, sie hätten mich sofort im Verdacht gehabt!« ging ihr das Licht auf.

»... und mich bei dir prompt aufgestöbert«, ergänzte ich.

Seit ich wieder halbwegs klar denken konnte, schmiedeten wir Fluchtpläne für mich und vermieden alles, was auf eine Verbindung zwischen uns hinweisen konnte. Das war gar nicht so einfach nach den langen Jahren der Trennung.

In Gegenwart anderer sprach Karen mit mir in einem kalten, harten Feldwebelton, so daß jeder daraus schließen mußte, daß sie mich und die Deutschen insgesamt nicht mochte. Sie nannte nie meinen Namen, ich war stets nur der Jerry oder Fritz, der sich wegen seiner paar Kratzer gefälligst nicht so haben sollte. Ich begehrte dagegen immer laut auf und bezeichnete sie respektlos als alte vertrocknete Ziege und sterile Karbolmaus. Das war eine Gemeinheit, denn sie sah hinreißender denn je aus, aber die Zuhörer amüsierten sich jedesmal köstlich darüber.

Insofern war unsere Tarnung perfekt. Dennoch mußten wir ständig auf der Hut vor überraschend eintretenden Schwestern oder Ärzten sein. Deshalb sprachen wir stets nur englisch. Mehr als ein gelegentliches flüchtiges Küßchen war auch nicht drin, und das kam uns beide schwer an.

Nachdem die Fäden aus meinen gut verheilten Querschlägerwunden gezogen worden waren, bewahrte mich nur noch mein Schädeltrauma, wie man das Blutgerinnsel hier nannte, vor der Entlassung aus dem Hospital und der Rückkehr hinter den Stacheldraht. Mein Körper baute das Gerinnsel nur sehr langsam ab, so daß ich die Schwindelanfälle und deren Begleiterscheinungen nicht einmal zu spielen brauchte. Wegen der Fluchtvorbereitungen bauschte ich sie bei der Chefarztvisite jedoch jedesmal auf, denn wir brauchten Zeit.

»Ungewöhnlich, sehr ungewöhnlich, Lieutenant! Selbst wenn wir Sie entlassen, um eine gründliche Nachuntersuchung kommen wir nicht herum«, sagte er irgendwann und lieferte uns damit den Anlaß, den ich zur Flucht ausnutzen konnte.

Von diesem Augenblick an hatten wir nichts mehr gegen meine Rückkehr hinter den Stacheldraht, im Gegenteil. Ich mußte sogar zurück, damit Busch für die Papiere und deren Stempel rechtzeitig Vorlagen in die Hände bekam. Es waren echte Vorlagen; denn Karen hatte mir die ID-Card eines unlängst im Hospital Verstorbenen beschafft und auch einen Passierschein abgestaubt, mit dem ich das Hospital angeblich ungehindert verlassen konnte.

Die dafür notwendigen Fotos hatten sich glücklicherweise in ihrer Sammlung angefunden. Sie zeigten mich, was wichtig war, ohne das Bartgestrüpp, das noch immer den größten Teil meines Gesichtes verbarg. Kleidung, mit der ich das Hospital unauffällig verlassen konnte, lag schon für mich bereit. Selbst mein Versteck hatte sie liebevoll vorbereitet.

So lagen die Dinge, als mich der Chefarzt zwei Tage vor Weihnachten auf meine Entlassung ansprach. »Sie möchten vermutlich Weihnachten gern zusammen mit Ihren Kameraden im Lager feiern, Lieutenant.«

»Hoffentlich!« murmelte Karen unüberhörbar, getreu ihrer Rolle. »Dann sind wir diesen wehleidigen Jerry endlich los!«

»Nicht unbedingt, Sir, auch wenn es diese sterile Karbolmaus freute! In diesem Stacheldrahtkäfig dürfte das Fest eine ziemlich trieste Angelegenheit werden. Da geht es hier sicher fröhlicher zu. Aber wenn's denn sein muß ...«

»Es muß nicht, Lieutenant. Wir schränken hier allerdings zwischen Weihnachten und Neujahr den Dienstbetrieb stark ein, weil viele das Fest bei ihren Familien verleben möchten.

Da wären Sie in Ihrem Lagerhospital sicher besser aufgehoben.«

»Lagerhospital? Das ist nur eine Krankenbaracke, in der sich ein Sanitätsfeldwebel und ein paar Sanitäter als Doktor aufspielen«, spottete ich. »Na schön, da habe ich wenigstens Gesellschaft. Wann soll ich denn hier zur Nachuntersuchung wieder aufkreuzen?«

Er zog einen Kalender aus der Tasche und überprüfte seine Termine. »Am zehnten Januar, Lieutenant, das ist ein Montag. Dann sind Sie am nächsten Morgen dran. Wenn es bis dahin allerdings Komplikationen geben sollte, sehen wir uns schon früher. Ich spreche das mit Ihrer Lagerleitung ab, ja? Die wird Sie morgen früh abholen lassen, denke ich.«

Er drehte sich lächelnd zu Karen um. »Wie nennt er Sie immer? Sterile Karbolmaus? Wie kommt der denn auf die Idee, Sie könnten steril sein? Hoffentlich halten Sie's mit diesem wehleidigen Jerry noch diesen einen Tag aus, Karen?«

Ich fand es auf einmal gar nicht mehr so gut, was wir beide ausgeheckt hatten, um von uns abzulenken, denn hinter Karen kicherten die Schwestern der Visite. Sie blieb jedoch eisern bei unserem Konzept, warf mir einen finsteren Blick zu und verzog ärgerlich das Gesicht.

»Was weiß ich denn? Ich werd's jedenfalls überleben, Sir!«

In der Nacht klang das allerdings ganz anders.

Es war Jenssen, der mich am nächsten Morgen abholte. Interessiert musterte er die umherwieselnden Schwestern. »Donnerwetter, was für eine reizende Auswahl! Fällt es Ihnen da nicht schwer, nach Dalhousie Rock zurückzukehren?«

Mein Blick streifte Karen, die unnahbar am Fenster stand und eine der Schwestern in einem Ton anwies, das Bett umgehend abzuziehen, als hätte ich die Krätze oder Läuse eingeschleppt.

»Reizend? Lassen Sie sich von der Verpackung bloß nicht täuschen! Ich bin darauf auch reingefallen. Aber man soll ja nicht unhöflich sein.« Ich machte vor Karen eine alberne Verbeugung und deutete einen Kratzfuß an. »Good bye, Mylady! I will be back as soon as possible!«

Karen spielte prompt mit. Sie musterte mich kalt. »I hope, you never come back, Jerry!«

Jenssen zuckte überrascht zusammen. »Du meine Güte, was für ein Besen! Sind die hier alle so?«

»Gott sei Dank nicht alle. Lebwohl, meine sterile Karbolmaus! Ich hoffe, beim nächsten Mal bist du freundlicher zu mir, mein Schatz.«

Jenssen pruschte vor Lachen laut los. »Wie nennen Sie diesen Besen? Nimmt die denn das einfach so hin?«

»Natürlich nicht, sonst würde ich's ja nicht sagen.« Ich nahm den Beutel mit meinem Waschzeug. »Kommen Sie! Bye, bye, Baby!«

Karen verzog keine Miene, als sie gälisch sagte: »Ich liebe dich, mein frecher Jerry.«

»Was ist denn das nun wieder?«

»Keine Ahnung. Vermutlich wieder irgendwelche Schimpfworte«, log ich; denn »Ich liebe dich!« waren die einzigen gälischen Worte, die ich kannte.

»Wirklich bezaubernd!« Kopfschüttelnd ging er vor mir her. Ich folgte ihm mit reichlich gemischten Gefühlen hinunter zu seinem Wagen. In der Theorie machten sich unsere Pläne phantastisch. Aber waren sie das auch in der Praxis?

Bisher kannte ich ja vom Hospital nur meine Krankenstation, darum hielt ich die Augen offen. Weit nach Mitternacht mit Karens Hilfe aus dem Krankenzimmer zu entwischen und durch das schlafende Hospital zu schleichen, war wahrscheinlich leichter, als an dem Pförtner am Ausgang vorbei zu kommen. Wurde der nicht trotz des Passierscheins mißtrauisch, wenn ich das Hospital zu so ungewöhnlicher Stunde verließ?

Um herauszufinden, ob man hier die Kontrolle genauso penibel wie in Deutschland handhabte, blieb ich hinter Jenssen absichtlich ein ganzes Stück zurück. Niemand hielt mich auf oder verlangte einen Passierschein, als wir nacheinander die Pförtnerloge passierten.

Dennoch blieben meine Bedenken. Es war Tag. Galt das auch für die Nacht?

Mein erster Weg im Camp führte mich nicht in den Schlunz, wie die Krankenbaracke von uns Seeleuten genannt wurde, sondern in die Druckerei, wo David und Ocke bestimmt die Weihnachtsnummer des *Kurier* vorbereiteten. Ich sollte mich gründlich irren. Dort saß lediglich Busch und werkelte an einer Mater.

»Holla, wir dachten schon, Sie kämen gar nicht mehr zurück«, unkte er und schüttelte mir lächelnd die Hand. »Keine Gelegenheit zum Auskneifen gehabt, was?«

»Nee, leider noch nicht! Aber das kommt noch, wenn wir beide wieder miteinander ins Geschäft kommen. Wollen Sie immer noch nach Boston türmen?«

»Na klar! Warum fragen Sie?«

Ich fischte die kanadische ID-Card aus meiner Brusttasche. »Na, was halten Sie denn hiervon? Ist das die Vorlage?«

Überrascht riß er die Augen auf und sah mich bewundernd an. »Mann, Sie lieben Überraschungen, was? Wie sind Sie denn an die gekommen?«

Ich lachte. »So fragt man Leute aus! Organisiert, natürlich! Können Sie solche Dinger drucken?«

Er befühlte den Ausweis und prüfte die Papierstärke. »Kleinigkeit! Diese Art Formularpapier müßten wir haben, und auch den Stempel kriege ich hin. Aber ohne Foto ist so ein Ding keinen kanadischen Penny wert, und daran hapert's.«

»Abwarten! Vielleicht findet sich auch dafür eine Lösung.« Ich sah mich um. »Wo stecken denn die anderen?«

»Die helfen den beiden Pfarrern aus New Germany und Jenssens Schwester bei den Weihnachtsvorbereitungen in der Kirchenbaracke.«

»Jenssens Schwester, die Seike? Was hat die denn damit zu tun?«

Er grinste über mein erstauntes Gesicht. »Von der geht das doch alles aus. Die hat den Pfarrern auf die Sprünge geholfen, bei den Deutschkanadiern für unser Weihnachtsfest zu sammeln. Ist allerlei zusammengekommen, hat Oberleutnant Ketelsen berichtet. Der muß es ja wissen. Seit er in der Lagerleitung mitmischt, hat er ja die besten Verbindungen zu ...«

»Moment mal!« unterbrach ich ihn. »Ocke gehört zur Lagerleitung? Seit wann das denn?«

»Seit ... Ach so, das können Sie ja nicht wissen! Als nach der Schlägerei der ganze Nazispuk hier aufflog, ist auch dieser dämliche Oberst Fabian mit seinen bekloppten Vertretern von den Kanadiern geschaßt und in andere Lager abgeschoben worden. Neuer Lagerleiter ist ein Oberst Heide vom Afrikacorps geworden, ein Pfundskerl, und der hat sich Hintersteker und Ketelsen als Mitarbeiter geholt. Seitdem hat sich eine ganze Menge geändert.«

Ich starrte ihn offenen Mundes an. Das waren Neuigkeiten, die mir Jenssen verschwiegen hatte. Und noch etwas: »Die besten Verbindungen« hatte Busch mit eigenartiger Betonung gesagt.

»Und was sind das für Verbindungen, die Ocke jetzt hat?« fragte ich begriffsstutzig.

»Ach Gott, man munkelt so dies und das.« Er kniff feixend

ein Auge zu. »Amor soll da seine Hand im Spiel haben. Aber was rede ich – am besten, Sie fragen ihn selbst danach.«

Ich weiß nicht, irgendwie hing mir das Hirntrauma doch noch an, denn es dauerte verdammt lange, bis bei mir der Groschen fiel.

»Mich erwähnen Sie dabei aber bitte nicht«, bat er. Er drehte die ID-Card hin und her. »Kann ich die behalten? Dann haben Sie in ein paar Tagen den Stempel und so viele Duplikate, wie Sie haben möchten.«

Ich nickte. »Einverstanden. Wenn Sie die haben, liefere ich Ihnen auch noch einen Tip und dazu einen Passierschein, der Ihnen die Tür nach Boston öffnet. Hauptsache, Sie schweigen auch darüber wieder zu jedermann. Mitwisser können wir nicht gebrauchen.«

»Ich bin doch nicht blöd! Und was ist das für ein Tip?«

Ich schüttelte lächelnd den Kopf. »Alles schön der Reihe nach! Erst das Formular und den Stempel, dann gibt's das andere.«

»Und das ist ein todsicherer Tip? Warum sind Sie dann noch nicht weg?«

»Mensch, Busch, warum wohl nicht? Na?«

Er schlug sich mit der Hand gegen die Stirn. »Schon kapiert! Sobald ich die Mater fertig habe, mache ich mich ran.«

Was bei Busch so leicht über die Bühne gegangen war, fand bei Ocke ein ganz anderes Echo. Natürlich freute er sich darüber, daß ich meine Verletzungen überstanden hatte. Aber als ich die Möglichkeiten aufzählte, die sich jetzt für die Flucht boten, reagierte er darauf ganz anders, als ich es erwartet hatte.

»Ja, weißt du ...«, druckste er herum. »Klingt ja alles sehr verlockend, Knut, aber ...«

»Was heißt das?« platzte mir der Kragen. »Springst du ab?«

Auf diese Frage schien er gewartet zu haben, denn er atmete, sichtlich erleichtert, auf. »Offen und ehrlich gesagt: ja! Du hast doch wenigstens ein Ziel, deine Karen. Aber wo soll ich denn hin? Nach Deutschland? Vielleicht, wenn der Krieg vorbei ist. Ins neutrale Ausland? Was soll ich da? Nee, da bleibe ich lieber hier in Kanada, vielleicht sogar für immer.«

Buschs Bemerkung klang in mir nach. »Ist es Seike, die dich jetzt so denken läßt?«

»Es ist ein Traum, Knut, ein schöner Traum.« Er lächelte versonnen. »Wir sind in der letzten Zeit häufig zusammengekommen, weißt du. Wie kommst du überhaupt auf Seike?«

Er starrte mich so verblüfft an, daß ich laut auflachte. »Mensch, Ocke, ich hab' den Nachmittag bei den Jenssens nicht vergessen! Jetzt zähle ich nur zwei und zwei zusammen. Und Seike, träumt die den gleichen Traum?«

»Ich glaube schon.«

»Heißt das, du hast noch nicht mit ihr geredet?« Ich schlug die Hände über dem Kopf zusammen, als er nickte. »Verliebt wie ein Primaner und kriegt den Mund nicht auf!«

»Du kannst gut lachen, du hast ja deine Karen! Was macht sie überhaupt? Hast du sie endlich gefunden?«

Ocke und Seike Jenssen, eine Verbindung, die mich vorsichtig machte. Ich verzog bedauernd das Gesicht. »Leider noch nicht! Deshalb will ich ja hier raus, weiß aber selbst noch nicht, wie ich das deichseln kann.«

»Wenn ich dir dabei helfen kann, dann kannst du auf mich bauen. Du bist mir doch nicht böse?«

»Natürlich nicht! Vergiß ganz einfach unser Gespräch, Ocke. Ich wünsch' dir bei Seike viel Glück.«

Ich war froh, daß niemand wußte, wie weit meine Fluchtvorbereitungen schon gediehen waren. Trotzdem saß ich nach diesem Gespräch wie auf glühenden Kohlen. Ocke würde mich zwar nie absichtlich verraten. Aber ein unbedachtes Wort hier, ein unbedachtes dort, und schon konnte alles wie eine Seifenblase zerplatzen. Ich hütete mich daher davor, das Wort Flucht den anderen gegenüber überhaupt in den Mund zu nehmen.

Von der wunderschönen Weihnachtsfeier hatte ich gar nichts. Alle meine Gedanken kreisten immer wieder nur um Karen und meine Flucht. Das änderte sich auch nicht, als Busch mir das Ausweisformular und den Stempel brachte. Es wurde eher schlimmer.

Ich sehnte den Tag Null herbei und hätte jetzt am liebsten Komplikationen vorgetäuscht, um wieder ins Hospital gebracht zu werden. Damit hätte ich jedoch Karens Vorbereitungen durcheinandergebracht und letztlich unsere ganze Planung über den Haufen geworfen, die auf den zehnten Januar fixiert war.

Fast hätte ich darüber vergessen, was ich Busch versprochen hatte. »Haben Sie noch ihren Blinddarm? Gut! Dann täuschen Sie im Schlunz Blinddarmschmerzen vor. Die müssen Sie daraufhin ins Hospital nach Halifax bringen, weil Sie hier nicht operiert werden können.«

»Mann, das ist ja raffiniert! Aber wie komme ich dort raus?«

»Mit so einem Passierschein.« Ich gab ihm den Schein. »Kopieren Sie den, und geben Sie mir das Original wieder zurück. Das brauche ich vielleicht schon bald selbst. Ich mache den Vorreiter, dann sehen Sie ja, ob es klappt.«

»Dann brauche ich mich doch gar nicht operieren zu lassen.«

»Eben, lieber Mann, eben! Aber ...« Ich legte einen Finger auf den Mund. »Schnauze halten!«

Ungeduldig zählte ich die Tage, die dadurch nur noch langsamer vergingen. Silvester ging vorbei. Doch dann wurden die Tage zu Stunden und ich zu einem Nervenbündel, gehetzt von der ständigen Sorge, es könnte doch noch etwas schiefgehen.

Das hatte erst ein Ende, als mich Jenssen abholte, um mich nach Halifax zu bringen. Diesmal hatte er noch einen Soldaten dabei.

»Sie sehen schlecht aus, Knut. Wir dachten, Sie hätten's hinter sich. Sieht aber gar nicht danach aus. Machen Sie uns bloß keinen Kummer!«

»I wo, ich hab' die letzten Nächte bloß schlecht geschlafen.« Das stimmte ausnahmsweise mal. »Wird so eine Art Krankenhauskoller sein. Muß in der Familie liegen. Meine Schwester hat immer schon zu zittern angefangen, wenn sie nur 'nen weißen Arztkittel gesehen hat.«

Er lachte laut auf. »Hoffentlich geht das jetzt bei Ihnen nicht auch los!«

Von dem Augenblick an, als wir das Hospital betraten, fiel alle Nervosität von mir ab. Ich konnte wieder klar denken.

Nachdem wir die Aufnahmeformalitäten hinter uns gebracht hatten, übernahm mich Karen. »Verdammt, da ist ja dieser verlauste Jerry tatsächlich wieder!«

Ich grinste. »In der Tat! Und wenn du nicht brav bist, meine sterile Karbolmaus, dann hänge ich dir ein paar von meinen Läusen an. So ein paar richtig fette Filzläuse, die jucken so schön.«

Jenssen brüllte vor Lachen, daß sich alle Schwestern nach uns umsahen. »Mann-o-Mann, das ist ja eine herzige Begrüßung zwischen euch beiden!«

Karen drehte sich zu ihm um. Übermut sprühte aus ihren Augen. »So führt der sich immer auf! So ein richtiges Ferkel, wie alle Seeleute! Ein Glück, daß mein Dienst gleich vorbei ist und ich ein paar freie Tage vor mir habe. Hoffentlich ist der verdammte Fritz dann wieder weg.«

»Reizend, ganz reizend!« gackerte Jenssen und fügte deutsch hinzu: »So ein hübsches Weib und dennoch ein solcher Besen mit einer fürchterlichen Schandschnauze.«

Er konnte ja nicht ahnen, daß Karen mir damit signalisierte, daß alles nach Plan lief.

Sie stieß die Tür zu meinem Zimmer auf. »Rein mit dir, Jerry, und runter mit den Klamotten. Gleich gehen die Voruntersuchungen los! Das wär's ja dann wohl, Sergeant – oder?«

Ihr Feldwebelton beeindruckte selbst Jenssen. »Nicht ganz, Schwester. Ich hab' 'nen Posten mitgebracht, damit ihr Jerry nicht auskneifen kann. Der braucht einen Stuhl vor der Tür. Könnten Sie das freundlicherweise veranlassen?«

Sie sah ihn an, als habe sie nicht richtig gehört. »Auskneifen? Haben Sie mal aufs Thermometer gesehen? Im Nachthemd bei minus achtzehn Grad? Der wird sich hüten, seine verlausten Klamotten nehmen wir ihm nämlich ab. – Aber wenn Sie meinen.«

»Na, wenn das so ist, dann kann der sich auch unten zum Pförtner setzen, meinen Sie nicht?«

»Ich meine!«

Damit war Jenssen mit seinem Soldaten entlassen.

Karen kassierte tatsächlich meine sämtlichen Kleidungsstükke und selbst meine Schuhe. Sie drückte alles der Lernschwester mit dem Auftrag in die Hände, den verlausten Krempel in einen der Schränke im Schwesternzimmer sicher wegzuschließen, weil das ständig besetzt sei.

»Dann kommst du zurück und bringst das Abendessen für den Jerry mit, klar?«

Das Mädchen knickste und schoß davon. Uns verschaffte sie damit die Zeit zu einem hastigen Gespräch.

»Ich habe umdisponiert. Du mußt nicht am Pförtner vorbei. Die Putzkammer ist im WC am Ende des Ganges. Dort findest du in einem Abfallsack alles, was du brauchst. Das hier ist der Kammerschlüssel und der Vierkant fürs schmale Fenster, durch das du runter auf das Kellervordach kommst. Von dem kannst du hinunter in den Schneewall jumpen. Schau dir das alles genau an, wenn du nachher auf das Klo mußt. Licht darfst du nachts nicht machen, das fällt auf. Eine flache Taschenlampe liegt hinter dem Schrankaufsatz. Schließ die Putzkammer hinter dir von innen ab. Ich warte im Wagen ab drei Uhr auf dem Parkplatz für das Personal, die Zauntür kannst du gar nicht verfehlen. Sie wird offen sein. Aber nicht einschlafen, Schatz, sonst war alles umsonst!«

Sie hauchte mir einen Kuß auf die Lippen und verwandelte sich blitzschnell wieder in die kratzbürstige Oberschwester, die befehlsgewohnt am Fensterbrett lehnte. Keine Sekunde zu früh. Eine Schwester mit Blutdruckmesser, Stethoskop und Fieberthermometer für die Voruntersuchung kreuzte auf, gefolgt von der Lernschwester mit dem Essen.

»Das Essen hat Zeit. Der wird schon nicht verhungern!« ließ sich Karen vernehmen. »Erst die Voruntersuchung, los!«

Schon mein erster Kontrollgang zur Toilette überzeugte mich davon, daß Karen einen idealen Fluchtweg für mich ausgetüftelt hatte. Niemand nahm auf dem belebten Gang von mir Notiz. Unter den in Bademänteln umherlaufenden Patienten und geschäftigen Schwestern fiel ich nicht einmal durch mein armseliges Nachthemd auf.

Dennoch beließ ich es bei einem ersten flüchtigen Erkundungsgang und wagte noch nicht, den Schlüssel für die Putzkammer auszuprobieren. Noch konnte ja jeden Augenblick jemand auftauchen, den seine volle Blase so kurz vor der allgemeinen Nachtruhe noch einmal auf die Toilette trieb.

Das war nach Mitternacht ganz anders. Das ganze Haus war zur Ruhe gekommen, mir begegnete auf dem Gang kein Mensch. Darum konnte ich jetzt auch einen Blick aus dem Toilettenfenster auf meinen weiteren Fluchtweg werfen. War ich erst einmal unten auf der Kellertreppenüberdachung gelandet, konnte ich den Pfad zum Personalparkplatz tatsächlich nicht verfehlen.

Beruhigt trat ich den Rückweg zu meinem Zimmer an und lief prompt der Nachtschwester in die Arme, die mit einem Stechbecken aus einem der Nachbarzimmer kam. Vermutlich hätte sie mich bei der funzeligen Nachtbeleuchtung überhaupt nicht beachtet, denn so außergewöhnlich war ja mein Gang zum WC nun wirklich nicht. Aber wir stießen beinahe zusammen.

»Sorry«, wich ich ihrem vollen Stechbecken aus. »Ich habe heute schon gebadet.«

Einen Moment stoppte sie verblüfft, dann eilte sie kichernd weiter. Wenn erst einmal die Suche nach mir begann, würde sie sich daran erinnern und aussagen, daß sie mir nach Mitternacht noch begegnet sei. Das konnte mir nur recht sein.

Ich geisterte in meinem Zimmer herum und sah alle naselang auf die Leuchtziffern meiner Armbanduhr. Zum einen trieb mich die Sorge aus dem Bett, ich könnte einschlafen, zum anderen meine wachsende innere Unruhe, je weiter die Zeiger vorrückten.

Endlich war es so weit. Ich nahm den Beutel mit meinem Wasch- und Rasierzeug, öffnete leise meine Tür und lauschte. Nichts, alles ruhig. Den Gang zum WC flog ich mehr entlang, als daß ich ging. Auch hier keine Menschenseele. Ich huschte in die Putzkammer hinein und schloß sofort hinter mir ab.

Der Lichtstrahl der Taschenlampe fand den Abfallsack mit

meinen neuen Kleidungsstücken schnell. Rasch zog ich mich an. Karen hatte an alles gedacht. Niemand würde in dieser landesüblichen Seemannskleidung jemals einen flüchtigen Kriegsgefangenen vermuten, wenn ich erst einmal aus dem Hospital heraus war.

Das Seil, das meine Hand aus dem Sack fischte, war zwar dünn, aber fest und würde mein Gewicht sicher tragen. Ich schlang es um das Rohr der Zentralheizung und öffnete das Fenster. Ein Blick hinaus. Auf dem Parkplatz stand nur ein Auto, von dem das kurze Aufblitzen meiner Taschenlampe mit einem genauso kurzen Lichtblitz beantwortet wurde. Karen wartete also schon auf mich.

Ich steckte das Nachthemd und die Schlüssel in den Beutel mit meinem Krempel und hing ihn mir um den Hals, stieg aus dem Fenster und glitt, mit den Füßen in den Fugen der Klinkerwand Halt findend, die ersten Meter an dem Doppelseil in die Tiefe. Das ging besser, als ich es erwartet hatte. Erfreut gab ich mehr Seil.

Plötzlich klappte schräg über mir eine Tür. In meinen Ohren dröhnte das wie ein Kanonenschuß. Ein Lichtstrahl fiel aus dem Fenster und erhellte die Nacht. Vor Schreck verloren meine Füße den Halt. Ich pendelte an dem Seil hilflos hin und her, laut kratzten meine Schuhe über die rauhe Wand.

Verdammt, mußte ausgerechnet jetzt so ein Idiot aufs Klo gehen? Fehlte bloß noch, daß der jetzt auch noch aus dem Fenster schaute!

Ruhe, Ruhe, redete ich mir selber zu, fand tatsächlich wieder Halt und glitt schnell Hand über Hand nach unten auf das Vordach zu. Doch schon zuckte ich erneut zusammen. Das Seil war zu kurz! Um lautlos auf das Dach zu gelangen, fehlten fast zwei Meter! Schreckerstart hing ich in der Luft.

Das war allein meine Schuld! Ich hatte mich verkalkuliert, als ich das Seil doppelt nahm. Jetzt mußte ich springen! Springen? Wußte ich denn, ob das Dach mich dann trug? Am Ende brach ich durch, weil unter dem Schnee ein Glasdach war!

Ich sah mich nach Rettung um. Das Fallrohr der Regenrinne! Keine zwei Meter von mir entfernt, kam es die Hauswand herunter. Ich stieß mich ab und schwang mich hinüber. Erst beim zweiten Versuch konnte ich mich daran mit den Füßen verhaken und es mit einer Hand fassen. Ich ließ das Seil fahren und wußte im gleichen Augenblick, warum so ein Rohr Fallrohr genannt wurde. Ich sauste an ihm wie im freien Fall in die Tiefe, vorbei an der Vordachkante und mitten hinein in einen hoch aufgeschütteten Schneehaufen. Der war mein Glück.

Bewegungslos verharrte ich und lauschte. Nichts! Auch das Licht über mir war wieder erloschen. Verflucht, das Seil! Ich hatte es mitnehmen wollen, um die Spurensuche zu erschweren. Jetzt pendelte es dort oben im leichten Luftzug hin und her.

Doch was kümmerte mich jetzt noch das Seil! Ich war heil unten, wenn auch meine Hände wie Feuer brannten. Wieder ging oben in der Toilette das Licht an. Suchte man etwa schon nach mir?

Dieser Gedanke jagte mich aus dem Schnee hoch. Weg jetzt, nichts wie weg! Ich stürzte den Pfad in wilder Flucht entlang, fand die Tür offen und sprang zu Karen in den Wagen, die sofort startete.

»Gott sei Dank! Ich sah dich fallen und dachte, jetzt sei alles aus! Ich bin ...«

»Kein Licht, Karen!« Ich hielt ihre Hand fest, die nach dem Schalter griff. »Vielleicht sucht man schon nach mir!«

Vorsichtig fuhr sie an. Immer wieder schaute sie in den Rückspiegel, ob man uns verfolgte. Erst weit genug vom Hospital entfernt, wagten wir es, die Scheinwerfer einzuschalten.

Karen brachte mich in das Zweithaus eines befreundeten Ehepaares, das sie betreute, weil die es nur selten benutzten. Sie durfte dafür in dem Haus wohnen, wann immer sie wollte. Es war ein idealer Schlupfwinkel. Ruhig am Stadtrand gelegen, um nicht gestört zu werden, und doch dicht genug am Wasser und am Hafen, ideal im Sommer, um zu segeln.

Erst hier fiel die nervliche Anspannung von uns ab. Karen warf sich in meine Arme und schmiegte sich eng an mich.

»Halt mich fest, Liebling, laß mich fühlen, daß du wirklich bei mir bist und es nicht bloß ein schöner Traum ist, der sich schon bald wieder in ein Nichts auflöst.«

Wir küßten uns mit solcher Leidenschaft, daß wir um uns herum alles vergaßen und nur noch uns fühlten. Nach den Jahren der Trennung und dem Versteckspiel im Hospital schwemmten die Wogen unserer Gefühle alle Sorgen hinweg, die uns bedrückt hatten.

Es war nur eine kurze Nacht, die wir eng umschlungen und mit immer wieder aufflammender Leidenschaft verbrachten, als könnten wir damit die Zeit anhalten. Als ein grauer Morgen durch die Fenster blinzelte, kamen die Sorgen zurück, die uns unsere Liebe hatte vergessen lassen.

»Jetzt werden sie sich den Kopf zerbrechen, wo du abgeblieben sein könntest, und dich suchen, mein lieber frecher Jerry!« Sie drehte spielerisch die Haare auf meiner Brust zu kleinen Wirbeln und hauchte mir einen zärtlichen Kuß auf die Wange. »Und die es weiß, wird es ihnen nicht verraten.«

Ich war nicht ganz so sorglos. Noch waren wir nicht in Sicherheit. »Aber sie werden auch dich befragen wollen. Wissen sie, wo du jetzt steckst?«

Sie richtete sich auf. »Sie glauben, ich sei zum Skilaufen in die Berge gefahren. Meinst du, sie könnten hier erscheinen, obwohl wir uns so aufgeführt haben? Was kann ich ihnen denn schon sagen?«

»Spurensuche. Du bist die Oberschwester der Station, aus der ich getürmt bin.« Ich sah auf die Uhr. »Wir sollten mal hören, ob das Radio schon was bringt.«

Es brachte tatsächlich etwas über mich. Sie baten die Bevölkerung um Mithilfe. Es sei durchaus möglich, daß ich in geistiger Verwirrung aus dem Hospital entwichen sei, da ich nach den bisherigen Ermittlungen nur mit einem Nachthemd bekleidet gewesen sei. Es folgte eine Personenbeschreibung.

»Komm, laß uns frühstücken. Dann fahre ich in die Höhle des Löwen«, sagte Karen entschlossen und schlüpfte in ihren Morgenrock.

Das war es, was ich an ihr so liebte. Sie war eine zärtliche und leidenschaftliche Geliebte, aber zugleich auch eine beherzte, nüchtern denkende und willensstarke Frau, die unangenehmen Dingen nicht aus dem Weg ging.

Während ich das Frühstück vorbereitete, duschte sie und kam im Skidress an den Frühstückstisch. Sie drehte sich vor mir schwungvoll um die eigene Achse und lächelte.

»Auf die Verpackung kommt es an, sagt mein Vater immer. Das können sie haben. Wie findest du mich?«

»Hinreißend, ungemein attraktiv und supersportlich! Eine Frau, die ich gern heiraten möchte.«

»Immer noch, obwohl ich inzwischen eine sterile Karbolmaus geworden bin?«

Sie kam nach drei Stunden aufgekratzt zurück. Inzwischen hatte das Radio eine weitere Einzelheit über meine Flucht verbreitet. Die Polizei hatte das Seil entdeckt, und das gab ihr neue Rätsel auf. Sie hielt es für ein Täuschungsmanöver, weil es viel zu kurz war und man Fußspuren auf dem Vordach nicht gefunden hatte.

»Na, wie ist es gelaufen?« fragte ich gespannt.

»Gut, mein Schatz, sehr gut sogar! Ich käme wie gerufen,

behauptete der *detective* und fing sich sofort von Jenssen ein Ding ein, als er meine Aussagen zu zerpflücken versuchte. Einen besseren Zeugen für meine Abneigung gegen dich hätte ich mir gar nicht wünschen können. Außerdem hätte ja gerade die meine Handlungen diktiert. Schließlich sei ich es gewesen, die dir die Kleidung abgenommen und in Sicherheit gebracht habe, um eine Flucht zu verhindern.« Ihr Gesicht wurde plötzlich ernst. »Wissen deine Kameraden, daß es mich gibt?«

»Das schon, aber nicht, daß ich dich gefunden habe. Warum?«

»Sie wollen jetzt deine Kameraden vernehmen. Gibt es da auch nur die geringste Spur, die sie zu uns führen könnte?«

Ich schüttelte den Kopf. »Keine! Sie kennen nur deinen Vor-, aber nicht deinen Nachnamen. Dein Vorname ist so häufig, daß er nicht zu dir führen kann. Selbst Ocke habe ich verschwiegen, daß ich dich hier gefunden habe. Und die Originalvorlagen und Stempel für die gefälschten Papiere habe ich vernichtet. Zufrieden?«

Der *Halifax Herald* brachte am nächsten Morgen meinen Steckbrief mit Bild und genauer Personenbeschreibung. Über das Bild brach Karen in lautes Gelächter aus, denn es zeigte mich so, wie man mich in Moilett's Grove aufgenommen hatte, mit dichtem Rauschebart und langen, verfilzten Haaren.

»Unmöglich! Du siehst ja wie ein Waldschrat aus! Hättest du dir nicht wenigstens vorher die Haare trimmen lassen können?«

»Sei froh, Karen! Ohne den wilden Vollbart erkennt mich kein Mensch und mit dem Schnurbärtchen und dem entstellenden Stoppelhaarschnitt, den du mir gestern verpaßt hast, noch weniger!«

Über Fahndungserfolge wußten die Zeitung und das Radio

auch in den folgenden Tagen nichts Neues zu berichten, obwohl sich inzwischen zahlreiche Zeugen gemeldet hatten, die mich an allen möglichen Orten entlang der Grenze zu den USA gesehen haben wollten. Die Polizei ging diesen Spuren selbstverständlich nach. Die Befragung meiner Kameraden war ebenfalls im Sande verlaufen; alle behaupteten, ich hätte ihnen gegenüber nicht die geringsten Fluchtabsichten geäußert.

Um überhaupt etwas über mich schreiben zu können, gruben sie die positiven Artikel über uns Offiziere von *U 769* aus, ergänzt durch Recherchen über die Vorgänge, die zu meinen Verletzungen geführt und die Nazi-Schläger in Untersuchungshaft gebracht hatten. Das und das Rätselraten um das Seil ließen in dem Schreiberling den abenteuerlichen Verdacht aufkommen, ich sei deshalb möglicherweise von kanadischen Nazi-Anhängern entführt und verschleppt, wenn nicht gar ermordet worden, damit ich vor Gericht nicht gegen die Schläger aussagen konnte.

Karen lachte laut auf. »Auf was die alles kommen!«

»Kann mir nur recht sein. Totgesagte leben bekanntlich länger.«

Karens freie Tage waren vorüber, sie mußte wieder zum Dienst. Von dort brachte sie jeden Tag Nachrichten mit, die nicht in die Presse gelangten, denn die Polizei suchte im Hospital noch immer nach Hinweisen auf meine Helfer. Der Gedanke, ich könnte mich noch irgendwo in Halifax aufhalten, erschien ihr offenbar so widersinnig, daß man inzwischen nicht nur in Kanada, sondern auch in den USA nach mir fahndete. Bei seiner zweiten Vernehmung war Ocke nämlich plötzlich eingefallen, daß ich doch einmal so ganz nebenbei erwähnt hätte, wenn überhaupt Flucht, dann nur durch die USA nach Mexiko.

Doch schon bald rutschte meine Flucht an den Rand des polizeilichen Interesses. Aus einem Gefangenenlager in der Nähe der großen Seen gelang gleich einer ganzen Gruppe deutscher Kriegsgefangener unter spektakulären Umständen der Ausbruch, und das lenkte von mir ab.

Wir waren darüber nicht böse, uns brannte nämlich inzwischen die Zeit auf den Nägeln. Noch konnte ich abends das Haus verlassen, aber die Tage wurden länger und damit die Gefahr einer Entdeckung immer größer. Wir mußten hier verschwinden, sobald sich eine Möglichkeit bot.

Bisher waren alle flüchtigen Kriegsgefangenen früher oder später wieder eingefangen worden, weil alle versucht hatten, auf dem Landweg durch die USA nach Südamerika zu entkommen. Keiner war bisher auf den abenteuerlichen Gedanken verfallenen, es auf dem Seeweg zu versuchen. Das war unsere Chance.

Wir wollten nach Irland, doch das lag mitten im Seekriegsgebiet. Wenn überhaupt, dann konnten wir nur auf einem alliierten Schiff nach England und von dort nach Irland gelangen. Das war ein so risikoreiches Unterfangen für einen geflohenen Kriegsgefangenen, daß die Behörden damit ganz sicher nicht rechneten.

Während Karen im Hospital ihren Dienst versah, stromerte ich deshalb in den Abendstunden durch den Hafen und klapperte die Heuerbüros ab. Angebote für Frachter oder Tanker gab es wie Sand am Meer. Aber das war nur etwas für mich, nicht für Karen.

Ende Januar bekamen wir gänzlich unerwartet unsere Chance. Wir saßen beim Frühstück und blickten hinaus auf den Hafen, in den gerade ein schneeweißes Lazarettschiff einlief und am Ausrüstungskai festmachte. Unverkennbar ein Luxusliner, den man zum Kriegsdienst abkommandiert hatte.

Bei diesem Anblick schlug mein Herz höher. »Was für ein Schiff! Genau das Richtige für uns, Mäuschen.«

»Du meine Güte, die *San Diego*?« Karen winkte ab. »Seit Tagen versuchen deren Agenten schon, Personal anzuheuern. Aber keine Chance! Nicht für Geld und gute Worte.«

»Die suchen Personal, und es findet sich keins? Warum nicht?«

»Medizinisches Personal suchen sie, von Seeleuten war nicht die Rede, Darling. Und warum nicht? Angst vor den Winterstürmen, dem Seegang und euren Torpedos.«

»Hast du davor auch Angst?«

»Wenn ich mit dir zusammen sein kann, ganz gewiß nicht. Heißt das, du willst ...« Sie verzog skeptisch die Miene. »Ich käme dafür im Hospital sofort frei. Aber dich wird man nicht ...«

»Das kommt auf den Versuch an, Mädchen«, unterbrach ich sie. »Versuch macht klug!«

Auf dem Weg zu dem Agenten, den sie mir genannt hatte, verlor ich einiges von meinem Optimismus. Ich mußte schon großes Glück haben, wenn das Schiff keine vollzählige seemännische Besatzung an Bord haben sollte.

Zugleich machte ich jedoch eine wichtige Erfahrung: Niemand beachtete mich, nicht die Nutten, die vor den Kaschemmen frierend flanierten und auf Freier warteten, und auch nicht die Polizisten im Hafenbereich, die nur einen flüchtigen Blick auf meine gefälschten Papiere warfen und mich anstandslos passieren ließen. Mit einem Schlag wurde ich sicher.

Das war auch nötig, denn der Heuerbaas war ein ganz gewitzter und mit allen Wassern gewaschener Halunke. Ein kleiner, schieläugiger Kerl, der hinter seinem Schreibtisch wie eine dicke Kröte hockte und mich mit einem falschen Lächeln musterte.

»Auf der *San Diego* als *deckhand*?« Er lachte höhnisch auf. »Warum nicht gleich als Admiral auf der *IOWA*?«

Die Tour kannte ich. Ich grinste zurück und knallte das Seefahrtsbuch vor ihm auf den Tisch. »Warum nicht? Aber vielleicht sehen Sie hier mal rein, bevor Sie mir Ihre Ladenhüter anbieten. Nach Tanker oder Frachter steht mir nämlich ganz bestimmt nicht der Sinn!«

Er nahm das Buch mit spitzen Fingern und blätterte es auf. »Sieh da, ein befahrener Mann! Und auf der *Empress of Freedom* sind Sie zuletzt gefahren? Warum haben Sie da abgemustert?«

»Weil ich endlich mal aus der Tretmühle raus und mal richtig Urlaub machen wollte. Was dagegen?«

»Nein, nein, ganz und gar nicht! Daran haben Sie sogar gut getan. Die gibt es nämlich nicht mehr. Torpediert vor Islay.«

»Torpediert?« Ich brauchte mich nicht zu verstellen, es ging mir nahe, wenn ich an Captain Rush und Shephard dachte. »Und die Besatzung?«

»Aufgefischt.« Er wurde geschäftlich. »Bootsmann also. Was können Sie noch? Haben Sie nautische Erfahrung?«

»Wenn Sie damit meinen, ob ich koppeln kann – ja. Ich kann auch mit dem Sextanten umgehen, wenn ...«

»Dann kommen wir ins Geschäft. Aber Captain Blair jagt Sie zum Teufel, wenn Sie mich bemogelt haben.« Er nahm ein Heuerformular aus der Schublade. »Hier, lesen Sie sich das durch! Wenn Sie einverstanden sind, unterschreiben Sie. Zur Heuer kommt noch die übliche Zulage für jeden Seetag hinzu.«

Das ergab eine ganz hübsche Summe. Aber ich hätte auch bei einer geringeren unterschrieben. »Wann geht die *San Diego* in See, und wie ist es mit einem Handgeld?«

»Abgebrannt, was?« Mit einem schmierigen Grinsen nahm er Geld aus einer Kassette und zählte es vor mir auf den Tisch.

»Das dürfte wohl reichen, um im Puff die Puppen tanzen zu lassen. In vier Tagen, bound for Liverpool. Dort übernimmt die *Royal Navy* den Pott. Mehr weiß ich auch nicht. Am besten ist, Sie gehen gleich mal an Bord und melden sich beim Ersten Offizier, bevor Sie Ihre Klamotten holen.«

An diesem Abend feierten wir, als hätten wir beide in der Lotterie gewonnen. Bei Karen hatte es genauso geklappt wie bei mir. Auch sie hatte sich sofort bei dem Chefarzt vorgestellt und war restlos glücklich.

»Stell dir vor, ich habe jetzt den ganzen chirurgischen Bereich unter mir, denn die sind froh über jede erfahrene Schwester!« jubilierte sie. »Wir beide wieder zusammen auf einem Schiff! Ist das nicht herrlich?«

Ich nickte, konnte aber aus meinem Hinterkopf eine gewisse Sorge nicht vertreiben. »Und du bist ganz sicher, daß sich außer dir kein anderer aus dem Hospital gemeldet hat?«

»Ganz sicher! Die haben mich alle für verrückt erklärt. Was jetzt noch an medizinischem Personal fehlt, wird in Liverpool an Bord kommandiert, hat mir der Chef erklärt.«

Trotzdem hielt die Sorge an. Deshalb gingen wir getrennt an Bord und taten so, als hätten wir uns noch nie gesehen. Außerdem hatte sie in ihrem Bereich genug zu tun, um ihn in den Griff zu bekommen, und auch ich mußte erst den zusammengewürfelten Haufen an Deck auf Vordermann bringen.

Wir wollten ein ähnliches Spiel wie im Hospital spielen, bis wir sicher sein konnten, daß nicht doch noch jemand in letzter Minute zugestiegen war, der uns kannte.

Die *San Diego* war ein prachtvolles Schiff, das seinen Glanz aus vergangenen Zeiten noch nicht verloren hatte, obwohl man es in ein schwimmendes Lazarett mit riesigen roten Kreuzen auf der Außenhaut versehen und die Salons in Operationssäle umgewandelt hatte. Ein Pott von zwölftausend Bruttoregistertonnen, gebaut, um betuchten Passagieren auf Kreuzfahrten die Schönheiten der Erde zu zeigen, und ausgestattet mit Maschinen, die die Kraft für sechsundzwanzig Knoten auf die Doppelschrauben brachten.

Damit konnte sie nicht nur jedem Hurrikan oder Taifun aus dem Wege gehen, sondern auch jedem deutschen U-Boot glatt davonlaufen. Das war ein ungemein beruhigendes Gefühl, obwohl ich sicher war, daß sie dank ihrer Kennzeichnung als Lazarettschiff keines unserer U-Boote angreifen werde.

Man konnte allerdings nie wissen. Auf die Schraubengeräusche eines Geleits fixiert, machte es für die akustischen Torpedos keinen Unterschied, ob sie von einem Kriegs- oder einem Lazarettschiff angelockt wurden. Vor solchen Irrläufern konnte auch die *San Diego* keineswegs sicher sein.

So sah es auch ihr Kapitän, Captain Blair, ein hagerer, wortkarger Schotte. Kaum hatten wir den Außenhafen von Halifax verlassen, ließ er eine Rabatzboje ausbringen, deren höllischer Lärm bis in den letzten Winkel des Schiffes drang. Der Erste Offizier, Sir Donald Flanagan, war ein aristokratisch steifer Brite, der den rothaarigen Zweiten Offizier, Sean O'Murdoch, mit jedem Wort spüren ließ, daß er für katholische Iren nichts übrig hatte, auch wenn sie aus Derry stammten.

Es gab überhaupt eine seltsame Zweiteilung an Bord. Die Führungspositionen waren mit Weißen besetzt, alle *deckhands* waren Farbige, durch die Heuer aus allen Winkeln des britischen Weltreichs angelockt. Ein wüster, aus den Hafenspelunken zusammengekehrter Haufen, in dem das Faustrecht regierte und der in der vergammelten Vorpiek hauste.

Diese schnatternde Horde verständigte sich durch ein grausiges Sprachgemisch, gegen das sich das Pidgin-English wie eine herrliche Melodie ausnahm, wenn ihre Vormänner meine Befehle weitergaben und ihnen mit Fausthieben oder Tritten Nachdruck verliehen. Für mich, an deutsche Seeleute gewöhnt, war das eine gewaltige Umstellung.

Andererseits konnte ich hier wohl vor Entlarvung sicher sein. Es hatte nur ganz am Anfang eine kritische Situation gegeben, als ich mich beim Ersten Offizier meldete.

»Benson? Der Name ist mir schon einmal untergekommen.« Er musterte mich hochmütig. »Ein Bootsmann aus Belfast, wie alle Iren ein wandelndes Whiskeyfaß. Sie haben hoffentlich mit diesem Saufaus nur den Namen gemeinsam.«

Mir war der Schreck so in die Glieder gefahren, daß ich mir nur mühsam eine Antwort abgequält hatte. »Ganz sicher, auch wenn ich ebenfalls in Belfast geboren bin, Sir.«

Er hatte sich brummend abgewandt und mich mit einer Handbewegung dem Zweiten Offizier überlassen.

Wir liefen dem offenen Atlantik entgegen. Ich stand an Deck und atmete erleichtert die frische Seeluft dieses herrlichen Wintermorgens ein. Alle Sorgen und Zweifel fielen von mir ab. Ich war frei und mit mir auch Karen! Was störte mich da die Kälte, die mich der eisige Fahrtwind bis auf die Knochen spüren ließ und die auch die blasse Sonne nicht zu mildern vermochte.

Am liebsten hätte ich jetzt vor lauter Glücksgefühl laut gesungen. Schon lag Halifax weit hinter uns, und vor uns traten die schneebedeckten Ufer des Sunds immer weiter zurück. In der Ferne hob sich Harring Cove ab, vor dem sich unser kleines Geleit aus Tankern und Frachtern sammelte, das mit einer Eskorte aus Zerstörern, Fregatten und Korvetten nach Cape Ray laufen sollte. Dort, vor dem südlichen Ausgang des St. Lorenzgolfs, wurde das Großgeleit zusammengestellt, dem wir uns für die Überquerung des Atlantik anschließen sollten.

Mein Blick ging hinüber zu Karen, die zusammen mit ein paar Schwestern unweit von mir an der Reling stand und sich den Wind um die Nase wehen ließ. Als spüre sie meinen Blick auf ihrer Haut, wandte sie mir ihr von der Kälte gerötetes Gesicht zu. Wie eine versteckte Botschaft glitt ein glückliches Lächeln über ihre Züge. Wir haben es geschafft, hieß das.

Ich blinzelte lächelnd zurück.

Keine zwei Stunden später genügte eine Lautsprecherdurchsage, um meinem Glücksgefühl einen schweren Schlag zu versetzen. Wir hatten die Boote ausgeschwenkt, und ich war gerade dabei, die Manntaue und das laufende Gut an den Davits zu kontrollieren.

»Mister Benson, auf die Brücke!« quäkte es über das Deck. »Mister Benson, auf die Brücke!«

Ich erstarrte. Was hatte das zu bedeuten? In meinem Kopf überschlugen sich die Gedanken. Waren sie mir doch auf die Schliche gekommen, weil einer im Lager gequatscht hatte?

Ich grübelte, ließ meine Kameraden vor meinem geistigen Auge Revue passieren, während ich mich steifbeinig in Bewegung setzte. Wer? Ocke? Unmöglich!

Aber wie dann? Plötzlich fiel es mir siedendheiß ein: Die gefälschten Papiere und der Tip, den ich Busch gegeben hatte! Hatte der es versucht und war geschnappt worden? Na klar, nur Busch konnte ausgeplaudert haben, unter welchem Decknamen ich unterwegs war, denn der hatte ja das Seefahrtsbuch als Vorlage in der Hand gehabt! Alles andere war für die Polizei ein Kinderspiel. War erst einmal der Heuerbaas gefunden, hatten sie mich.

Eine schreckliche Erkenntnis drängte sich mir plötzlich auf: Mein Gott, wenn sie mich hatten, dann stießen sie ja auch auf

Karen! Dann half kein Versteckspiel mehr. Mir konnte nicht viel passieren, aber ihr würde es übel ergehen!

Ich mußte mir etwas einfallen lassen, sonst war alles aus. Doch vergeblich zermarterte ich mir das Gehirn, wie ich mich doch noch aus der Schlinge ziehen konnte. Meine Beine wurden bleischwer, als ich den Niedergang zur Brücke emporstieg.

Captain Blair empfing mich mit undurchdringlicher Miene und musterte mich schweigend. In der Hand hielt er den Durchschlag eines Heuerformulars.

»Mister Benson, Sie haben zwar als Bootsmann angeheuert, aber wie der Heuerbaas hier vermerkt hat, haben Sie nautische Kenntnisse. Wie ist das zu verstehen?«

Mir fiel der Stein mit einem lauten Plumps vom Herzen. Ich war so überrascht, daß mir einen Augenblick die Sprache wegblieb. Dafür formte sich in meinem Kopf auf einmal eine ganz plausible Erklärung.

»Ich ... Ich habe als Steuermannsgast angefangen, Sir. Doch mir fehlte das Geld für das Steuermannsexamen, weil ich meine Familie unterstützen mußte.« Ich rang mir ein Grinsen ab. »Dann kam der Krieg und mit ihm die hohe Heuer und die Gefahrenzulage. Als Bootsmann bekomme ich mehr, das gab den Ausschlag.«

Über sein Gesicht flog ein verständnisvolles Lächeln. »So, so, die Heuer und die Gefahrenzulage. Sie können also koppeln, ja? Nur koppeln oder mehr?«

»Nicht nur koppeln, Sir. Alles, was man zur Schiffsortbestimmung können muß. Ich hatte gute Lehrmeister, Sir.«

Blair nickte und drehte sich zum Zweiten Offizier um. »Was meinen Sie, Mister O'Murdoch? Sollten wir's mit ihm versuchen?«

»Kann nicht schaden, Sir.« O'Murdoch deutete auf den

Mann, der am Schott zum Kartenraum lehnte und teilnahmslos vor sich hin stierte. »Immer noch besser als mit diesem Clintwood, den uns der Jordan untergejubelt hat. Der Saufkopf setzt uns am Ende noch auf Grund.«

Jordan war der Heuerbaas, der mich nach meinen nautischen Kenntnissen gefragt hatte. Deshalb also! Der schieläugige Halunke hatte gewußt, was für ein faules Ei Clintwood war.

Blair nickte. »Hauen Sie ab, Clintwood! Ich will Sie hier auf der Brücke nicht mehr sehen! – Gut, Mister Benson, wenn Sie halten, was Sie versprechen, dann soll das Ihr Schaden nicht sein. Mister O'Murdoch wird Sie einweisen.«

Damit verließ Blair die Brücke und überließ mich dem Zweiten Offizier, der mich sofort in die Mangel nahm. Der bekam sehr schnell mit, daß es nicht viel einzuweisen gab. Die Nautik war nun einmal weltweit gleich, und Kreuzpeilungen beherrschte jeder Steuermannsgast spielend. Als ich ihm auch noch eine fehlerfreie Meridianbreite lieferte, klopfte er mir anerkennend auf die Schulter.

»Ich sehe, Sie haben nicht geflunkert, Mister Benson! Sie gehören zu meiner Wache, und ich denke, wir werden gut miteinander auskommen.« Er blickte auf die Uhr. »Lunchtime, Mister Benson.«

Er zeichnete das Logbuch ab und übergab die Wache an den Ersten Offizier, der inzwischen auf die Brücke gekommen war und schweigend zugesehen hatte. Somit war auch ich wachfrei.

Lunchtime? Nach diesem Wechselbad der Gefühle war ich regelrecht ausgelaugt. Mir saß ein so dicker Kloß vor dem Magen, daß mir schon übel wurde, wenn ich auch nur an Essen dachte!

Mit weichen Knien und leerem Kopf verließ ich die Brücke,

stakste den Niedergang hinunter und tappte wie benommen den leeren Kabinengang entlang. Ich sah nichts und hörte nichts, weil ich nur das eine Bedürfnis hatte, möglichst schnell in meine Kabine zu gelangen, um wieder einen klaren Kopf zu bekommen und diese glückhafte Wendung zu überdenken. Doch das Kabinenschloß machte Schwierigkeiten, ich bekam den Schlüssel nicht hinein.

»Verdammt, warum geht das nicht?« murmelte ich und schaute auf die Kabinennummer. »Das ist doch die richtige Tür!«

»Ist Ihnen nicht gut, Mister Benson?« fragte leise eine Frauenstimme hinter mir. »Kann ich Ihnen helfen?«

Ich fuhr herum und blickte in Karens besorgtes Gesicht. Das brachte mich zur Besinnung und den Schlüssel ins Schloß.

»Ja, Schwester, mir ist schrecklich übel.«

»Das werden wir gleich haben!« Nach einem kontrollierenden Blick den leeren Gang entlang drängte sie mich in die Kabine hinein und zog die Tür hinter uns zu.

»Ich habe die Durchsage gehört. Was ist los? Ärger?«

»Das habe ich zuerst auch gedacht, Karen. Kein Ärger, im Gegenteil!« Ich schloß ab und ließ mich auf die Koje fallen. »Ich bin noch ganz durcheinander! Komm, setz dich zu mir, Darling!«

Sie sah mich verständnislos an. »Du sprichst in Rätseln. Was hat's gegeben?«

Während ich ihr berichtete, mit welchen Befürchtungen ich auf die Brücke gestiegen war und welche überraschende Wende dann alles genommen hatte, faßte mein Seelenleben wieder Tritt, und mein Kopf wurde klar. Sie hörte mir wortlos zu.

»Hättest du das erwartet, Karen?«

Sie schüttelte den Kopf und schaute mich unsicher an. »Fast zu viel Glück, was? Da bekommt man ja langsam Angst.«

»Nicht doch, Mädchen! Jetzt bloß nicht unken!« Ich nahm

sie in die Arme. »Hast du nicht selbst mal gesagt, mit den Liebenden sei Gott?«

»Habe ich, das war in Irland. Aber Irland ist noch weit.«

Gesichert durch Flugzeuge, formierten sich am nächsten Tag vor Cape Ray die acht Kolonnen des Großgeleits. Für mich war es ein faszinierendes Schauspiel, mit welchem Geschick die Eskorte aus Zerstörern, Fregatten und Korvetten die schier unübersehbare Anzahl von Schiffen durch knappe Blinksprüche und Flaggensignale auf die vorgesehenen Geleitpositionen scheuchte. Wir wurden zusammen mit zwei weiteren Lazarettschiffen in eine der mittleren Kolonnen dirigiert.

»Ein schöner Platz«, kommentierte O'Murdoch grinsend die Anweisung. »Wenn's wirklich knallt, bekommen zuerst die Außenkolonnen was ab. Oder – was meinen Sie?«

»Müssen wir denn die Jerries als Lazarettschiff überhaupt fürchten, Sir?« drückte ich mich um eine klare Antwort.

Aber die erwartete er gar nicht von mir, sondern vom Ersten Offizier, der in der Brückennock stand und einen seiner superteuren Zigarillos mit einer affektierten Handbewegung aus dem Mund nahm und über das Schanzkleid warf.

»Weiß man's denn?« näselte er blasiert. »Diese Hunnen ballern doch auf alles, was ihnen vor den Bug kommt, seit sie wissen, daß wir eine Landung in Frankreich vorbereiten.«

Ich lachte still in mich hinein. Wenn dieser aristokratische Fatzke wüßte! Gerade eben beugte sich so ein Hunne über die Geleitpapiere, markierte die Position der *San Diego* im Geleitplan und schrieb die Generalkurse für die Seekarte heraus.

Eine geradezu irrwitzige Situation. Ich war vermutlich der erste deutsche Seeoffizier, der solche geheimen Papiere in den Händen hielt und dadurch einen umfassenden Einblick in die alliierte Geleitzugtaktik erhielt, aber damit leider nichts anfangen konnte.

Ein V-Boot hatte die Papiere gebracht. Ich hatte es mit dem größten Unbehagen heranscheren gesehen, weil in mir wieder einmal die Sorge hochquoll, man sei mir doch noch irgendwie auf die Schliche gekommen. Als es wieder ablegte, atmete ich erleichtert auf. Es nahm nicht mich, sondern lediglich den lautstark protestierenden Clintwood mit.

»Der verdammte Kerl brüllt bloß, weil ihm jetzt die volle Heuer und die Gefahrenzulage für jeden Seetag durch die Lappen geht!« hatte Captain Blair dem Bootssteurer erklärt, und der hatte verständnisvoll genickt.

Die Dämmerung brach bereits herein, als sich die Kolonnen der gewaltigen Armada in Kiellinie in Marsch setzten und Kurs auf Cape Race an der südöstlichsten Spitze Neufundlands nahmen.

Der Generalkurs des Geleits war vorgegeben. Ich hatte ihn lediglich mitzukoppeln und ständig durch Peilung zu überprüfen, ob wir unsere Position im Geleit und den Abstand zu den anderen Schiffen auch exakt einhielten. Eine leichte Arbeit, die keine besonderen nautischen Kenntnisse voraussetzte. Das waren Fertigkeiten, die jeder Seekadett beherrschte, wenn er das Schulschiff verließ und auf die Marineschule überging.

Trotzdem bereitete mir diese simple Arbeit Freude. Ich stand als freier Mann auf der Brücke eines Schiffes, das Karen und mich unserem ersehnten Ziel näher brachte. Zwar war Cape Race noch so ein Punkt, an dem man mich von Bord holen konnte, aber daran glaubte ich nicht mehr. Je weiter ich mich von Dalhousie Rock und Halifax entfernte, desto weniger brauchte ich meine Entlarvung zu befürchten.

Ich hoffte inständig, daß es auch so blieb, bis wir England erreicht hatten. Wie es dann nach Irland weiterging, wußten wir zwar noch nicht, aber Karen und mir würde schon etwas einfallen.

Zunächst hielten wir jedoch Distanz. Unser Halifax-Spiel,

wie wir es nannten, drehten wir allerdings jetzt um. Karen miemte die spröde, aber keineswegs abweisende Oberin, während ich keine Gelegenheit ausließ, ihr ganz offen den Hof zu machen. Ich war verständlicherweise nicht der einzige balzende Hahn. Einer der jungen Ärzte machte mir Konkurrenz, und der rechnete sich mit Sicherheit die besseren Chancen aus. Natürlich blieb das den Schwestern nicht verborgen.

»Wenn der wüßte!« amüsierte sich Karen jedesmal, wenn wir uns unbeobachtet begegneten. »Die schließen jetzt schon Wetten ab, wer von euch beiden bei mir irgendwann das Rennen macht.«

Unsere Reise ließ sich gut an. Das Hochdruckgebiet bescherte uns weiterhin einen makellos blauen Himmel mit einer phantastischen Fernsicht und einer erstaunlich ruhigen See. Das war um diese Jahreszeit in diesem Seegebiet ungewöhnlich, konnte aber dem Geleitcommodore und letztlich auch uns nur recht sein; denn dieses Wetter bot einen zusätzlichen Schutz vor überraschenden U-Bootangriffen.

Von der Morgen- bis zur Abenddämmerung umkreisten nämlich auch noch Flugzeuge unsere Armada, die in mustergültiger Ordnung Island entgegendampfte. Marschgeschwindigkeit zehn Knoten, mehr war nicht drin, zu unterschiedlich war die Zusammensetzung des Geleits. Daraus ergab sich eine leichte Rechnung: Bei diesem Schneckentempo brauchten wir bis Liverpool mindestens zwei Wochen, wenn nicht noch länger.

Am vierten Morgen, nachdem die Küste hinter der Kimm versunken war, fiel der Luftdruck. Das Hoch verlor seine Wetterwirksamkeit. Ein Tief baute sich vor der kanadischen Ostküste auf und mauserte sich durch starke Luftdruckgegensätze offenbar zu einem Sturmwirbel. Es war abzusehen, daß es irgendwann mit seinem Starkwindfeld und dichter Bewölkung den Weg über den Atlantik antreten werde; denn innerhalb weniger Stunden nahmen der Wind und der Seegang zu, fiel der Luftdruck kontinuierlich weiter. Aus der langen Dünung wurde eine kabbelige See, auf der sich die ersten Schaumkronen bildeten.

Anfangs ritt die *San Diego* die immer höher werdenden Wogen brav ab, aber schon bald nahm auch sie Wasser. Wasser, das von achtern stärker und stärker gegen das Heck anrollte, bis die ersten Wellen hinauf auf das Achterdeck schwappten. Vorsorglich schwenkten wir die Rettungsboote wieder ein und laschten sie fest. Man konnte ja nie wissen.

Aus dem Abreiten wurde ein unangenehmes Rollen, auf das man im Lazarettdeck nicht vorbereitet war. Dort ging einiges zu Bruch, wie man aus dem Lärm und dem Geschrei entnehmen konnte, das aus den Windhutzen bis auf die Brücke drang. Wenn sich jetzt noch Schwestern oder Ärzte an Deck sehen ließen, dann sahen die ziemlich bleich um die Nase aus und kämpften mit ihrem rebellierenden Magen. O'Murdoch amüsierte sich darüber köstlich und nicht nur darüber.

»Na, Mister Benson, heute keinen Minnedienst?« stichelte er. »Die Angebetete liegt wohl flach? Oder hatte etwa der Fleischhacker aus Cornwall die besseren Karten?«

Mit Fleischhacker meinte er den jungen Chirurgen, denn ihm war sowenig wie allen anderen unser Buhlen um Karens Gunst entgangen. Ich zuckte die Schultern und legte ihm das Logbuch zum Abzeichnen vor.

»Glaube nicht, daß sie flach liegt, Sir. Sie ist eine Irin, die mit der See groß geworden ist, wie sie mir erzählt hat. Da sind meine Karten vielleicht besser als die dieser Landratte aus Cornwall.« Ich zwinkerte ihm zu. »Für solche aufgeblasenen Typen aus Cornwall hat sie nämlich überhaupt nichts übrig!«

Das ging gegen den Ersten Offizier, der ebenfalls aus Cornwall stammte und bereits auf die Brücke gekommen war, um die Wache zu übernehmen.

»'ne Irin?« näselte der herablassend. »Na ja, gleiche Brüder, gleiche Kappen!«

O'Murdoch lachte laut auf. »Gleich und gleich gesellt sich eben gern! Was bleibt einem Iren auch anderes übrig, der sich die falschen Vorfahren ausgesucht hat, Sir Flanagan? Im übrigen – finden Sie nicht auch, daß sie eine bildhübsche Frau ist, die sich mit so mancher vornehmen Lady durchaus messen kann?«

Sir Donald Flanagan blieb ihm die Antwort schuldig. Er zündete sich umständlich einen seiner Zigarillos an und stelzte paffend hinaus auf die Außenbrücke.

Der befürchtete Orkan blieb aus. Zu unserer Überraschung sprang der Wind auf Süd, später auf Südsüdost um und flaute sogar spürbar ab. Zugleich wurde es wärmer, und der Luftdruck stieg. Zwar wenig, aber er stieg. Das konnte nur bedeuten, daß der Tiefdruckwirbel eine andere Bahn einschlug und uns nur noch mit seinen Ausläufern streifte. Allerdings nahm die dichte Bewölkung zu, und die Sicht verschlechterte sich mehr und mehr.

Prompt blieben die Flugzeuge weiterhin aus. Aber nicht nur das versetzte die Eskorte in erhöhte Alarmbereitschaft. Funksprüche warnten sie vor U-Booten, die im Seegebiet zwischen Kanada und Island operierten.

Kolonnenfeger patrouillierten zwischen den Reihen auf und ab, alle Gefechtsstationen besetzt. Auf ihren Achterdecks machten die Männer die Wasserbomben wurfbereit. Ein gewohntes Bild, seit wir auf See waren, dem ich kaum noch Beachtung schenkte.

O'Murdoch trat zu mir an den Kartentisch und kontrollierte unseren Standort, den ich gerade berechnet und in die Seekarte eingezeichnet hatte. »Haben Sie die Entfernung bis Reykjavik mal überschlagen?«

»Yes, Sir!« Ich schob ihm den Zettel über den Tisch. »Wenn alles glatt geht, müßten wir in ...«

Ein Donnerschlag fetzte mir die Worte vom Mund. Unwillkürlich zogen wir beide die Köpfe ein. Mit ein paar Schritten waren wir auf der Außenbrücke. Nebelhörner heulten auf, gaben U-Bootalarm.

Eine Feuersäule loderte zwei Reihen voraus gen Himmel. In zwei Teile zerborsten, schwamm ein Tanker in einem Meer brennenden Flugzeugbenzins, das aus den aufgerissenen Tanks floß. Schwere Explosionen zerrissen die lichterloh brennenden Wrackhälften und schleuderten Aufbauten und andere Schiffsteile nach allen Seiten. Bis zu uns glaubte ich die Wahnsinnshitze auf der Haut zu spüren.

Das Geleit geriet durcheinander. Die nachfolgenden Schiffe seiner Kolonne versuchten, dem Flammenmeer und den umherfliegenden Wrackteilen zu entgehen, die zischend in der eiskalten See versanken.

»Verdammt, die Jerries!« fluchte O'Murdoch.

»Es muß nicht ein Jerry gewesen sein, Sir!« widersprach ich. »Vielleicht hat da so ein Idiot heimlich geraucht?«

»Unsinn, die sind doch nicht ...«

Wumm! Wumm! Die Detonationen ließen ihn verstummen. Zwei Frachter verloren Fahrt, schoren aus ihrer Kolonne und blieben mit Schlagseite liegen. Also doch ein U-Boot! Der Gedanke war noch nicht zu Ende gedacht, da traf es einen Frachter in unserer Nachbarkolonne.

Die Folgen waren verheerend. Die ungeheure Explosion schien das ganze Schiff aus dem Wasser zu heben. Ohrenbetäubend zerplatzte es vor unseren entsetzten Augen wie eine riesige Bombe in unendlich viele Teile, die als Stahlhagel jaulend über das Geleit hinwegfegten und sich hier und da in die

Decks und Aufbauten bohrten. Blitzschnell suchten wir hinter dem Brückenkleid Deckung.

Ein Munitionsdampfer! Doch so flog kein normaler Munitionsdampfer in die Luft. Der hier mußte bis an die Halskrause mit Dynamit vollgestopft gewesen sein. Ein wahres Himmelfahrtskommando für die gesamte Besatzung!

Ich hielt mir die schmerzenden Ohren und hob vorsichtig den Kopf über das Brückenkleid. An den Munitionsfrachter erinnerte nur noch eine riesige pechschwarze Rauchwolke über dem Wasser, vom Wind zerfasernd und das Geleit einnebelnd, und wo die Reste des Tankers versunken waren, bedeckte blakendes Benzin weithin das Meer. Von Überlebenden keine Spur. Zum ersten Mal sah ich diese schreckliche Konsequenz eines U-Bootangriffs mit eigenen Augen. Das ging mir nicht nur als Seemann unter die Haut. Ich war zutiefst erschüttert.

Ein Zerstörer jagte an uns vorbei, die Frachter mit seinem heulenden Nebelhorn aus dem Weg scheuchend. Hatte der das U-Boot geortet? Dann mußte es mitten im Geleit stecken, und der U-Bootkommandant tat genau das, was man uns gelehrt hatte: Er suchte zwischen den Schiffen Schutz, weil seine Verfolger die Wasserbomben dort nicht weitflächig werfen konnten. Aber galt das noch, seit die jene Salvengeschütze hatten, die sie *hedgehogs* nannten?

Gespannt sah ich dem Kolonnenfeger hinterher, während O'Murdoch die *San Diego* auf Geleitposition brachte. Der Zerstörer verschwand hinter einem Frachter, kam wieder hervor und jagte die Nachbarkolonne entlang. An seinem Heck stieg plötzlich donnernd eine Wassersäule hoch. Nur eine? Dann warf der eine Schreckbombe, um das U-Boot aufzustöbern.

Der Zerstörer verlor Fahrt. Captain Blair stand auf einmal neben mir. »Noch ein Torpedotreffer, Mister Benson?«

Ein Torpedo auf so kurze Entfernung? Ich schüttelte den Kopf. Wenn überhaupt, wohl eher eine der heimtückischen Treibminen, wie wir sie benutzt hatten.

»Ich glaube nicht, Sir! Der Zerstörer hat eine Wasserbombe geworfen, um ...« Ich verstummte, weil ich meinen Augen nicht traute. Über das Heck des Zerstörers schwappte die See und spülte über das Achterdeck. »Der sinkt, Sir! Der ist ...«

Das Nebelhorn des Zerstörers jaulte auf: Dreimal kurz, dreimal lang, dreimal kurz. SOS! Der wiederholte es wieder und wieder, während er achtern immer tiefer absackte.

Zwei Korvetten eilten ihm zu Hilfe, schoren bei ihm längsseits. Ich griff nach dem Fernglas, das auf der Brückenkonsole stand. Tatsächlich, der soff ab. Die See umspülte schon die achteren Aufbauten.

In panischer Flucht sprangen die Männer des Zerstörers auf die Korvetten über, und die verloren keine Zeit. Kaum war der letzte Mann von Bord, warfen sie los und stoben in wilder Fahrt davon. Keine Sekunde zu früh. Der Zerstörer bäumte sich wie unter einem schweren Schlag auf und glitt über den Achtersteven in die Tiefe.

Aus und vorbei, dachte ich und wollte mich abwenden. Doch plötzlich wölbte sich die See an der Untergangsstelle des Zerstörers mit einem dumpfen Bullern auf. Donnernd brach ein gewaltiger Geysir aus der Tiefe empor, stieg zu einer atemberaubenden Höhe auf und stand sekundenlang als weiß schäumender Pilz vor dem dunklen Himmel, ehe die Wassermassen rauschend zurückstürzten. Eine Eruption, wie ich sie vorher noch nie gesehen hatte.

Mir ging plötzlich ein Licht auf. Die scharfen Wasserbomben! Deshalb die Eile. Sie waren in der Tiefe alle auf einmal hochgegangen und hatten das Wrack zerrissen. Dieser Explosion wären auch die Korvetten nicht entkommen.

Luftblasen stiegen blubbernd auf. Treiböl breitete sich aus. Wrackteile kreiselten darin. Hatte es das U-Boot ebenfalls erwischt?

Offensichtlich nicht; denn während sich das Geleit wieder formierte und Fahrt aufnahm, furchten zwei Zerstörer suchend durch die Kolonnen. Doch schon bald gaben sie auf und liefen auf die beiden lahmgeschossenen Frachter zu, deren Schlagseite gefährlich zugenommen hatte.

Ein Rescue-Ship lag neben ihnen und nahm die Besatzungen an Bord. Das U-Boot brauchten sie im Augenblick nicht zu fürchten. War es ihnen entkommen, was ich ihnen von Herzen wünschte, dann luden die Männer jetzt in fieberhafter Eile die Torpedorohre nach, und das dauerte seine Zeit.

Unsere Ärzte bekamen zu tun. Barkassen brachten Verletzte zu uns, die von Wracktrümmern getroffen worden waren. Deshalb sah ich Karen erst am Abend wieder. Sie war noch immer geschockt. Hatte sie doch zum ersten Mal einen U-Bootangriff mit seinen schrecklichsten Folgen aus unmittelbarer Nähe miterlebt, und das hatte eine ganz andere Wirkung als ein Zeitungsbericht, den man in sicherer Entfernung darüber las.

»Mein Gott, John, was für ein grauenhaftes Erlebnis!« Sie sagte konsequent John, um sich nicht irgendwann einmal zu verplappern. »Fünfundvierzig Tote und unzählige Verletzte, eine entsetzliche Bilanz!«

Ich verstand ihr Entsetzen, ich hatte die grausigen Bilder ja selbst noch vor Augen. Deshalb hätte ich sie am liebsten in die Arme genommen, um sie darüber hinwegzutrösten; aber so weit waren wir hier an Bord noch nicht miteinander.

»Das ist nur die eine Seite dieses verfluchten Krieges, Karen. Wenn es das U-Boot ebenfalls erwischt hat, kommen noch fünfzig Tote dazu. Ich bin erst froh, wenn das alles vorbei ist.«

»Ist der Jerry denn nicht entkommen?« fragte sie erstaunt. »Man hat erzählt, sie hätten ihn verlo ...«

»Kann sein, kann nicht sein!« unterbrach ich sie. »Die Unterwasserexplosion, als der Zerstörer unterging. War er noch nicht weit genug weg, hat es auch ihn erwischt. War er es doch, dann ist er tatsächlich entkommen.«

»Ja ... aber ...«, sagte eine Schwester, die neben uns stand, voller Furcht. »Dann versucht der es am Ende noch einmal!«

Ich winkte ab. »Keine Angst, der holt uns nicht mehr ein. Für den sind wir viel zu schnell.«

Das klang in ihren Ohren ungemein beruhigend, und das sollte es auch. Aber es war gelogen, der konnte uns sehr wohl einholen. Wenn er auftauchte und uns mit vierzehn Knoten nachjagte, kamen wir mit unseren zehn Knoten nicht dagegen an.

»Und selbst, wenn er's schaffte«, räumte ich ein, »Lazarettschiffe greifen die Jerries garantiert nicht an.«

Unangefochten erreichten wir Island. Hier wechselten weit vor der Küste die Eskorten. Briten gaben ein leeres Gegengeleit an die Amis und Kanadier ab und übernahmen von ihnen unser Geleit. Die Sicht hatte sich zwar gebessert, aber von Island selbst sah ich wieder nichts.

»Wieder Sicherung aus der Luft, ein ungemein beruhigendes Gefühl für den Rest der Reise.« O'Murdoch deutete auf die Flugzeuge, die uns umkreisten. »Noch zweieinhalb Tage, wenn alles glatt geht, dann müßten wir den Nordkanal erreicht haben.«

Ich nickte nur, seine Worte hatten eine eigenartige Wirkung auf mich. Erinnerungen stiegen in mir empor. Der Nordkanal, die Einfahrt in die Irische See, davor die See zwischen den Hebriden und Rockall Island, wo wir in Sehrohrtiefe gelauert hatten und es uns aufgetaucht erwischt hatte. Das schien Urzeiten zurückzuliegen, wühlte mich jedoch innerlich wieder auf.

Ja, wenn alles glatt geht, dachte ich, und klopfte heimlich an Holz. O'Murdoch merkte davon nichts.

»Sie haben den Fleischhacker also ausgebootet, Mister Benson. Gratuliere!« Er griente. »Hat mir fünfzig Pfund eingebracht.«

»Was denn, haben Sie etwa auch gewettet, Sir?«

»Alle an Bord haben gewettet. Die Odds standen zehn zu eins für Sie, mein Lieber! Haben sich brav geschlagen, wie sich's für einen guten Iren gehört. Wie geht's denn nun weiter? Nur eine Liebelei oder mehr?«

Ich zuckte die Schultern. »Das müssen wir erst noch herausfinden, Sir. Eine Woche Landurlaub, dann kann ich Ihnen diese Frage beantworten.«

»Mmmm«, brummte er nachdenklich. »Keine Ahnung, ob ein Landurlaub drin ist. Aber wenn, dann wird es an Captain Blair nicht scheitern. Auch wenn er seine Wette verloren hat.«

Wir bekamen nicht mit, warum unsere Eskorte so übernervös agierte, je näher wir dem Seegebiet zwischen den Hebriden und Rockall Island kamen. Alle naselang schreckte sie das Geleit mit U-Bootalarmen auf, jagte irgendwelche Objekte, die die Flugzeuge geortet haben wollten, und blies die Alarme wieder ab, weil die Piloten Phantomen aufgesessen waren.

Dabei gab es aus meiner Sicht gar keinen Grund für diese Nervosität. Die Zahl der Flugzeuge hatte enorm zugenommen. Sie überwachten einen so weiten Raum um das Geleit, daß ein Überwasserangriff bei der klaren Sicht absolut unmöglich war. Auch ein Unterwasserangriff war wegen der vielen Zerstörer, Fregatten und Korvetten mit ihren ASDIC-Geräten höchst unwahrscheinlich. Deren Zahl war nämlich erheblich größer geworden.

Da griff nur ein rücksichtsloser Draufgänger an, der »Halsschmerzen« hatte und den das Risiko für sich und seine Leute deshalb nicht scherte. Hauptsache, er bekam das Ritterkreuz dafür umgehängt. Aber solche unvernünftigen Kommandanten gab es kaum noch, seit die Überlegenheit der Alliierten aus uns Jägern Gejagte gemacht hatte.

Trotzdem, irgend etwas lag in der Luft, und das machte mich ganz kribbelig. Wenn ich nicht meine Wache auf der Brücke ging, verbrachte ich meine freie Zeit meist an Deck. Erfaßt von einer unerklärlichen Unruhe, die ich zu unterdrükken versuchte, es jedoch nicht vermochte. Karen hatte dafür ein feines Gespür.

»Was ist mit dir los, John?« fragte sie besorgt. »Erinnerungen?«

»Nicht nur, Karen. Ich weiß auch nicht recht. Vielleicht so ein Gefühl drohender Gefahr. Es macht mich ganz kribbelig, wenn ich die Tommies so herumfuhrwerken sehe. Die rechnen mit U-Booten, nicht mit einem, sondern mit einem ganzen Rudel.«

Sie erschrak. »Du denkst, sie könnten auch die Lazarettschiffe angreifen? Ist es das?«

Ich suchte nach einer Erklärung, die sie nicht noch mehr beunruhigte, und fand doch keine. »Absichtlich sicher nicht. Aber nachts sind alle Katzen grau.«

Sie rang sich ein gequältes Lächeln ab. »Seit wann bist du denn so pessimistisch? Hast du vergessen, daß Gott mit den Liebenden ist?«

»Nee, ganz und gar nicht!« Ich legte einen Arm um sie und zog sie an mich. »Entschuldige, Liebling, ich bin ein Idiot! Es sind vermutlich meine Erinnerungen, mit denen ich mich selbst verrückt mache.«

Die Nacht verlief ruhig, so daß ich am Morgen über meine pessimistische Phase vom Vortag den Kopf schüttelte. Selbst die Flugzeuge und Sicherungseinheiten schienen nicht mehr so hektisch herumzupatrouillieren. Lag es am Wetter?

Es war ein herrlich klarer, sonniger Morgen mit einer enormen Fernsicht. An Steuerbord hob sich in meinem Fernglas Rockall Island schwach vor der Kimm ab, nicht mehr als ein winziger Punkt in der endlosen Weite des Meeres, den ich nicht einmal mit dem Peildiopter zu erfassen vermochte, und doch stummer Zeuge zahlloser erbitterter und verlustreicher Geleitschlachten.

Nach fast fünf Kriegsjahren war hier der Meeresboden mit den Wracks torpedierter Transporter und versenkter U-Boote regelrecht gepflastert. Von den vielen Toten gar nicht zu reden. Auch *U 769* lag dort unten, und wenn der Krieg nicht bald ein Ende nahm, kamen noch mehr hinzu.

Karen lief unten über das Promenadendeck und winkte mir fröhlich zu. O'Murdoch, der seine Augen überall hatte, winkte neben mir zurück, als habe ihm der Gruß gegolten.

»Schon Pläne gemacht, Mister Benson? Ich habe mit Captain Blair gesprochen. Kann sein, daß ein paar Tage Urlaub für Sie drin sind. Das Lazarett ist ja noch nicht komplett, das soll erst in Liverpool erfolgen, und das kostet bestimmt Zeit. Wo soll's denn dann hingehen?«

»Danke, Sir! Kommt darauf an, wie lange wir Zeit haben. Vielleicht in die Midlands. Ich hab' da mal einen sehr schönen Urlaub verbracht«, ließ ich alles offen.

Natürlich hatten wir schon Pläne gemacht, nur die konnte ich ihm nicht auf die Nase binden. Sobald sich eine Möglichkeit bot, von Bord zu kommen, wollten wir auskneifen, und zwar in den Freistaat Irland. Wir wußten allerdings noch nicht, wie es mit den Verkehrsverbindungen und den Kontrollen dorthin bestellt war. Aber das hatte noch Zeit, noch waren wir auf See.

O'Murdoch schwenkte sein Fernglas nach Backbord und stutzte.

»Was ist das denn? Eine Spierentonne hier draußen?« Er wies auf einen metallisch glitzernden Gegenstand, der zwei Strich an Backbord voraus weit aus dem Wasser ragte, doch dann schnell wieder verschwand.

Mir fuhr der Schreck in die Glieder. Ein Sehrohr! Daß es so weit herausgekommen war, hatte einen ganz simplen Grund: Das U-Boot hatte Torpedos auf die Reise geschickt, und die Tiefenrudergänger hatten den Gewichtsausgleich verpennt. Eine tödliche Gefahr für das Boot.

Wumm! Wumm! Wumm! Wumm! Ein Viererfächer detonierte. War der Kommandant lebensmüde? Leichter konnte er es den Tommies gar nicht machen, seinen Standort herauszufinden!

Die friedliche Morgenstimmung ertrank im Aufheulen der Nebelhörner. U-Bootalarm! Schon lösten sich die Verfolger mit »dreimal AK« aus dem Sicherungskordon und schwärmten zur Suchformation aus. Die Jagd begann.

Ein *Sunderland*-Flugboot flog ihnen voran und stieß auf den vermuteten Abschußpunkt hinunter. Wasserbomben lösten sich von seiner Unterseite, eine ganze Kette. Dumpf klangen ihre Detonationen zu uns herüber. Eine Reihe harmlos aussehender Wassersäulen stieg aus der See auf, stand sekundenlang weiß leuchtend vor der Kimm und fiel wieder schäumend in sich zusammen.

Die Opfer des U-Bootes schwammen noch. Zwei waren es nur, nicht vier, die mit Schlagseite zurückblieben, tödlich getroffen von je zwei Torpedos. Verkantet hingen die Rettungsboote in den Davits. Flöße flogen über Bord. Mit ihnen paddelten die Besatzungen eilig davon, um nicht in den Sog der sinkenden Frachter zu geraten. Mit unverminderter Geschwindigkeit tuckerte das Geleit an ihnen vorbei, ihre Rettung dem Rescue-Ship überlassend, das achtern aufkam.

Indessen liefen die rachedurstigen Verfolger, eine Fregatte und eine Korvette, zum weitflächigen Wasserbombenangriff an. Blinksprüche wechselten zwischen ihnen hin und her, verteilten offenbar die Rollen, die jeder in der Dwarslinie zu spielen hatte.

Wumm! Wummm! Detonationen an Steuerbord ließen mich herumfahren. Noch ein U-Boot? Wumm! Wummm! Wassersäulen stiegen an den Bordwänden der getroffenen Frachter empor.

»Zur Hölle mit den Jerries!« fluchte O'Murdoch laut. »Und ich dach ...«

An Backbord detonierende Wasserbomben übertönten den Rest seiner Worte. Serie auf Serie ging dort hoch, wurden zu einem tödlichen Bombenteppich für das verfolgte U-Boot. Hatten sie es tatsächlich schon aufgestöbert?

An Steuerbord formierte sich eine andere Jagdmeute. Auch dort flog eine *Sunderland* den ersten Angriff, gefolgt von einer Rotte Liberators im Tiefflug. Das war eine andere Angriffstaktik, es hagelte nur so Wabos. Sie schienen kleiner als »normale« Wasserbomben zu sein. Ging man aber nach der Höhe der von ihnen ausgelösten Wassersäulen, dann hatten sie eine enorme Sprengkraft. Die See kochte regelrecht.

Damit nicht genug. Zwei Korvetten preschten in Angriffsformation heran. Eine Wabo-Serie nach der anderen ging in rascher Folge in ihrem Kielwasser hoch. Geriet das U-Boot in diesen Hexenkessel explodierender Bomben, dann war es geliefert.

»Wette, sie kriegen den Jerry diesmal!« sagte O'Murdoch zuversichtlich. »Was meinen Sie, Mister Benson?«

Ich zuckte die Schultern. »Kann sein, Sir. Aber diese Brüder haben ihre Tricks. Wenn's ein erfahrener Kommandant ist, weiß er, wie er sich aus der Schlinge ziehen kann.«

Was hätte ich auch sonst sagen sollen? Wünschte ich doch inständig, daß sie das Boot nicht erwischten. Von Backbord dröhnten noch immer Wabo-Explosionen herüber, während an Steuerbord die beiden Korvetten auf dem Teller drehten und stoppten, um die See nach Wrackteilen, aufsteigendem Öl und blubbernden Luftblasen abzusuchen, ehe sie einen neuen Angriff fuhren.

Ich suchte mit dem Fernglas ebenfalls das Meer ab. Nichts, aber ich war sicher, daß sie das U-Boot geortet hatten; denn die Korvetten wechselten ihre Taktik. Eine lief zum erneuten Angriff an und wühlte die See mit einem Wabo-Teppich hinter sich auf, die zweite blieb lauernd liegen. Das kannte ich, es war ein altes Spiel. Fiel das U-Boot darauf herein und wollte sich davonschleichen, hatte es diese Korvette auf dem Hals.

Wieder verstummten die Detonationen, die Korvette drehte auf dem Teller und stoppte, bereit zum nächsten Anlauf. Noch immer keine Wrackteile, kein Öl und keine Luftblasen.

Innerlich triumphierte ich. Die beharkten einen Bold oder dichtere Salzwasserschichten, die Geisterechos lieferten. Doch plötzlich schäumte die See auf, ein U-Bootturm durchbrach die Wasseroberfläche. Das bombardierte U-Boot tauchte auf und dümpelte schutzlos in den Wellen. Ein Mann erschien auf der Brücke und hob wie zur Aufgabe die Hände.

Trotzdem eröffneten beide Korvetten sofort das Feuer. Schon die ersten Einschläge lagen deckend. Ratternd überschütteten ihre Maschinenwaffen Turm und Boot mit einem vernichtenden Granathagel und fegten den Mann von der Brücke. Erbarmungslos hämmerten sie auf den Turm ein, auf dem immer mehr Männer erschienen, um über Bord zu springen.

»Mein Gott, sind die denn wahnsinnig geworden!« schrie O'Murdoch auf. »Sehen die denn nicht, daß die Jerries aufgeben?«

Ich wandte mich ab, überwältigt von meinen Erinnerungen.

Ich konnte einfach nicht mehr hinsehen. So sah ich nicht, wie die Granaten auch rings um die Köpfe einschlugen, die bereits im Wasser auf und ab tanzten.

»Aufhören, ihr Schweine!« schrie auch Captain Blair, den der Alarm auf die Brücke getrieben hatte. »Aufhören! Das ist Mord!«

Seine Stimme ging in dem Geschützfeuer ungehört unter. Voller Empörung löste er das Typhon aus, dessen Dauerton mit seinem dumpfen Dröhnen auf der Brücke selbst das Detonieren der Granaten übertönte. Mit einmal war die ganze Luft nur noch von diesem Dröhnen und Jaulen erfüllt, denn die anderen Schiffe fielen darin ein.

Endlich begriffen die Kommandanten, daß es kein Sieges-, sondern ein Protestgeheul war. Die Waffen schwiegen. Erst zögerte ich, aber dann nahm ich doch das Fernglas an die Augen. Das U-Boot war verschwunden. An seiner Stelle tanzten Köpfe auf dem Wasser und trieben die von Granaten zerfetzten Körper meiner unbekannten Kameraden.

Wut kochte in mir hoch. Wir hatten die Tommies geschont, als ihre Schiffe noch schwammen, und die hier schossen auf schutzlose Schiffbrüchige im Wasser!

Nur mühsam beherrschte ich meine Empörung und unterdrückte jede Äußerung, weil die mich möglicherweise verraten hätte. Ich ging ins Kartenhaus, um den Ort des Vorfalls mit Zeit und Datum in die Karte einzutragen.

Wenig später folgte mir ein aufgebrachter Captain Blair. Wie es nun einmal seine Art war, musterte er die Karte schweigend, nickte zustimmend und zog dann das Logbuch heran, um die Vorgänge darin schriftlich festzuhalten.

»Gut so, Mister Benson!« brach es aus ihm heraus. »Diese Männer sind eine Schande für die Royal Navy und für alle Seeleute! Darum wird das ein Nachspiel haben, dafür werde ich sorgen!«

Seine Empörung flammte noch einmal lautstark auf und nicht nur seine allein, als eine der Korvetten längseits kam, um Verletzte dieses abscheulichen Massakers an das Lazarett abzugegeben. Er bedachte den Kommandanten, der rauchend in der Brückennock lehnte, durch das Megaphon mit den übelsten Schimpfworten, deren die englische Sprache fähig war, und nannte ihn und seine Offiziere eine Mörderbande ehrvergessener Bastarde, der man ihr schändliches Handwerk legen müsse.

Selbst Sir Flanagan spie vor ihnen aus und schrie der Korvette Verwünschungen hinterher, als sie ablegte und auf ihre Position am Geleit zurückeilte.

Das andere U-Boot war inzwischen der Jagdmeute entkommen.

Vierundzwanzig Stunden später hatte sich die Empörung noch immer nicht gelegt. Sie hatte vielmehr auch auf das Lazarett übergegriffen, als bekannt wurde, daß nur neunzehn von fünfzig Männern der U-Bootbesatzung das Massaker mehr oder weniger schwerverletzt überlebt hatten.

Ich erfuhr das am Morgen von Karen, als die *San Diego* nach einer ungestörten Nacht die nur zwölf Seemeilen breite Einfahrt in den Nordkanal zwischen Irland und Schottland passierte. Wir standen an Deck und genossen das herrliche Gefühl einer gewissen Sicherheit, denn hier wurde das für die Briten lebenswichtige Seegebiet besonders scharf überwacht.

Von Torr Head auf der irischen und Mull of Kintyre auf der schottischen Seite sahen wir allerdings nichts. Beide schwammen in der leichten Dunstschicht über dem Wasser, die die bleiche Sonne nicht zu durchdringen vermochte.

»Schade, daß die *San Diego* nicht nach Belfast bestimmt ist«, sagte Karen leise und drückte meine Hand. »Dann hätten wir's schon fast hinter uns. Sagen dir eigentlich die Namen Mitzlaff und Korthals etwas?«

»Mitzlaff sagt mir nichts, aber ich kenne einen Korthals. Ein Crewkamerad, Leutnant zur See wie ich. Warum fragst du?«

»Das sind die beiden Offiziere, die wir mehr tot als lebendig von der Korvette übernommen haben. Ein Kapitänleutnant Franz Mitzlaff und ein Leutnant Lutz Korthals, beide schwerverletzt.«

Ich sah sie erschrocken an. »Lutz Korthals, das ist er! Du lieber Himmel, er darf mich hier nicht sehen, Karen, sonst ist meine Tarnung keinen Pfifferling mehr wert.«

»Er kann dich nicht sehen, John. Treiböl hat seine Augen verätzt. Ob er je wieder sehen wird, ist mehr als ungewiß. Außerdem ist er so schwer verletzt und hat so viel Blut verloren, daß er möglicherweise nicht durchkommen wird.«

»Mein Gott, der Lutz!« Ich war erschüttert, denn ich sah ihn plötzlich wieder vor mir, wie er an unserem Abschiedsabend in Mürwik die Crew mit seinen Witzen und Späßen unterhalten hatte. »Ein Frauenheld, dem die Mädchen haufenweise nachgelaufen sind, und jetzt blind!«

Karen zögerte. »Tut mir leid für ihn, John. Es ist schrecklich; aber wenn er wirklich durchkommt, werden die Frauen mit ihm nichts mehr anfangen können.«

Das Geleit nahm Kurs auf den Firth of Clyde. Ein Teil der Transporter war für Glasgow bestimmt, der andere für Liverpool. Glasgow wäre Karen und mir lieber gewesen. Von dort hinüber in das britische Nordirland zu gelangen, war wahrscheinlich mit weniger scharfen Kontrollen verbunden als von jedem anderen Hafen in den irischen Freistaat.

Der irische Freistaat, ein britisches Dominion, hatte sich nämlich nicht nur geweigert, an der Seite Großbritanniens in den Krieg einzutreten, er unterhielt auch noch immer diplomatische Beziehungen zum Großdeutschen Reich. Ein neutraler Staat so dicht vor der britischen Haustür, das war ein idealer Tummelplatz für feindliche Agenten. Folglich nahm man jeden Reisenden besonders sorgfältig unter die Lupe, und darauf waren Karen und ich gar nicht versessen.

Ich sah auf die Uhr. Noch zwei Stunden, dann löste sich das Großgeleit auf, und die *San Diego* nahm mit dem Rest des Geleits Kurs auf Liverpool. Um die Zeit bis zum nahen Wachwechsel totzuschlagen, zog ich die Gezeitentafel aus dem Regal und berechnete die Tiden für den Firth of Clyde.

Mein lieber Mann, ungünstiger konnten es die für Glasgow bestimmten Frachter gar nicht antreffen. Einlaufen bei Hohlebbe, dem niedrigsten Wasserstand einer Nipptide, bei der weite Teile des Firth sicher trocken fielen! Das war schon bei Tage kein Vergnügen.

O'Murdoch, der hereinkam, um das Logbuch abzuzeichnen, blickte neugierig auf meine Berechnungen und das Gezeitendiagramm, das ich gezeichnet hatte. Er nahm die Blätter auf.

»Aber warum Glasgow und nicht Liverpool?«

»Ohne besonderen Grund, Sir. Nur mal so zum Zeitvertreib und um zu sehen, ob ich's inzwischen nicht verlernt habe.«

Er gab mir die Berechnungen zurück. »Erstaunlich, erstaunlich! Sie müssen wirklich gute Lehrmeister gehabt haben, Mister Benson.« Er grinste. »Sollte mich gar nicht wundern, wenn Sie im Notfall sogar einen Pott wie die *San Diego* in den Hafen zu bringen wüßten.«

Ich grinste zurück. »Käme auf einen Versuch an, Sir. Die Reparaturen dürften dann aber teuer werden.«

Um achtzehn Uhr kollidierte die *San Diego* vor dem Firth of Clyde mit irgendeinem Hindernis. Der Zusammenprall war so heftig, daß der ganze Schiffskörper dröhnte und alles durcheinanderpurzelte. Geschirr flog von den Tischen und aus den Regalen, Spinde sprangen auf und leerten ihren Inhalt über die Menschen aus, die schreiend vor Schreck am Boden lagen.

»Ein Torpedotreffer!« brüllte eine Stimme. »Wir sinken!«

Panik brach aus. Alles drängte zu den Niedergängen, um möglichst schnell an Deck und zu den Rettungsbooten zu gelangen. Das Geschrei übertönte alle anderen Geräusche. Im Nu leerten sich die Gänge und das Restaurant.

Dabei gab es für diese Panik gar keinen Grund. Die *San Diego* hatte nicht die geringste Schlagseite, sie schwamm auf ebenem Kiel, wie die Flurplatten bewiesen. Allerdings vibrierten sie nicht mehr im Stampfen der Maschinen. Die standen also.

Ich sprang auf die Füße und half Karen auf. »Nur die Ruhe, Liebling! Ein Torpedotreffer hört sich anders an. Wir haben mit irgend etwas kollidiert, sagt mir meine Erfahrung. Komm, holen wir unsere Schwimmwesten, falls der Pott doch ein Leck bekommen haben sollte.«

Captain Blairs Stimme drang aus den Decklautsprechern bis zu uns herab, während wir mit den Rettungswesten an Deck eilten, auf dem sich vor allem das Lazarettpersonal an den Rettungsbooten drängte.

»Bewahren Sie Ruhe! Es gibt keinen Grund zur Panik! Treten Sie an die Aufbauten zurück, und machen Sie den Weg für die Lecksicherungstrupps frei!« wiederholte Blair immer wieder. »Wir haben mit einem Unterwasserhindernis kollidiert. Dadurch sind lediglich die Maschinen ausgefallen. Das Schiff ist noch vollkommen intakt!«

Endlich kam Ruhe in die Menge. Dafür brüllte jetzt das Typhon auf, signalisierte den anderen Schiffen, daß die *San Diego* manöverierunfähig treibe.

»Mann, bin ich froh, daß das nicht während meiner Wache passiert ist!« flüsterte ich Karen ins Ohr. »Wenn's dafür einen Schuldigen gibt, dann ist das Flanagan oder Forbes.«

»Und wie geht's weiter?« flüsterte sie zurück und drängte sich eng an mich. »Du mußt doch jetzt nicht etwa auf die Brücke und läßt mich hier allein?«

»Natürlich nicht, deshalb bin ich ja so froh! Und wie es weitergeht? Keine Ahnung.«

Als ich um zwanzig Uhr meine Wache antrat, hatte sich die allgemeine Aufregung gelegt. Zwar trieb die *San Diego* noch immer manövrierunfähig zwischen Irland und Schottland und die Lenzpumpen liefen auf Hochtouren, aber sie schwamm.

Sie schwamm mit voller Festbeleuchtung, wie wir es nannten, durch die angestrahlten roten Kreuze für Freund und Feind weithin als Lazarettschiff zu erkennen und somit vor Angriffen oder Kollisionen verhältnismäßig sicher. Außerdem umkreiste uns eine Korvette, um uns alle im Notfall an Bord zu nehmen.

Die Gefahren waren damit jedoch nicht gebannt. Ein kräftiger Nordostwind trieb uns langsam, aber stetig vom Firth of Clyde weg und auf die irische Küste zu. Das konnte auch der Anker nicht verhindern. Er faßte nicht, obwohl wir ihn mit aller Kette ausgebracht hatten.

»Wenn uns nicht bald ein Hochseeschlepper auf den Haken nimmt, brummen wir noch irgendwo vor der Küste auf«, meinte O'Murdoch pessimistisch.

»So schlimm muß es ja nicht gleich kommen, Sir«, widersprach ich nach einem Blick auf die Karte. »Weiß man denn inzwischen, was es für ein Hindernis gewesen ist? Ein Wrack?«

Er schüttelte den Kopf. »Weiß der Teufel, was das gewesen

ist! Jedenfalls kein Schiffswrack, falls Sie das meinen. Dann schon eher ein beim Angriff auf Glasgow abgeschossenes Flugzeug, über das wir mit Karacho hinweggeschrammt sind. Aber ist das eigentlich nicht egal? Ein paar Platten sind leckgesprungen, wir nehmen Wasser. Damit werden die Lenzpumpen jedoch spielend fertig. Die Schrauben und das Ruder sind hin, das ist viel schlimmer. Wir müssen in die Werft.«

Er blickte auf die Uhr und trat in die Brückennock. Ich folgte ihm auf die Außenbrücke.

»Möchte mal wissen, wo dieser verdammte Schlepper bleibt, den uns das Flottenkommando angekündigt hat.«

»Und wohin soll der uns bringen, Sir? Nach Glasgow?«

»Warum nicht gleich nach Liverpool?« sagte er spöttisch. »Na, wohin wohl, Mister Benson? Sehen Sie doch einfach mal in die Karte!«

Das brauchte ich nicht. Es gab nur noch einen großen Hafen, der in Frage kam.

»Nach Belfast, Sir?« fragte ich dennoch ungläubig.

»Selbstverständlich nach Belfast!« Er drehte sich zu mir um und kniff ein Auge lächelnd zu. »Ich bin sicher, daß da ein paar Tage Urlaub für uns alle rausspringen, wenn die *San Diego* ins Dock geht. Was sagen Sie nun?«

Nichts, ich konnte nichts sagen, so überwältigt war ich. Ich brauchte auch nichts zu sagen, denn Murphy, einer der Funker, kam auf die Brücke und enthob mich einer Antwort.

»Ein Funkspruch des Schleppers *Bangor two*, Sir! Er bittet um unseren genauen Standort.«

Ich hörte das nur mit einem halben Ohr. In meinem Kopf überstürzten sich die Gedanken. Nach Belfast, das war schon die halbe Heuer! Karen würde vor Freude bis an die Decke springen, wenn sie das hörte.

»Haben Sie gehört, Mister Benson? Den genauen Standort will er haben«, drang O'Murdochs Stimme wie durch Watte an mein Ohr. »Dann tun Sie ihm man den Gefallen, damit er uns möglichst schnell auf den Haken nimmt.«

Es war eine ideale Nacht für eine astronomische Schiffsortbestimmung, sternklar und mit einer überraschend hellen Kimm. Dennoch hatte ich die größten Schwierigkeiten, die beiden Sterne mit dem Sextanten zu schießen, und noch größere, den genauen Standort zu errechnen. Immer wieder schweiften meine Gedanken ab, so daß ich meine Berechnungen mehrmals überprüfen mußte.

Der Funker wartete geduldig, und O'Murdoch kümmerte sich nicht um mich. Er stand in der Brückennock und summte eine irische Volksweise vor sich hin, den ›*Irish Rover*‹.

»Bitte, der genaue Standort, Sir!« Ich reichte ihm den Zettel zur Unterschrift. »Knapp sechsundzwanzig Seemeilen bis Belfast Hafen.«

»Hört sich gut an, Mister Benson.« Er unterschrieb und gab den Zettel dem Funker. »Los, Murphy, hämmern Sie das Ding so schnell wie möglich runter!«

Am frühen Morgen bugsierte uns der bullige Bergungsschlepper *Bangor II* gemeinsam mit einem anderen Schlepper an den Belfaster Werftkai. Nichts deutete darauf hin, um welchen Hafen es sich handelte, aber es mußte sich im Lazarett herumgesprochen haben. Unter den Schwestern, die der Lärm vom Frühstückstisch weg an Deck gelockt hatte, stand auch Karen und winkte mit einem strahlenden Lächeln zu mir herauf. Dabei formte ihre Hand eine Faust mit dem Daumen nach oben, beides sagte mir mehr als alle Worte.

»Sie sind zu beneiden, Mister Benson«, rang sich der sonst so schweigsame Captain Blair bei ihrem Anblick ab und winkte zurück. »Eine hübsche Frau, auch wenn sie mich eine Stange Geld gekostet hat.«

Ich lächelte. »Danke, Sir! Ich weiß das zu schätzen.«

Als habe er schon zuviel Anteilnahme gezeigt, wandte er sich ab. »Mister O'Murdoch, lassen Sie bitte am Proviantluk eine Gangway ausbringen, damit die gehunfähigen Verletzten von Bord getragen werden können, wenn die Krankenwagen eintreffen.«

»Ay, ay, Sir!« O'Murdoch blickte mich schmunzelnd an. »Vielleicht sollte ich Sie schicken, Mister Benson? Können Sie Ihrer Angebeteten bei der Gelegenheit einen guten Morgen wünschen. Die verzehrt sich ja regelrecht nach Ihnen.«

»Bloß das nicht, Mister O'Murdoch!« ließ sich Flanagan vernehmen. »Liebe macht blind. Da fällt der uns am Ende noch von der Pier, und wir haben dann die Schweinerei mit der Leiche.«

Die beiden Offiziere brachen in ein brüllendes Gelächter aus, selbst Blair schmunzelte. Ich fühlte mich plötzlich wieder auf *U 769* zurückversetzt, wo wir uns auch immer so angefrotzelt hatten. Wie mochte es wohl meinen Kameraden jetzt ergehen?

Ich kam erst mittags dazu, mit Karen ein paar Worte über diese glückliche Fügung zu wechseln. Sie hatten inzwischen alle Verwundeten an die Krankenwagen abgegeben, unter ihnen auch Lutz Korthals. Mit Beklemmung hatte ich zugesehen, wie er von Bord gebracht wurde. Es war ein niederdrückender Anblick, auch wenn mir Karen später versicherte, daß er über den Berg sei und wohl durchkommen werde. Im stillen dankte ich Gott, daß er mich vor einem ähnlichen Schicksal bewahrt hatte.

Taucher hatten indessen die *San Diego* untersucht. Sie mußte ins Dock, anders konnten die Schäden nicht beseitigt werden. Für wie lange, hing vom Umfang der Schäden und den verfügbaren Ersatzteilen ab.

»Mindestens zehn Tage, Mister Benson!« freute sich

O'Murdoch. »Genau werden wir das morgen wissen, wenn wir eingedockt haben. Wollen Sie noch immer in die Midlands?«

Ich lachte. »No, Sir, nun nicht mehr! Man soll die paar Tage ja nicht unnütz vertun. Ich wäre ja eigentlich mehr für die Wicklows, aber Karen ... äh ... Miss O'Toyle meint, es täte auch Bushmills. Sie kenne dort ein hübsches kleines Hotel.«

»Ein sehr vernünftiger Vorschlag. Dort gibt es außerdem einen phantastischen Whiskey, den Black Bush. Den müssen Sie unbedingt probieren und dazu ein schönes Guinness vom Faß!« Er schmatzte genüßlich und sah mich verschmitzt von der Seite an. »Eigentlich könnten Sie mich ruhig mal Ihrer Freundin vorstellen, durch die ich fünfzig Pfund gewonnen habe. Wie wär's mit heute abend? Darf ich Sie beide ins Fishermen's Corner einladen?«

»Danke, gern, Sir! Ich hoffe bloß, daß Miss O'Toyle dann auch frei hat.«

Sie hatte frei und ich auch. Wir nutzten den Nachmittag, um Pläne zu machen. Sobald am nächsten Tag feststand, wie viele Urlaubstage durch die Werftliegezeit für uns heraussprangen, wollte sie ihre Eltern anrufen.

»Nicht vom Postamt oder von einer Telefonzelle aus, sondern von Geschäftsfreunden, die mich von Kindesbeinen an kennen. Da kann ich sicher sein, daß niemand zuhört.«

Ich verzog skeptisch das Gesicht. »Mich solltest du auf keinen Fall mit Namen erwähnen, der ist zu auffällig. Sag' so wenig wie möglich, dann kann niemand etwas Falsches heraushören. Sicher bin ich erst auf der anderen Seite der Grenze.«

Ein Vorfall am Abend machte ihr deutlich, auf welch dünnem Eis ich mich noch immer bewegte. Fishermen's Corner war ein typisch irischer Pub, mit allerlei urigem Beiwerk aufgemöbelt und einer gemütlichen und warmen Atmosphäre. Sogar die typische kleine Kabine direkt neben dem Eingang gab es, wo Hochwürden, der Pfarrer, unbeobachtet sein Bier und seinen Whiskey ohne Eis oder Wasser trinken konnte.

Die Gäste bestanden in der Hauptsache aus Seeleuten, Fischern und Soldaten, die qualmend und schwatzend um die Tische herumsaßen und ihr Guinness oder ihren Whiskey tranken, wenn sie sich nicht um das Dartspiel drängten.

O'Murdoch war ein charmanter Plauderer und guter Gastgeber, der Karen sofort mit Beschlag belegte und sich offensichtlich vorgenommen hatte, das gewonnene Geld mit uns restlos auf den Kopf zu hauen. Aber das würde ihm schwerfallen.

Es wurde ein interessanter und fröhlicher Abend. Als der Wirt mit »Last order, please!« das Ende der Schankerlaubnis ankündigte, hatten wir alle drei einen schönen Zacken in der Krone. Wir bekamen es daher nur so ganz am Rande mit, daß eine Militärstreife eingetreten war, die die Urlaubsscheine der Soldaten kontrollierte oder was es sonst auch immer war.

Mit dieser entspannten Stimmung war es mit einem Schlag vorbei, und ich wurde stocknüchtern, als einer der Soldaten vor unserem Tisch stehenblieb. Ich dachte zuerst, es sei Karens wegen; denn sie war die einzige Frau im Pub. Doch dann rutschte mir das Herz buchstäblich in die Hose. Ich blickte in das Gesicht Bourkes, jenes Soldaten, dem wir in Moilett's Grove unsere Zigaretten verkauft hatten.

Er musterte mich eingehend und sagte verunsichert: »Pardon me, Sir, I think I know you. Where've I seen you before?«

Meine alte Frechheit brach wieder durch, der kannte mich ja schließlich nur mit Rauschebart. »Sorry, I don't know, soldier. I guess it's impossible. I'm a sailor and have arrived Belfast habour by ship just in the morning, bound for Liverpool.«

»Sorry, Sir! Excuse me, please!« Kopfschüttelnd schob er ab.

»Seltsame Vögel gibt's, was?« O'Murdoch sah auf die Uhr. »Der Laden hier macht gleich dicht. Ich glaube, wir sollten gehen.«

Karen bedankte sich bei O'Murdoch überschwenglich für den schönen Abend und hauchte ihm zum Schluß sogar noch einen Kuß rechts und links auf die Wangen. Er quittierte es seinerseits mit einem artigen Kratzfuß, der ihm wegen seiner Bettschwere allerdings nur sehr unvollkommen gelang.

»Mylady, es war mir eine Ehre und ein außerordentliches Vergnügen! Ich hoffe, wir können es recht bald wiederholen, Madam!«

»Mylord«, antwortete sie mit einem Hofknicks, »Euer Hochwohlgeboren waren ein bezaubernder Gastgeber.«

Unser Gelächter schreckte mit Sicherheit sämtliche Möwen auf. Kaum war jedoch O'Murdoch unter Deck verschwunden, zog mich Karen nach achtern, wo uns niemand hören konnte.

»Was war das für ein Kerl in dem Pub, der dich zu erkennen glaubte, John?« flüsterte sie erstaunlich nüchtern. »Ich hatte einen Augenblick das Gefühl, du warst in Gefahr.«

»War ich auch. Das war der Soldat, dem wir in Moilett's Grove unsere Zigaretten verkauft haben, um zu Geld für die Flucht zu kommen.« Ich erzählte ihr, wie es dazu gekommen war.

»Mein Gott, bin ich froh, daß du deinen Namen, den Ausgangshafen und den Namen des Schiffes nicht genannt hast! Wenn er wirklich Verdacht geschöpft haben sollte und sich doch erinnert, dann kann er lange suchen.«

»Darum sollten wir sehen, daß wir morgen eine falsche Spur legen und so schnell wie möglich verduften.«

Am nächsten Vormittag ließ mich Captain Blair kommen. Die

San Diego hatte eingedockt, und die Ärzte und Schwestern des Lazaretts freuten sich bereits über zwölf Tage Urlaub in einem Land, in dem vom Krieg wenig oder fast nichts zu spüren war.

»Da möchten Sie natürlich auch zwölf Tage Urlaub haben, well? Soll'n Sie haben und auch Ihr *permit*, damit Sie uns nicht weggefangen werden, weil man Sie für einen Deserteur hält.« Er sah mich forschend von der Seite an. »Ein Bootsmann, der sich als erstklassiger Navigator entpuppt. Irgend etwas stimmt mit Ihnen nicht, Mister Benson, das kann man nämlich nicht einfach so aus dem Ärmel schütteln.«

Ich weiß nicht, ob er mein Erschrecken bemerkte. Falls doch, dann überging er es, weil ich schwieg.

»Ich hoffe, Sie sehen mir meine Neugier nach. Sie hatten sicher Ihre guten Gründe, nur als Bootsmann anzuheuern, und die gehen mich nichts an.« Er lächelte versöhnlich. »Ihre Heuer habe ich entsprechend angehoben. Die eine Hälfte bekommen Sie heute, die andere in Liverpool.«

Mühsam nach Fassung ringend, nahm ich den Urlaubsschein und die Zahlungsanweisung in Empfang. Bloß raus hier, dachte ich, und von Bord, bevor er noch anfängt, Nachforschungen über mich anzustellen.

»Danke, Sir, das ist sehr großzügig von Ihnen.«

Er spürte meine innere Unruhe, in die mich seine Worte versetzt hatten. »Nun aber los, Mister Benson! Miss O'Toyle wartet bestimmt schon ungeduldig auf Sie. Wo soll's denn hingehen?«

»Nach Bushmills, Sir.« Ich versuchte ein Lächeln, obwohl mir gar nicht danach war. »Wie das so geht, ich habe mich von Miss O'Toyle überreden lassen.«

Er lachte. »So fängt es an, Mister Benson. Dann genießen Sie man die paar Tage! Viel Spaß!«

»Danke, Sir!« Raus war ich.

Jetzt hatte ich es eilig, nicht weil Karen tatsächlich schon ungeduldig auf mich wartete, sondern weil ich wieder so ein unbestimmtes Gefühl drohenden Unheils zu spüren glaubte.

Auch Karen hatte es eilig. »Wo bleibst du denn, John? Ich stehe hier wie auf glühenden Kohlen. Wir müssen schleunigst zum Bahnhof, wenn wir den Zug nach Dublin noch erreichen wollen! Die Karten habe ich schon.«

»Warum denn solche Eile, Mädchen? Ich denke, wir machen Urlaub.«

»Der kann ganz schnell für dich vorüber sein, wenn wir die Beine nicht in die Hand nehmen! Warum, das erzähle ich dir, wenn wir im Zug sitzen.«

Im Zug reichte sie mir wortlos die *Irish Times* und tippte auf die Schlagzeile.

Erneut spektakuläre Flucht deutscher Kriegsgefangener aus dem RCN-Hospital in Halifax/Kanada!

sprang mir in Riesenlettern in die Augen. Ich überflog den Artikel darunter.

»Soll man's glauben? Der Ocke Ketelsen und der Herbert Busch sind ebenfalls ausgebüxt, und die Polizei steht wieder vor einem Rätsel! Was hab' ich damit zu tun?«

»Lies weiter, dann weißt du's!«

Ich las den Artikel zu Ende und schüttelte verständnislos den Kopf. »Was soll das? Schön, sie haben mich wieder ausgegraben und namentlich erwähnt, aber ...«

Sie unterbrach mich. »Denk an gestern abend, Liebling! Wenn der Bourke das liest, fällt bei dem garantiert der Groschen. Dann werden sie ganz Belfast auf den Kopf stellen, um dich zu finden. Geht dir jetzt ein Licht auf?«

»Du meinst ...« Irgendwie hatte ich heute keinen guten Tag.

»Ja, ich meine! Wir müssen sehen, daß wir aus dem britischen Nordirland raus sind, bevor sie die Grenzstellen davon verständigen, daß man dich in Belfast entdeckt hat.«

»Du meine Fresse!« sagte ich entgeistert. »Dann ist das ein Fehler, daß wir im Zug nach Dublin sitzen. Hier werden sie mich zuerst vermuten.«

»Nur keine Panik! Wann wird der Bourke frühestens die *Irish Times* – wenn überhaupt – lesen? Naaa? Natürlich erst, wenn er Dienstschluß hat! Ich denke, das wird um siebzehn Uhr sein. Bis dann die Fahndung anläuft, vergeht wieder einige Zeit. Und das hier ist ein Schnellzug, der nur an wenigen Stationen hält, mein Schatz!«

Ich starrte sie bewundernd an. »Mein kleines raffiniertes Karbolmäuschen, was machte ich bloß, wenn ich dich nicht hätte!«

Sie lachte. »Nur gut, wenn du das nicht vergißt. Wenn wir einen kühlen Kopf bewahren und uns ganz normal benehmen, erregen wir nicht den geringsten Verdacht, das wirst du sehen.«

»Dein Wort in Gottes Ohr! Hast du deine Eltern erreicht?«

»Meinen Vater im Geschäft. Wir treffen uns morgen früh mit ihm im Carrickdale Hotel in Dundark. Er holt uns mit dem Auto ab.« Sie lächelte still in sich hinein. »Er ahnt gar nicht, wen ich da mitbringe, glaubt, ich käme mit einer Freundin.«

Ich versuchte, mich ganz normal zu benehmen. Je näher jedoch Newry kam, wo die Grenzkontrolleure laut Aussage des Condukteurs zustiegen, desto unruhiger wurde ich innerlich. Karen dagegen saß mir gegenüber und blätterte seelenruhig in einer Zeitschrift.

Als der Zug in Newry hielt, warf sie einen neugierigen Blick aus dem Fenster. »Da sind sie, zwei Mann. Jetzt geht's also los! Was machst du denn für ein Gesicht? Du weißt doch: Mit den Liebenden ist Gott!«

»Hoffentlich weiß er das auch!« brummte ich und fischte

meine Papiere aus der Tasche, weil sich Schritte auf dem Gang näherten. Unser abgesprochenes Spiel begann. »Und Sie fahren auch nur bis Dundark, Madam?«

»Yes, I do! Meine Schwester hat Geburtstag, da trifft sich die ganze Familie bei ihr. Und Sie, sind Sie zum ersten Mal in Dundark?«

Die Abteiltür wurde aufgeschoben. Wir taten beide absolut desinteressiert.

»Ja, Ma'm, ich habe zwölf Tage Urlaub, und da dachte ich, ich schau' mir mal ...«

»Sorry, Madam – Sir! Paßkontrolle! Ihre Papiere bitte!« Der Zollbeamte hob salutierend die Hand an die Uniformmütze. Sein Blick glitt gleichgültig über unser geringes Gepäck, während Karen ihren irischen Paß umständlich aus ihrer Handtasche kramte. Er warf nur einen flüchtigen Blick darauf und gab ihn wieder zurück.

»Und Sie, Sir? Keinen Paß, nur diese Papiere?« Er drehte sie mit spitzen Fingern hin und her. »Aus Kanada kommen Sie?«

»Wie Sie sehen, Sir!« Jetzt half nur Frechheit. Ich grinste ihm ins Gesicht. »Meinen Paß hat der Zahlmeister. Er hat alle Pässe, damit keiner auskneifen kann. Sie wissen doch, wie das jetzt im Krieg ist. Wer möchte denn schon gern torpediert werden. Er meint, Seefahrtsbuch, ID-Card und Urlaubsschein genügen an Land.«

»Schon, aber ... Ich sehe, Sie sind in Belfast geboren, Sir.« Er gab mir die Papiere zögernd zurück. »Hoffentlich lassen die Paddies dort drüben Sie mit diesen Papieren in ihre sogenannte Republik. Die sind da sehr eigen.«

»Herr, was erlauben Sie sich?« ging Karen hoch. »Paddies dort drüben? Was soll das denn heißen? Was sind Sie denn? John Bull aus London persönlich, was?«

»Sorry, Madam, ich wollte Sie nicht kränken«, trat der Beamte den Rückzug an. »Pardon me, Madam!«

»Paddies, eine Unverschämtheit! Hoffentlich treiben die Jerries euch euren verdammten britischen Hochmut noch gründlich aus!«

Aus dem Rückzug wurde eine regelrechte Flucht. Wortlos knallte er hinter sich die Tür zu und eilte zum nächsten Abteil.

»Mensch, Karen, da schlägt ja bei dir glatt wieder die sterile Karbolmaus durch!« Ich kicherte in mich hinein. »Dem hast du aber Feuer unter dem Hintern gemacht!«

»Das war aber auch nötig.« Sie kicherte ebenfalls. »Das tat richtig gut! So ein eingebildeter Fatzke!«

Der Zug verlangsamte die Geschwindigkeit und stoppte an der Grenze. Die Kontrolleure wechselten und damit auch die Art der Grenzkontrolle.

Der Zollbeamte steckte lächelnd seinen Kopf zur Abteiltür herein. »Hello, welcome to Ireland, Madam – Sir! Nice weather today, isn't it?« Das war typisch irisch. Draußen goß es in Strömen, so ein richtiger dicker Schauer. »Anything to decleare? – No? OK! Have a good time in our good old Ireland!«

Glossar:

Aal	Torpedo
AK	Äußerste (Maschinen-)Kraft
ASDIC	Ortungsgerät (Sonar) deutsche Version: USG , S-Gerät
Bach	Meer
Back	1. vorderer Teil des Oberdecks 2. Tisch an Bord, davon abgeleitet: Backskiste = Sitztruhe am Tisch Backen und Banken = Aufruf zum Essen Backschafter = Essenholer aufbacken = auftischen
BdW	Bootsmaat der Wache
belegen	1. Leine festmachen 2. Befehl widerrufen
Besanschot an!	Schnaps- oder Bierausgabe
Besteck	Schiffsortbestimmung
Bilge	unterster Teil des Schiffsinneren
Bold	führt die ASDIC-Ortung irre
Brücke	hier: Turmplattform des U-Bootes
BÜ	Befehlsübermittlung(-sgerät), auch Befehlsübermittler (Posten)
Bucht	Schlaufe im Tau, Seilschlinge

Charly	Spottname für brit. Aufklärer
Crew	1. Mannschaft (engl.) 2. Offiziersjahrgang
Deckoffiziere	Feldwebel, Oberfeldwebel, Fähnriche
Dickschiff	Kreuzer, Schlachtschiff
Drawing-room	Salon, Gesellschaftsraum
Dwars	querab
E.S.	**E**rkennungs-**S**ignal
Etmal	in 24 Std. zurückgelegte Strecke, von Mittag zu Mittag gemessen
Feuerlee	dem Beschuß abgekehrte Seite
FuMB	**Fu**nk**m**eß**b**eobachtungsgerät, erkennt RADAR-Ortung
FuMO	**Fu**nk**m**eß**o**rtungsgerät = deutsches RADAR
Geisterecho	entsteht durch unterschiedlich dichte Salzwasserschichten, die den Ortungsstrahl (ASDIC) vom Objekt ablenken
GHG	**G**ruppen-**H**orch-**G**erät
Heuerbaas	Agent, Heuervermittler
Hidalgo	Spitzname für Spanier
HJ	**H**itler-**J**ugend
Hundewache	Wache von 0^{00} Uhr bis 4^{00} Uhr
Huppdohlen	Tänzerinnen
I WO [II WO/III WO]	1.(2./3.) Wachoffizier
K an K!	Kommandant an Kommandant, Anruf
KdF	***K**raft **d**urch **F**reude* = Reiseorganisation der *Arbeitsfront* (NS-Einheitsgewerkschaft)
KdF-Dampfer	Schiff dieser Organisation
Kimm	Horizont
Kinken	Seilschlinge, auch: gefährliche Lage
Klappbuchs	Signal-/Morselampe

Knoten	hier: Schiffsgeschwindigkeit in Seemeilen
krängen	Schiff legt sich auf die Seite
Kriegswache	Bereitschaftswache auf den Gefechtsstationen
lenzen	auspumpen (Lenzpumpe)
Läufer	Bote
Liberator	Bomber-Typ
LI	Leitender Ingenieur, techn. Offizier
LM	Leitender Maschinist, Feldwebelrang
Marketenderware	Sonderzuteilung von Genuß-/Lebensmitteln bei oder nach Fronteinsatz
M-Bock/M-Boot	Minensucher
Miefrolle	Hängematte
Mittelwächter	Imbiß/Getränk für die Wache ab 0^{00} Uhr
Mixer	Mechaniker, z.B. Torpedomixer
Nock	äußerster Teil der Brücke, einer Rah etc.
NSFO	**n**ational**s**ozialistischer **F**ührungs**o**ffizier, Polit-Offizier
O-Messe	Offiziersmesse
OF-Raum	(Ober-)Feldwebelraum
Päckchen	1. Bordkleidung, z.B. Lederpäckchen 2. Boote liegen Bord an Bord
peilen	sichten, messen
Peilung	Kompaßpeilung: Winkel zwischen 0^0 und dem Objekt, z.B. Boje, Landmarke etc. Schiffspeilung: Winkel zwischen Schiffslängsachse (Bug = 0^0) und Objekt
purren	wecken

Rabatzboje	Schwimmkörper, der lautstarke Schraubengeräusche vortäuscht. Schutz gegen akustische Minen und Torpedos
Rapport	zur Bestrafung vorführen
Rapeiken	Krempel, Klamotten, Sachen
Rescue-Ship	Rettungsschiff im Geleit, fischt Schiffbrüchige torpedierter Schiffe auf
Salvengeschütz	feuert Wasserbomben über den Bug in einer Salve ab (engl. Hedgehog)
Schapp	kleiner Raum, auch Fach, Schrank
Seemännische Nr. 1	Oberbootsmann, der für den gesamten seemännischen Bereich an Bord verantwortlich ist, auch Smadding genannt.
Spargel	Sehrohr, Periskop
Spring	vordere/achtere leichte Trosse zum Kai
Stelling	auch Gangway = Steg vom Schiff zum Kai
Stoker	Heizer, allgemein: Maschinenpersonal
Tampen	Leine, Seil
Tanks peilen	Verbrauch feststellen
Three Cheers	drei Hochs, Gruß
torfen	schlafen
trimmen	hier: die Gewichtsverteilung im getauchten U-Boot entsprechend ausgleichen, damit es auf ebenen Kiel kommt
Tuan	Herr
ULD	U-Bootlehrdivision = U-Bootschule
V-Boot	Verkehrsboot (Motorboot, Barkasse)
VP-Boot	Vorpostenboot
Verschlußzustand	Schließen der wasserdichten Türen (= Schotten) im Schiff bei Gefahr

Wabos	Wasserbomben
Wache	Besatzung ist in Steuer- und Backbordwache eingeteilt, wechseln alle vier Stunden. Ausnahme: von 12 bis 16 Uhr wechseln sie im Zwei-Stunden-Rhythmus
Wahrschau	Warnruf, bedeutet: Achtung, aufgepaßt!
Wintergarten	hinterer (offener) Teil des U-Bootturms, dient als Geschützplattform für die Flak
Wooling	Durcheinander, Seelenknäuel, auch: verwirrtes Verhalten
Zentrale	Kommandoraum des U-Bootes, geschützt durch Kugelschott, letzte Zuflucht bei Havarien
Zimmerflak	Pistole, Revolver

Erik Maasch
Der erfolgreiche Autor spannender U-Boot-Romane bei Ullstein Maritim

Auf Sehrohrtiefe vor Rockall Island
3-548-24741-5

Duell mit dem nassen Tod
3-548-24632-X

Im Fadenkreuz von U 112
3-548-25209-5

Letzte Chance: U 112
3-548-25731-3

Tauchklar im Atlantik
3-548-24615-X

Die U-Boot-Falle
3-548-24770-9

U 112 auf Feindfahrt mit geheimer Order
3-548-25087-4

U 115: Jagd unter der Polarsonne
3-548-25446-2

U 115: Operation Eisbär
3-548-25651-1

U-Boote vor Tobruk
3-548-25333-4

ULLSTEIN TASCHENBUCH

Mar. 27

»Cameron hatte sich, immer noch mit beschlagener Sehrohrlinse, ungefähr eine Stunde nach Place auf den Weg gemacht und war vor der Netzsperre aufgetaucht, um einem Küstenfahrer durch das geöffnete Tor in den Liegeplatz zu folgen. Es war 4.45 Uhr und heller Morgen, aber seine Kühnheit zahlte sich aus ...«

Peter Padfield legt die erste Gesamtdarstellung aller U-Boot-Operationen des Zweiten Weltkriegs vor: ein fachlich kompetentes, gründlich dokumentiertes und fesselnd geschriebenes Werk der Seekriegsgeschichte.

Peter Padfield

Der U-Boot-Krieg
1939 – 1945
ISBN 3-548-24766-0

Eines der lesenswertesten Bücher, die in den letzten Jahren zur Geschichte des Zweiten Weltkriegs erschienen sind: »Padfield ist der beste britische Marinehistoriker seiner Generation. Sein neues Buch wird das Standardwerk zu diesem Thema werden.«
John Keegan (britischer Militärhistoriker)

ULLSTEIN TASCHENBUCH